中原汉子亨家郎

利焕南纪实
上册

刘永 ◎ 著

SPM
南方传媒

广东人民出版社

· 广州 ·

图书在版编目（CIP）数据

中原汉子客家郎：利焕南纪实．上册 / 刘永著．—广州：广东人民出版社，2023.9

ISBN 978-7-218-16741-1

Ⅰ.①中⋯　Ⅱ.①刘⋯　Ⅲ.①传记文学—中国—当代　Ⅳ.①I25

中国国家版本馆CIP数据核字（2023）第127389号

ZHONGYUAN HANZI KEJIALANG：LIHUANNAN JISHI．SHANGCE

中原汉子客家郎：利焕南纪实．上册

刘永　著

出 版 人：肖风华

策　　划：李　敏
责任编辑：李　敏　温玲玲
装帧设计：仙　境　奔流文化
封面题词：钱树根
责任技编：吴彦斌　周星奎

出版发行　广东人民出版社
地　　址：广州市越秀区大沙头四马路 10 号（邮政编码：510199）
电　　话：（020）85716809（总编室）
传　　真：（020）83289585
网　　址：http://www.gdpph.com
印　　刷：广州市文汇彩色印务有限公司
开　　本：787 毫米 ×1092 毫米　1/16
印　　张：19　字　数：250 千
版　　次：2023 年 9 月第 1 版
印　　次：2023 年 9 月第 1 次印刷
定　　价：78.00 元

如发现印装质量问题，影响阅读，请与出版社（020-85716849）联系调换。

序 XU

　　刘永的著作《中原汉子客家郎：利焕南纪实》上册结集，对此表示祝贺！

　　屈指算来，我与利焕南在1991年相识，已经30多年了。

　　利焕南生在新中国，长在红旗下，15岁赤脚上井冈，18岁任生产队队长，31岁南下深圳创立金鹏公司，45岁创立金鹏足球队，一度使金鹏公司成为深圳的知名企业，他个人也成为人们眼中"敢为天下先"的传奇人物。

　　利焕南见证、参与了深圳改革开放的历程，见证了深圳特区从一个小渔村发展成为现代化大都市。

　　利焕南从企业开始发展时就不忘回报社会，仅在20世纪90年代初的两三年内，就为中国各项公益慈善事业捐款、捐房产，价值共数千万元，当年捐赠的房产如今市值可达数亿元；且持续做公益活动，连年不断。

　　利焕南勇于承担社会责任，他担任了广东省第十一届政协委员，深圳市第二、第三届政协委员；河源市第二、第三、第四、第五、第六届政协常委，建言献策，参政议政；他出资组建了"香港河源社团总会"，为两地居民的文化、商业交流贡献出自己的力量。他动员母亲叶谷香用她收废品所挣的钱和自己的"私房钱"注册创立"利叶谷香公益基金会"，多少年来无私支持数以千计贫困学生入学读书，并每年在家乡发放奖学金，激励优秀学子好好学习、天天向上。

　　利焕南对人民子弟兵怀有深厚感情，是一位优秀的爱国拥军的公民。他创立了"广东省鹏城拥军优抚基金会",拥军优属,多年如一日,为15支部队及部分军人提供帮助和实施优抚资助。

利焕南爱国爱党,赤子情深。他积极支持企业党建发展,发挥党组织引领先进作用,成为深圳特区较早在企业中建立党团组织和工会组织的民营企业之一。利焕南还将爱国爱党的炽热情感写成文字,发表在中央党刊《求是》上,是较早在《求是》杂志发表文章的非党员民营企业家。

创业经商40年,利焕南结识政界、军界无数高级干部,均是君子之交,无功利之求。

晚年退休后,利焕南热情不改,为了培养青少年的爱国情怀,他积极推动河源市教育局、江东新区管委会将他的老家前进新村打造成为"河源市中小学生国防教育研学实践基地",并积极支持爱国主义示范基地建设。

一个人做好事不难,难的是一辈子做好事。利焕南胸怀大爱,值得赞扬、值得钦佩!

在这里以两句名言与老友共勉:

老骥伏枥,志在千里。

莫道桑榆晚,为霞尚满天。

2022.10.1

前 言 QIAN YAN

在深圳经济特区建立40周年之际，《特区荣耀》编委会特别精选了在特区40年的发展进程中，为深圳建设做出过积极贡献的百位优秀企业家，以他们的奋斗故事为范本，编辑出版大型纪实类书籍《特区荣耀》，展现他们勇立潮头、埋头苦干、大胆创新的精彩历程。在这本书中，利焕南作为深圳早期的知名企业家，他缔造的明星企业"金鹏集团"荣列其中第六位，他艰苦创业、爱国爱党、热心公益、回报社会的精神也正是"深圳精神""改革精神"的缩影。深圳在改革开放"试验田"期间有无数这样的企业家，他们用开拓和创新精神营造了深圳绚丽多彩的商业风景；他们用激情与汗水托起了深圳的光荣与梦想。

利焕南借着改革开放的春风，敢闯敢试，演绎了一个个精彩的"春天的故事"。从他的奋斗故事、创业历程中，我们能感受到他顺应时代大势、奋发有为的勇气和魄力。为了深度挖掘其在改革开放时代中的精神面貌，再现那一幅激情澎湃的历史画卷，《中原汉子客家郎：利焕南纪实》以纪实手法，以求真务实的态度记录了他的心路历程和酸甜苦辣，因为时间跨度长、内容涉猎广泛，本书分为上、下两册，共四十余章。

为了如实还原历史，笔者深入利焕南的家乡、学校及他在各个时期开发过的项目原址等地进行了实地考察和采访；整理了金鹏集团历史事件脉络和利焕南本人年谱；搜集了目前所能接触到的一切关于金鹏企业和利焕南个人的相关资料，包括文字、照片、媒体报道、各界题词、网络消息、《金鹏岁月》、《深圳金鹏报》、公司历史文件、档案资料等，在浩如烟海的历史资料当中，淘沙取金，提炼菁华，完成了《中原汉子客家郎：利焕南纪实》上册的编写。

本书记录了利焕南自1951年出生至1993年的40余年间，从出身山村、几经迁徙、坚韧求学、大队历练、1979年临江创业到勇闯深圳，从105元开始，短短十余年就建成了资产超数亿元的金鹏集团的传奇故事。

人生高低起伏，企业荣辱兴衰，自有其内在的历史规律。自1993年至1999年，金鹏集团拥有房产17万平方米，价值20亿元，期间将有证房产在28家银行抵押贷款2.5亿元。1999年10月，金鹏集团陷入了至今无法定性对错、最后不了了之的"涉嫌房产诈骗"纠纷，由于金鹏是明星企业，所以在社会上产生了较大影响，28家银行机构于1999年12月24日同时向金鹏集团追讨欠款，致使金鹏集团资金链断裂，再无法获得银行机构融资贷款，成为金鹏集团由盛转衰的重大原因和分水岭。

本书下册拟记录金鹏集团在重大转变过程中经历的历史片段，如：金鹏足球的得与失、金鹏学校的兴与衰、金利商业广场的笑与泪、上海金鹏花园的梦与醒、丰泽湖山庄的成与败、新能源燃料的专利和陷阱、名誉的狂热与失落、撰文《求是》发表的光荣与认知；2003年底兄弟分开各自管理企业，利焕南独揽债务的勇气与悲哀……一路欢歌一路泪，既有成功的喜悦，也有末路的悲怆。金鹏集团两大核心公司先后破产清算，人生四起四落，勇往直前。2019年，利焕南宣布退休，闲居山野。

在编写采访的过程中，笔者如同随着主人公重走"长征"路，时而随着他的苦难少年而感同身受，时而随着他的抗争而扼腕叹息，时而随着他的创业而激情澎湃，时而随着他的真诚付出而欢欣鼓舞，时而随着他的铁骨铮铮而热泪盈眶……

走进他的精神世界，才了解到与他同时代的那群改革开放的实干家和开拓者，他们创业之不易、情怀之高远。这部书没有歌功颂德，而是真实记录了利焕南艰苦创业的精神，回馈社会的理念，胜不骄、败不馁的人生态度……

利焕南身上具有难得的时代精神，这就是他宝贵的精神财富。

他爱国爱党，矢志不渝，具有强烈的爱国主义情怀。

他将"生命不息，奋斗不止"引为座右铭，也正是改革开放精神的体现。

他具有强烈的社会责任感，企业发展之后倾情回馈社会，拥军优抚，热心社会公益事业。

他奉行"君子之交"，结识高级领导无数，从来不敢因私废公，搏不义之财，行不忠之事。

他始终保持"生产队队长本色"，数十年如一日，为造福桑梓无私奉献。

他重亲情，父亲的嘱托就像一根无形的绳子牵系着他，即使挨打，他也不会逃避保护全家、维护家族团结、兄弟敦睦的责任。

虽然他早已宣布退休，但他归田未解甲，心里还装着父老乡亲，装着社会公益，他就像一团燃烧的熊熊烈火，他的热情和真诚一如既往地感染着、照耀着周围的人们……

在本书的编写过程中，因时间和条件限制，笔者未能一一拜访书中所有提及姓名的当事人和历史见证者，所引用资料也难免会存在一些疏漏，使纪实有所偏误，在此，真诚恳请书中有姓名或无姓名者、知情者予以指正，通过来函、来电、电子邮箱或微信联络笔者，以使本书更加完整、严谨。

目 | 录
contents

第一章　山下村利氏传奇

山下村的"利天民"· 002

利添传奇· 004

利添贫而不贪· 008

利添智赚聘礼· 011

第二章　坚韧的求学之路

几经易名"利焕南"· 016

写信求援· 019

在"斗争"中成长· 021

曲折求学· 027

第三章　涉世尝艰辛

务农经商· 034

中学生、小樵夫· 037

第四章　初开眼界

赤脚行程· 046

误奔杭、沪· 049

第五章　少年生产队队长

艰难求生 · 054

组织文宣队 · 057

绝境求生 · 062

第六章　大队的历练

升迁大队 · 070

喜结良缘 · 073

在生活的旋涡里 · 076

摄影师和拖拉机手 · 080

改写终生的路 · 085

第七章　临江创业

临江照相馆 · 092

临江综合商店 · 096

卖屋求变 · 102

第八章　福田扎寨

初到深圳 · 108

承包福田建材综合商店 · 110

借船出海 · 115

划定红线 · 118

相濡以沫 · 120

水泥大王 · 121

第九章　孵出金鹏

涉足小产权房开发 · 126

金鹏诞生 · 129

永远的怀念 · 134

第十章　进军地产

　　金鹏大厦　　　　　　　　　　　　　　　　　· 140

　　金鹏酒楼　　　　　　　　　　　　　　　　　· 145

　　接盘金鹏　　　　　　　　　　　　　　　　　· 154

第十一章　转战上雪

　　第一幢工业厂房　　　　　　　　　　　　　　· 160

　　开拓金鹏工业村　　　　　　　　　　　　　　· 166

第十二章　情倾上雪

　　天下利氏一家亲　　　　　　　　　　　　　　· 174

　　低谷中先行一步　　　　　　　　　　　　　　· 176

　　红色文化与东纵情怀　　　　　　　　　　　　· 184

第十三章　移师龙华

　　情满荔枝节　　　　　　　　　　　　　　　　· 188

　　龙华的召唤　　　　　　　　　　　　　　　　· 190

　　龙华金鹏商业广场　　　　　　　　　　　　　· 193

第十四章　中原汉子客家郎

　　铁汉柔情　　　　　　　　　　　　　　　　　· 200

　　战友伴侣　　　　　　　　　　　　　　　　　· 203

第十五章　百团战龙华

　　金鹏商业广场与金侨花园　　　　　　　　　　· 210

　　"按揭购房"先行先试　　　　　　　　　　　　· 217

　　"轰炸宣传"的经典案例　　　　　　　　　　　· 220

　　奉献的喜悦　　　　　　　　　　　　　　　　· 224

第十六章 踏实做人，回报社会

谨记农民的本分 · 228

奉献爱心，回馈社会 · 232

情深义重 · 236

与革命老区的不解之缘 · 237

第十七章 金鹏改制理想

构思股份制 · 244

高薪养勤和高薪养廉 · 247

第十八章 金鹏集团化发展

金鹏股份改制 · 256

《深圳金鹏报》 · 257

创造深圳观念 · 259

第十九章 激情一九九三

金鹏裂变式发展 · 264

"早知"之论 · 266

"早知"即"前瞻" · 267

捐赠个人股票 · 269

激昂"点兵" · 270

争取金鹏房地产开发权 · 272

第二十章 收获一九九三

多元发展，全线出击 · 278

千岛寄情，无悔付出 · 281

10 周年庆典星光璀璨 · 285

上海杨浦金鹏花园奠基 · 287

捐建乡村水泥路 · 289

第一章
山下村利氏
传奇

山下村的"利天民"

时光转瞬即逝，青山不老。

故事的坐标在广东省河源市。

东江自北向南流经河源市区，新丰江从西向东绕城而过，两江交汇，使得河源市区三面环水，如浮在水上的木筏。

河源市位于广东省东北部、东江中上游，东靠梅州，南接惠州，西连韶关，北邻江西赣州，属广东东江流域客家地区，是东江流域客家人的聚居中心，有着"客家古邑，万绿河源"的美称。

千百年来，河源的绝大部分客家人在由中原向南的长途跋涉和频繁迁徙中，既保留了古老中华汉民族固有的优秀文化传统，又吸收了闽、越等地畲、瑶等族的文化和风俗，加之长期居住在丘陵地带，也被称为"丘陵上的民族"。

客家文化的源头承袭了中原文化，较为完整地保留了华夏文化中耕读传家、敬祖爱人、重视教育、寻根意识、开拓精神等内容，故在人文精神上重名节、重孝悌、重忠孝、重信义。频繁的迁徙使客家人更加注重文化传承，再加上世世代代的客家人用血汗的滋养，培养出许多历史上大名鼎鼎的客家代表人物，他们的身上都带着客家人强烈的文化符号。本书主人公的祖先即生活在中原洛阳西部，古代地名为"利邑"。客家人虽远迁南粤，但他们的内心还保留着对中原文化和身份的认同……

时间回溯到1951年农历二月二十八日。

地点在广东省河源县回龙乡山下村。

二月的山下村春意正浓，远山葱郁青翠，田间姹紫嫣红。

村里只有十余户人家，这里地处偏僻，物资贫乏，房屋简陋，一家人只能挤在一间房屋内，生存条件极其恶劣。但在这片山清水秀的大地上，这个小山村像嵌在绿毯上的一粒明珠，静谧而祥和，远远望去，仿若世外桃源。

在祥和的气氛中，空中飘荡着泥土的芬芳，静谧的村落忽然传来婴儿嘹亮的哭声，山下村到处弥漫着喜庆的气氛。

"利添家生了个儿子！"

"阿添家添了个儿子喽！"

利添的人缘非常好，社交能力强，无论是同龄伙伴还是隔辈的亲朋，抑或是邻近的四里八乡的村民，只要与利添有过接触的，都与他相处得十分融洽，甚至与他成为好朋友。

利添中年得子的消息传播开来，左邻右舍都前来祝贺，利添更是掩饰不住初为人父的喜悦，他完成了人生的重六使命，儿子的出生也激发出了他内心对孩子的温情。在喜庆的氛围中，大家一起迎接这个新生命，庆祝只有十几户人家的山下村再添新丁。

村民们是欣喜的、愉快的，他们真心实意地为利添家的新生命庆贺。只是在当时谁也没料到，这个新出生的婴儿，将揭开山下村传奇故事的序幕。谁能料想得到呢？这个普通的农家孩子日后会成为传奇人物，成为客家人杰出的代表，成为搏击商海的优秀企业家，成为一个有赤子之心、念念不忘回馈父老乡亲的慈善家……

客家人当中曾经出现过许许多多大名鼎鼎的人物，他们都像辉映在历史长河中的明珠，而今天出生的这个孩子，也将迸发出耀眼的光芒……

孩子出生后的头等大事就是起名，孩子叫什么呢？利添经过慎重思考，给孩子起了一个名字，叫"利天民"。

利添传奇

利添为什么会给新出生的大儿子起名叫利天民？

是神来之笔还是深思熟虑？我们从利添的传奇经历中或许可以找到答案。

利添是一个崇尚自由、潇洒开明、善于社交的人，他处事果断、口才极佳，打小聪明好学，少年老成。天文地理、红白喜事、三教九流、易经中医等，他都懂一些；他为人耿直，幽默大方，乐于助人，村里有什么事儿，都来请教他，向他讨主意，或请他出面周旋，他都会随叫随到，尽力帮忙。他的这种为人处世的态度，自然深得众人的敬仰和爱戴。

利添的早年生活非常艰辛，但他从艰难困苦中咬牙挺了过来，也正因为生活中的种种磨难，使他养成了超然世外、洒脱从容的个性。

利添的父亲有兄弟两人，父亲排第二，名讳"观山"，也被尊称为"观山爷"。观山只有利添一个儿子，而他的哥哥有两个儿子，一个叫利庆祥，一个叫利水。

利添出生于1915年。在新中国成立前的旧社会，农民生活艰苦，身体要承受超负荷的劳动，医疗水平也十分低下。在他7岁的时候，父亲观山就因操劳过度而病逝。观山去世时才37岁，正值壮年，本应该是人生得意的年纪。观山去世后，利添的妈妈一个人含辛茹苦地照顾利添。虽然生活更加艰辛、劳累，但她一个人扛了下来，并尽最大的努力供利添去私塾读书，希望利添能有出人头地的那一天。利添非常聪明，家境的贫寒也使他十分珍惜这难得的读书机会。他父亲去世得早，所以他也早早地学会了做人要忍让、遇事要想开的处世哲学。

尽管利添很聪慧，小小年纪就沉稳持重，为人处世都极有分寸，但是家里实在拿不出钱来缴学费了，因此他只读了一年半的私塾，就无奈地回到家中。年少的他希望通过辛勤劳作，来减轻妈妈的负担。

利添爸爸去世的时候，家里连间房屋都没有，利添与大伯、一个堂哥共同拥有一块祖上留下的面积约两亩的水田，整个家族都极其贫困。

好在有妈妈的陪伴，利添心中还有一丝温暖。但在那个艰苦的年代，妈妈也因操劳过度，在利添14岁的时候，带着对儿子的不舍，撒手而去。幼年失父，少年又失去了慈爱的妈妈，利添的悲伤，无以复加。因为爸爸观山是家中独生子，故而双亲去世后，利添成了无依无靠的孤儿。

为了能活下去，利添在失去妈妈后去到邻近的龙门县，找到一个学习缝纫手艺的机会，进到店里给人做学徒。那个年代，缝纫机非常稀少，衣服全靠人工一针一线地缝制，制作一件衣服要耗几日。利添心灵手巧，学起来很快，后来他又学会了用缝纫机。为了补贴生活，他还在龙门县做过挑工，他是一步一个脚印从乡下闯荡进了县城。

1938年，23岁的利添在学缝纫手艺出师后回到了河源县城。凭借着会用缝纫机做衣服的出色手艺，他在河源县城的一家裁缝铺里打工。与他同时去的叶汝陶是他的乡邻，新中国成立后叶汝陶成为一名国有企业工人。这家缝纫铺的老板很保守，他还保留着旧社会师傅传艺留三分的传统，他教店员们手艺时都要保留一些关键技术。聪明的利添却能通过在一旁偶尔看两眼就能领悟到师傅的不传之秘，也因此，他在那里学到了更精湛的裁缝手艺。

那个年代，能够穿上笔挺的中山装或西装的人都是社会上层人士，是有身份的人。凭着扎实的缝纫手艺和好人缘，只短短一年时间，利添做衣服的名声就在河源县城一带传开了，河源县城的一些达官贵人都指名要利添为他们定制衣服。凭借着手艺好、会应酬、人缘好，利添结识了当时驻守河源县的国军少将梁桂平。这个梁桂平，人们对其褒贬不一。他是博罗县汝湖望江人，土匪出身，历任连长、营长、东江警卫总队总队长等职。1938年后，历任第四战区第三游击纵队第一支队少将队长、惠（州）紫（金）博（罗）河（源）护航处主任、保安第十团团长。梁桂平因为定制衣服而对利添"爱屋及乌"，甚至劝说利添："别做衣服了，做衣服能有什么出息，来做我的副官吧！"

对梁桂平的盛情相邀，心里有杆秤的利添有他自己朴素的理论，而且他也不想做那些盛气凌人、欺负百姓的军官，因此他婉拒了梁桂平，在河源县城安心做裁缝。

1941年12月8日，太平洋战争爆发。同时，日本第三十八师团开始进攻香港。18日，日军在香港登陆。在这前后，日本侵略军对华北、华中和华南进行了大规模的"扫荡"，战争的阴云也笼罩了河源县城。日本侵略者的飞机每天像蝗虫一样在龙门、河源一带的天上横冲直撞，有时一阵狂轰滥炸。对着手无寸铁的老百姓，他们肆意烧杀，老百姓死伤无数。利添意识到了在县城的危险性，以为还是先回乡下躲避，在农村生存的机会还大一些。

1942年初夏，他离开河源县城，回到了乡下。尽管是战乱年代，他的回乡，还是成为当时人们眼中的"风景"。他骑着那个年代乡村很少见的自行车回乡，引起了轰动。乡民们称他骑的是"蜘蛛车"，因为自行车的两个轮子像两张蜘蛛网，便被戏称为"蜘蛛车"。利添这时候已经27岁，正是意气风发的青春年华，他穿着一身干净的白衣、白裤、白皮鞋，像是电影中的人物，过河涉水也不脱鞋袜直接蹚水过去。当时正值春耕季节，田里很多劳作的村民都看到了利添回乡的一幕，好多老人都在打听，这是谁家的孩子呀？

利添回乡以后，经常骑自行车或是乘船来往于迴龙、河源、惠州、广州一带，因为接触的外界新事物比较多，故而眼界也比村民开阔得多。但贫穷与父母双亲的早逝，对他的心灵造成了打击，使得他的心思在很多时候让人难以捉摸。尽管有媒人前来提亲，他也不为所动。再加之生活贫穷，他立誓一生不结婚生子。

为了明志，利添收养了堂哥利庆祥的儿子利桥开做义子，名义上是收养，但孩子还是住在堂哥的家里。

为了谋生，1946年，利添通过关系，从外面运回一台缝纫机，他要重操旧业。只不过他也不愿意再回县城，就在乡下开起了缝纫店。

他性格淡泊，不逐名利，如果不是1948年那次意外生病，利添可能这一生真会孤独终老了。那一次，他病倒在床上，"病来如山倒"，他连想喝口水都无法起身。这时候正好利桥开路过门口，利添叫他帮其倒杯水，可当年的利桥开还是个小孩子，只顾贪玩，哪有照顾人的心思？也完全不懂得如何照顾生病的利添。这令利添很是伤心，同时也醒悟过来，他要回归到正常的生活轨道上来。

虽然生活一直很苦，但并没有改变他超脱的性格。利添的超脱已经到了让人不能理解的地步。

利添祖上只留下一块两亩的水田，这块水田还同时由利添的爸爸观山和大伯两人平分产权，后来观山生下了利添，而大伯生下了利庆祥和利水。土地是农民赖以生存的依靠和保障，观山去世后，利添继承了观山的遗产，可以分得一半的田地。那时农村太穷，农民很难娶到妻子。1947年春，大伯的小儿子利水有了意中人，想尽早结婚，就打起了这两亩水田的主意。他先是跟利添商量，要利添答应卖了这两亩田地，他好娶妻子过门。利添爽快地答应了，虽然这是祖上留给利添的唯一财产。利水得到利添的应允后喜出望外，他离娶到妻子的目标又近了一步。

利添能做出这个决定很不容易，他再也没有一点财产了，但他并没有将这件事放在心上。但令利水想不到的是，他跟自己的亲哥利庆祥商量卖田的时候，却遭到了哥哥的反对，哥哥也有他的理由，他说："这两亩田地是用来养家糊口的，不能为了娶媳妇连命都不要。"但是这些话说不动被"爱情"冲昏头脑的利水，他就一个想法，卖了田就能娶到老婆。所以他认为哥哥是在故意阻挠自己的亲事，连不是直系亲属的利添都愿意放弃田地所有权来支持他，而自己的亲哥哥却万般阻挠。一怒之下，他竟然端起火铳去找利庆祥，要跟他一决生死。好在最终在邻居的调解下平息了争端。

祖上留下的田地最终还是被卖掉了，利水也如愿以偿地结婚了，但结果却差强人意。利水娶的那位妻子并不厚道，也不是真心实意想跟利水过平淡的日子，她没有给利水带来所希望的幸福生活，又不能勤俭持家，进门后，才短短几个月她就离家出走了，显露出骗婚的迹象。这令利水特别伤心，他看错了人，而且因为这件事还与亲哥哥反目成仇，所以他在1947年结婚才几个月就出走香港，离开了这个伤心地。

利添目睹了利水的曲折婚事，他的超脱性格令他没有卷入这场家族财产的是非之争。而利水与其亲哥哥为了这两亩薄田已经结下了仇，利水甚至声明，他只身出走，不到哥哥去世，他决不还乡。由此可以看出，利添的超脱与从容，是应对世事的大智慧。

利添贫而不贪

利添为人仗义豪爽，社交能力强，所以他的缝纫铺前总是人来人往，成为乡人闲聚的中心。

1946年深冬，田地里已经无活可干，秋收冬藏，正是乡村休养生息的闲暇时节。村民因为闲来无事，在乡间还保留有聚赌的风俗。

有一天，利添正在自己的缝纫铺内忙活，忽然同村的利火盛闯进来对利添说："走，邻村河洞村的叶麻增今年又来我们村河对面开赌场了，我们也去玩两把。"

利添不贪赌。他在龙门县和河源县城住过那么多年，又结识了不少当时县城里的名流，他深知十赌有九输，赌钱不是正经事业，所以他会赌而不赌，不喜欢去赌场这些地方，他身上还保留着旧社会读书人的清高。可是他也实在耐不住利火盛的不停游说，"不会赌钱没关系，我们就当去凑个热闹也好。"

于是利添停下手中的工作，从抽屉里拿出了仅有的三块大洋，跟着利火盛前去凑热闹。

说起叶麻增，那可是本地响当当的人物。叶麻增的家庭曾是小吏之家，其祖上做过一县的小吏，人称"祖师爷"。叶家家族兴旺，有诗书传统。虽然传到他这一代祖产不多，但也有二十多亩田产和一座三层的小阁楼。家里还聘请了长工，有时农忙季节还会聘请一两个短工，生活属于小康水平。

到了叶麻增这一辈，他并不热衷于扩大家业，相反钟情于花鸟，一辈子极喜爱养画眉，他平日里的最爱就是托着鸟笼子或在鸟笼旁沏一壶清茶，听画眉婉转啼鸣。他在闲暇时开设赌场，也是循老例，继承以往的老传统。

进了简易赌场，里面早就人头攒动，人声嘈杂。利添非常从容，他观察了很久，后来找准时机将所带来的三块大洋全部押了下去，他的贸然出手令同来的利火盛替他捏了一把冷汗。在期待的眼光中，他竟然全部押中，以一赔三，利添一下子就赢得了九块大洋。利添就将自己带来的本钱三块大洋放进口袋，将赢来的九块大洋找准时机押了上去，又押中三倍，赢了二十七块大洋。接着他又将二十七块大洋押了下去，这次又是以一赔三，他一下子赢得了八十多块大洋。赌场沸腾了，人人都以崇拜羡慕的眼光看向利添，谁也想不到利添有这么好的运气。大家都期待他能再押，如果再押对的话，再翻三番，那可就是几百块大洋了。面对众人的期待，利添却悄悄地退了出来，利火盛百般不解地跟着他走了出来，一路埋怨他为什么不乘胜追击，如果再押对了，可是几百块大洋啊！

面对利火盛的质问，利添笑而不答。

由此也可看出，利添洒脱的外表之下，还有对世事的精准把握和个人的行事准则。他的耿直和超脱并不是因为他对现实世界的无奈，他处世的原则是能而不贪，这种不贪的本质，养成了他超脱的个性。他的这种性格，在乡村间极为显眼。

在赌场的叶麻增，也看到了这一幕，对这个叫利添的男子产生了好奇心。他便叫人去打听，从此对山下村的利添产生了兴趣。

第二年，叶麻增还在原地设立赌场，他期待利添的出现，想看一看利添今年的表现，结果利添并没有来赌场，而且接连两年都没有来。这令叶麻增感到很意外，他也有些困惑，利添到底是个什么样的人呢？

叶麻增有个邻居叫宋麻奴，家境贫寒，与叶麻增因邻里关系而成了朋友。他在与叶麻增的交谈中无意听到了此事，正巧他与利添也相熟，于是就专程去拜访利添。二人闲聊了很多，他才知道，原来利添那次之所以去赌场，完全是被利火盛劝说的，他虽然偶尔赌钱，但是他自视为读过书的人，不贪不义之财，也不屑于过这样的生活。同时，经过了1948年他生病后无人照看的事，他重新燃起结婚的念头。

宋麻奴说："真是天作之合，我给你寻一门你想都不敢想的好亲事！"

利添不解地问："是哪家？"

宋麻奴神秘地说："你去他的赌场赌过的。叶麻增有一个女儿，只有17岁。叶麻增是个老封建，不让她读书。这个女儿相貌端庄，心地善良，一直在家做家务农活，正待字闺中。"

那一年利添已经33岁了。当听到叶麻增的女儿只有十几岁时，当即便对宋麻奴连连摆手："这怎么能行，我比她大十几岁呢！"

宋麻奴却成竹在胸，拍着胸脯说："千里姻缘一线牵，年龄大一些怎么了，你还是青头仔，没有前室，女人婚嫁全然是父母之命、媒妁之言，感情也可以慢慢培养，关键还是耍看她的父亲叶麻增，他要能点头，这门亲事就能成。"

利添智赚聘礼

宋麻奴果然说到做到，他正式去叶家为利添提亲。他对叶麻增说："利添想结婚娶老婆了，年纪虽大点，但他有裁缝的本领，又无前室。你的女儿已经17岁了，年龄也不小了，男大当婚，女大当嫁，也该嫁人了！"

叶麻增对利添的名字记忆犹新，他一听宋麻奴为利添提亲，连声说："是这小子，可以可以！"但他也知道利添的家底，他转念一想，又说："但要娶我的女儿，必须满足三个条件，否则免谈。"

宋麻奴问："什么条件？"

叶麻增思考了一下说："我提出三个条件，并且要在三个月内完成。一是要一百担谷子作聘礼；二是要有金戒指、金耳环、金手镯，这些饰物还不能低于二两；三是他要有自己的房子和田地。只有满足了这三样条件，才能娶走我的女儿，我的女儿嫁过去也不能没有饭吃。"这些条件一是叶麻增试探利添的实力，二是利添在他赌场里赢钱的手段仍让他耿耿于怀。他提出的这三个条件，非常苛刻，他觉得利添短时间内根本不可能满足，有故意刁难利添的想法，想借此打压一下利添，令利添往后对他望而生畏。

难题摆在了利添的面前，一般的村民见到这苛刻的条件心里就打退堂鼓了，就连自告奋勇说亲的宋麻奴都觉得这门亲事断然没有希望了。

利添说："这些条件很苛刻，别说是我，我们十里八乡没人能在短时间达到这些条件。"宋麻奴问："就这样放弃了？"

利添的双眼中透出一丝坚毅，说："你替我向叶麻增传话，我快则三个月，慢则半年完成，只求宽限三个月。"

短短三个月能挣下这份家产，简直是天方夜谭，别说是名不见经传的利添，就是城里的大商人，想要三个月内挣粮、挣钱、买房、买田，也不可能。宋麻奴听了利添的话，将信将疑地回复叶麻增。

叶麻增听了回复，也不知道利添葫芦里卖的是什么药，只好等着，想看看利添到底如何创造这个奇迹。

深思熟虑之后，利添开始在乡里出高价以认账方式大肆收购草菇、香菇等土特产品，他囤积了大量的山货，一时间让乡邻十分纳闷。要知道当时局势混乱，商贸受阻，这些山货大部分都是在乡村自产自销，从没想过批量运往外地去贩卖。加之税费繁多，劫匪横行，一船货物运出去别说赚钱，可能还没走出本县，就已经被层层盘剥，或被劫匪抢劫了，所以他们都不明白利添这葫芦里到底卖的是什么药。

利添将所收的大量山货装上货船，并在船头高高挂起一面"梁"字旗，便扬帆出发了。货船顺利到达东莞石龙，再从石龙由火车转运到香港。这些山货正是香港商户的最爱，大受欢迎，顿时销售一空，利添赚了一大笔钱。

乡邻们百思不得其解，纷纷向利添请教。原来，面对叶麻增提出的"体面"的聘礼，利添想到了时任惠（州）紫（金）博（罗）河（源）护航处主任、保安第十团团长的梁桂平。他给梁桂平写了封信，告知其目前的现状，说出想去香港贩卖山货的担心并向梁桂平求助。

梁桂平接到利添的信后，非常仗义，回信告诉利添，让他在船头挂面"梁"字旗，拿出他的公文，打着梁桂平的名号，即可平安航行。所以利添载着山货的船才能一路畅通无阻地到达石龙，没有遇到任何麻烦，更没有人拦截收官税。故在这以后，利添还对家人说："梁桂平在重要时期帮了我们家，他对我们家有恩。"

三个月后，利添回到了回龙镇，先从堂哥手里将他名下的一间房子买下，立了房契，将当年卖出去的田地也一并高价赎回，然后将一百担谷子折成谷票交到了叶麻增的手里，并将金戒指、金耳环、金手镯一并拿给叶麻增，还给未见过面的岳母及其他亲戚买了礼物。

叶麻增本来就对利添印象深刻，加之他在承诺的三个月时间内满足了自己的要求，作为当地有名的乡绅，又怎能食言？因此，他无可奈何也称心如意地答应了这门亲事。

叶麻增夫妇同意这门亲事，还因为利添出众的才华、一流的社交水平和出众的处世能力。他们也看到，利添短短三个月就满足了他们提出的苛刻要求，是个有勇有谋、运筹帷幄、有能力、有智慧的人。他能在小乡村里将山货远销香港，从而赚取了一大笔娶妻钱，证明他有足够的经商赚钱的能力，是个值得托付的人。

利添个性洒脱，不贪婪，获利即止，他追求的就是平淡的生活，他的愿望就是做个农民。

1949年冬，利添34岁，古岭乡河洞村叶麻增的女儿叶谷香18岁，这桩天作之合的姻缘一直在乡村传为美谈。

婚后，利添又安心地做农民，他有他自己的处世哲学，在他心目中，日出而耕、日落而归是最好的生活。他常常告诉自己的孩子："最好是种田，半年辛苦半年闲，乐也悠悠，山高皇帝远，谁也管不着……"

　　这可能也是利添为他的大儿子起名为利天民的由来，他不但将大儿子起名为"民"，后来出生的二儿子起名叫利玉民，三儿子叫利伟民，四儿子叫利世民，都有一个"民"字……

利家四兄妹

　　民者，国之根本。

　　民心，天地之心。

　　这纯朴又伟大的一个"民"字，寄托了利添对孩子们平淡是福、勤劳善良的殷切期望。

第二章

坚韧的求学之路

几经易名"利焕南"

利添壮年娶妻生子，得福又添丁，可谓双喜临门，使本来幸福的生活更加美满，令人羡慕。利添给儿子起名为"利天民"，寄托了他希望孩子将来勤勤恳恳、平淡一生的愿望。

但是新出生的小生命，却爆发出巨大的反抗精神，他好像偏偏要与父亲的愿望背道而驰。

孩子的出生对向往美好生活的利添一家来说可谓是锦上添花，当时中华人民共和国成立不久，农民当家做主，农村一片欣欣向荣。利添有缝纫手艺，又能做些生意，岳父叶麻增也被推举进入河洞村农会的班子，当地政府有什么新措施、新政策，都要与各界代表一同商量，叶麻增得以经常参加乡村活动。

叶麻增非常喜欢利天民这个外孙，因两家相距只有不到3公里，所以叶麻增一到农闲就经常抱着利天民，舐犊天伦之情，溢于言表。

利天民因为身体底子弱，经常生病。当时西医已经传到内地，传闻当时回龙镇有位西医叫古锦华，他的医术很高超，乡邻有什么病痛，只要经过他运用西医疗法吃药、打针，很快就能好转。利添夫妻把利天民抱去治疗，但还是没有好转。后来无意中听信了一位算命先生的话，他算出利天民的命硬，与父母生辰八字相冲，要改名字。在乡间有种旧俗，如果命硬的话，要改名或过继出去，才能使孩子健康成长。在算命先生的建议下，父母给利天民改了名字，拜汉代将军李广为干爹，重新起名，叫"利李广"。改了名字以后，孩子身体仍然没有起色。三四个月后，经过大家的商议，将半岁左右的利天民过继给了舅舅叶增华。当时叶增华才13岁。举办了过继仪式，以此证明利天民已经离开了利家，与父母脱离了亲子关系，祈望他多病的身体能有所好转。因过继给舅舅叶增华，他的名字也要改，于是"利天民"从此以后就改成了"叶焕南"，而"焕南"即谐音"换男"。两家相距不远，焕南从此就生活在了外公外婆家，父母想他了，就将他抱回家中待几日，焕南得到了两家大人的关爱，生活非常幸福。

1951年冬，叶麻增被评定为地主成分。一天，他抱着焕南，呆呆地望着孩子，眼泪不知不觉地滴在了孩子幼嫩的脸上……

叶谷香看到这一幕，惊惧地问道："爸，您怎么啦！"叶麻增不语。

当晚，叶麻增就悬梁自尽了……

后来因建水库，居民大迁移，焕南回到父母身边生活，才将名字又重新改回利焕南。利焕南天资聪颖，4岁的时候就有惊人的记忆。

1955年，利焕南的弟弟出世，利添为二儿子起名叫"利玉民"。于是，利焕南在外婆的带领下回来看望妈妈，路途不远，只有不到3公里。他还清楚地记得，外婆特意带了一只鸡去给刚生完孩子的妈妈补身体，结果在准备涉水过河的时候，外婆将鸡放在了地上，它竟然挣脱束缚逃之夭夭。外婆和利焕南一老一幼，两个人怎样也捉不到，只能看着那只鸡越跑越远，一会儿就躲到了茂密的荆棘丛中，两人束手无策。最后还是一位乡亲用猎枪把鸡打死后才捡回来。这些趣事一直深深地印在利焕南的记忆里。

家里又添了一个孩子，父亲利添却有些闷闷不乐。多张口就要多份饭，在这穷乡僻壤，日子难捱，一天不劳动就要饿肚子，家里又添了一口人，大人还可以勉强煎熬，可这么小的孩子能养得活吗？

　　利添的忧虑和处境，如果不是身处那个年代，是不能深刻体会的。在利焕南六七岁时，村里乡里开始搞初级社、高级社，全村人合伙干活。白天，全村人一窝蜂地到了田头，但大多站在田头当"田头警察"，抱着手观望的人多，劳动干活的人少，地越种越瘦，人越站越懒。人心不齐，效率不高，收成自然也越来越差。

　　接着又开始吃起"大锅饭"，村里乡里家里有粮食的全部上缴，派工磨米，起火煮饭，日夜烟火不绝，粮食越吃越少。

　　1957年的秋天，利焕南6岁，已经到了上学的年龄。这时，他住在外婆家，就被送到了古岭乡石塘小学，这是他的启蒙学校。他跟他的表姨叶谷英一起上学，表姨比他大近9岁，但也同在一年级读书。说起表姨，她是童养媳，有旧社会指腹为婚的婚约。她的未婚夫就在这所学校教书，表姨读了大约两个月就不好意思再读下去了，她说自己年龄大了，不适合读书了，其实是她与未婚夫朝夕见面，甚是难堪。

　　石塘小学非常简陋，盛夏如火，酷暑难耐。学校为了给孩子们解决饮水问题，就用一只木桶蓄满了水，安装一个水龙头，孩子们除了饮用也可以一遍遍地用凉水洗脸降温。有一次，利焕南提着水缸去水龙头处接水，水龙头下长满了青苔，滑溜溜的站不住脚，他一脚踩滑，额头正撞在水龙头上，顿时血流如注。

　　同学们发出一阵惊呼，有的过来扶起他按住伤口，有的赶紧跑去找老师帮忙。利焕南也用手紧紧地按住额头，血从指间流了出来。他咬着牙，不叫一声痛。他从小就在艰苦的环境中生活，养成了坚毅的性格。

　　1958年冬，新丰江水库区10万人口大迁移，整个新丰江水库区的回龙乡、古岭乡、南湖乡、桥头乡、东坝乡、龙利乡、锡场乡等11个墟镇大迁移。政府号召村民为了新丰江水电站的建设搬迁他乡，库区10万移民群众做出了巨大的牺牲。利焕南随着父母迁到河源义合公社超阳大队角下塘村。

义合公社是一个有历史文化传承的村落。据当地史料记载，义合镇建制于南齐永明五年，即487年。因处于久社河与东江两水汇合之地，相传唐、宋时取名"贰合"。后在明武年间，当地苏、甘、马三个姓氏大家族相处融洽，情义相投，将"贰合"改为"义合"。明朝在此设立驿站，清同治十三年，即1874年，改为长洲郡……

角下塘村虽然破败不堪，却还保留一些古建筑遗迹，在焕南小时候的记忆里，这里还有一座牌坊门楼叫"司马第"，他还常常在这些石柱旁玩耍，这里也比回龙乡更穷、更偏僻。

10万人的迁移，也伴随着很多亲人的分离，利焕南的外婆也由古岭乡随安置被转移到了博罗县的麻陂公社。利焕南从小就跟外婆一起生活，虽然在两家来回穿梭，但距离只有不到3公里。他虽然名义上是在叶家生活，但时常可以回家，如今外婆一家搬迁到了距他们70多公里的博罗麻陂，利焕南的失落之情油然而生……

写信求援

1959年春，家里储存的粮食吃光了，田野里空荡荡的，没有一丝绿意，几十里内外，极少见到有人在田间劳作。

天上掉不下来粮食，地里又长不出新苗。

乡里没有了粮食来源，社员只能勒紧裤腰带，自寻生路。

利焕南随着父母迁到河源义合公社超阳大队角下塘村后，比以前回龙乡山下村的生活更为贫穷，没有办法，人们只得打起谷糠、菜头烂叶、野菜、番薯藤的主意，将能入口的和不能入口的野菜统统采回家，想办法吃下去。

因为营养跟不上，人们全身水肿，饿得面黄肌瘦，有些甚至疾病缠身，整个乡村陷入了难以为继的困境之中。

利添目睹乡村萧条的状况，他心如刀割。他像是深陷在了泥沼当中，空有力气却使不出劲来。毕竟，粮食不是一夜之间就能长出来的。

看着空荡荡的家，他眉头紧蹙，忧心忡忡，思量着如何才能渡过这道难关。

母亲抱着弟弟，弟弟已经4岁了，他用说不太清楚的话嚷着"我饿，我饿……"这时，家里的第三个孩子也快要出生了。

孩子与父母心连着心，孩子的哭声，把父母的心都快哭碎了。

利焕南是个早慧的孩子，他虽然只有8岁，却早就在贫困的环境里学会了坚强与忍耐，但年幼的他，只能眼睁睁地看着这一切，帮不了家里任何的忙。

一家人处在风雨飘摇的环境中，第三个孩子的出生，会使这个家庭雪上加霜，达到支撑的极限，爸爸利添望着利焕南，时常沉默不语。

年幼的利焕南已经能体会到父亲的辛酸。此时，他因吃多了树皮、野菜，身体已经出现了水肿、肚胀、面黄肌瘦等严重营养不良的症状。一家人只能将眼泪流进肚子里。

村子里的田地几乎没有收成，闹饥荒的日子真是难过。吃了上顿就想着下顿，瓜藤、菜叶、野菜根，混着吃，越撑肚子越饿，越饿就越想吃饭。

1959年农历十一月初五，弟弟利伟民出生，小生命的降临更加重了家庭的负担。

利焕南常常饿得肚子咕咕叫，有几次饿得眼前发黑几乎晕倒。晒得黑不溜秋、又瘦又小的他，眼见无法再支撑下去，便开始寻求活路，年幼的他竟然想到写信向外婆求援。他知道，如果再不走出去的话，就会饿死，强烈的求生欲使只读了二年级的他给外婆写了封信，请外婆把他接到博罗麻陂公社，这成为利焕南人生当中的第一次出走。

外婆接到利焕南的信，骨肉连心，很快托焕南的小舅把焕南接了过去。

外婆家已经远迁博罗，焕南小小年纪就与父母离别。他常常想家，想念爸妈和弟弟，有时候忍不住就暗自流泪。但他毕竟年龄还小，很快就适应了在外婆家的新生活，与当地的孩子们玩耍在了一起。他总是能在孩子群中当上"孩子王"，他从小就有一种领导的能力，无论是玩什么游戏，他总能将小伙伴们分兵布阵，安排得井井有条。

在外婆家安顿下来以后，焕南就在博罗麻陂乡横茜小学读书。他读书没有书包，书本只能用手拿着，也没有鞋穿，只能赤着脚走在田间小路上。

风吹雨淋，饥一餐饱一餐，焕南却爱上了读书。书本对他有强烈的吸引力，他手不释卷，在知识的海洋里畅游，书本成了他在那个艰难年代里温馨而美好的慰藉。

在"斗争"中成长

利焕南从小调皮，不服管。

他有主意，又非常顽皮。外公的弟弟是位饱学之士，曾经上过黄埔军校，中华人民共和国成立后在农村务农，他给焕南起了个绰号，亲昵地喊他"流猴"。

在利焕南的童年记忆里，饥饿一直如影随形地伴随他左右，他一直要与饥饿作斗争。他脑子活，办法多，敢想敢干，为了吃饱饭，他也做了许多令人啼笑皆非的事。

在外婆家利焕南和小姨叶谷浓的相处也很有趣。他们有时候相处得很好，有时也会拌嘴，甚至各自动心思用计谋，似乎水火不容。

母亲的亲妹妹、他的小姨叶谷浓比他大11岁，他们相处的时间最多，他们之间的"斗争"也最多。

利焕南年纪小，胆子却非常大，他常常一个人在池塘中游泳，池塘深浅难测，他个子又小，非常危险，小姨就在岸边喊他快点上岸。可任凭小姨喊哑了喉咙，利焕南就是不上岸，他在水里像条灵巧的泥鳅。

小姨被气得火冒三丈，为了吓唬利焕南，她就捡了一个土块，沿着池塘追利焕南，要把他赶上岸去。可是她跑到这边，利焕南早游到了那边，她好不容易跑到了那边，利焕南又潜到这边来了，气得小姨干着急、没办法。

小姨见利焕南调皮，不听她的话，不服她管，就常常设计"修理"他。比如等到外婆不在家的时候，就不给他做饭吃，她要驯服这个"流猴"。

没有饭吃，连粥也没有，利焕南知道是小姨捣的鬼，可他也没办法，只得饿着肚子去上学，有时候饿得脚都酸软、走路无力。

他觉得这样受制约也不是办法，他要反制，要回击。但小姨毕竟大他好多，打不过，又骂不过，只能智取。

一天，小姨外出做工，家里只剩下利焕南一个人。他开了房门，用眼睛到处搜索着，看见母鸡在鸡窝里卧着，好像在孵小鸡，他知道这只母鸡是外婆的宝贝，现在还在孵着小鸡，更是外婆的心肝宝贝。他饿得头晕眼花，眼珠一转，计上心来。

他上前用双手把母鸡抱起来，鸡肚子下边果然有六颗圆溜溜的鸡蛋，用手一摸还暖暖的。

　　饥饿战胜了理智，他伸手拿了两颗鸡蛋出来，准备先煮鸡蛋解决自己的饥饿问题。可是腹中空空的他又觉得这两颗鸡蛋简直是杯水车薪，因此，他心一横，干脆把六颗鸡蛋全都拿了出来。没多久，六颗水煮鸡蛋转瞬间就被他狼吞虎咽地吞进了肚子。

　　晚上，外婆回来听到母鸡在院子里焦急地打着转鸣叫，心中一阵慌乱，快步走到鸡窝前一看，只见鸡窝里空荡荡的，一颗鸡蛋也没有了。

　　外婆气呼呼地把气撒到小姨身上，怪她看家不严，连鸡蛋都被偷走了。看着小姨被外婆教训，利焕南用眼偷瞄了一下小姨，心里乐道："活该！我收拾不了你，外婆收拾你，你不给我做饭吃，饿不死我，外婆才要骂死你呢。"

　　小姨委屈地努着嘴，狠狠地瞪着利焕南。她已经猜到了大概是这个"流猴"捣的鬼，却苦于找不到证据，只能心里冒火，嘴上却不敢说什么。

　　"这小家伙太鬼精了。"小姨心里想。

　　从此以后，小姨果然有所收敛，不敢再"明目张胆"地"欺负"利焕南了。

　　给利焕南"赐"外号的那位外叔公，上过黄埔军校，也略懂中医，常常给人把脉开药，也因此常常收到病人给他的酬资。

　　外叔公有了零花钱，平日里就买些鱼虾等食物煎在锅里，他上午经常要外出放牛，中午回来便把鱼虾当作午餐。

　　有一天，外叔公外出放牛时正好碰到了放假在家的利焕南，外叔公就问他："小流猴，你经常四处转，看到哪儿的青草多？"

　　利焕南眨了眨眼睛，眼珠一转，热情地介绍说："叔公，本村的青草都被牛吃光了，要想找好草地，只有走远一些，越远越好。村东低坡那边好像有很多青草，又嫩又绿。"外叔公信以为真，一扬牛棍儿，就朝村东低坡放牛去了。

利焕南在饥饿的驱使下，用了这招调虎离山之计。

看着外叔公走远，利焕南高兴得一蹦三尺高。他蹑手蹑脚地来到外叔公家的厨房，打开小窗户，像猴子一样地爬了进去。

揭开锅盖，锅里的小鱼儿真香啊！空空如也的肚子急需食物，他忍不住，像小馋猫一样几口就把鱼虾塞进了肚子里。

吃过鱼虾后，他把头伸进水缸里，美美地又灌了一肚子清水。

外叔公中午放牛回来，发现锅盖开着，鱼虾全都不翼而飞，四处寻找"作案"嫌疑人，最后把家里那只贪吃的猫臭骂了一顿。

利焕南天生是块学习的料，随着识字量的增多，他渴望读到更多的书。尽管是在贫困年代，他也一刻都没有停止过对知识的追求。肚子经常填不饱，但他渴望能从书本中寻求更多的营养。

受当时条件的限制，他所读到的书除了课本之外，相当有限。但课本以外的更广阔的知识，时刻吸引着他。

开始流行小人书了，他无意中看到了麻陂镇上新华书店里卖的一套《三国演义》的连环画，他一下子就被这套书的内容吸引住了。三国里面有那么多的英雄人物，书中的豪杰、神奇的计谋、家国情怀，令他如痴如醉。理想和现实总是有一段差距，他要面对一个残酷的现实，那就是这套连环画他一本也买不起。为了能读到这套书，他意识到了钱的重要性，他非常渴望能有一笔钱买回这一套书。

1961年，小姨生病了，病得还很严重，那一年焕南读三年级。

乡村里没有正规的诊所，又是请外叔公帮小姨诊脉，药方开好后，要去到3公里外麻陂镇上的药店算好价格，再抓药带回家煎。

外婆让焕南去替小姨抓药。

焕南赌气地说："我不去。"

"你姨子生病了，你不去谁去呢！"外婆有些生气了。

焕南努了努嘴说："她总是欺负我，除非她求我，我才去。"

小姨听见了，只得恳求道："焕南，姨子求求你，快去抓药吧，头痛死了。"

焕南这才拿起药方到3公里外的麻陂镇药店抓药。

药店按医生开的药方上的划价写金额，用的是药铺里的老方法。

如："旨"为"二角三分"，"刳"为"八角二分"，"云"为"一角二分"，"去"为"六角八分"。

当时钱币只到元，所以3个符号右上方是分数，左上方是角数，下面一个三角形，从左读到右，很少用到元一级。

善于观察的利焕南无意中看到了药店的划价方法，一眼就看出了药方划价存在的漏洞。

他想起了令他魂牵梦萦的那套《三国演义》连环画，60本一套，他不敢奢望全买，哪怕能买一本也好啊！如果跟外婆要钱，那根本就是奢望，当下之计，只有"智赚"。利焕南眼珠一转想到了方法，立即就去买了一支同药店里颜色相同的红蓝铅笔来实施了。

比如药店划价是一角二分（　云　），他就可以在角和分处添上一笔或两笔，这样的话，每次都可以从外婆那里扣下一两角钱。

这些简单的符号数字，成为焕南商业的启蒙。他找到它们规律的时候，是那样的惊喜。他算得多准呀！手脚麻利又天衣无缝。

小姨病了近一个月，利焕南往返于麻陂镇为小姨抓药，也往来于书店之间，买了十多本《三国演义》的连环画。当时他的小舅在当地政府的运输船队工作，每个月都送钱给家里，也供小姨治病，所以经济上算有保障。

自从有了《三国演义》的连环画，利焕南觉得自己的生活被注入了新的能量。这些新的知识深深地影响了他，他崇拜这些忠孝双全的英雄好汉，他钦佩羡慕他们的运筹帷幄和奔袭千里的赤胆忠心，这些画面在利焕南心中开辟出广阔的天地。

他喜欢那种摩挲着书的感觉，翻过一页页，历史在指间流淌。这套书影响了他，使他有了男子汉大丈夫生当驰骋万里沙场、建功立业的想法。

《三国演义》是他人生中的第一个课本以外的良师，他从中汲取了不尽的营养。

无论走到哪里，利焕南都是"孩子王"。

他总能成为孩子们的"小头目"和"小指挥官"。他指挥一群孩子们编阵冲锋、上树、下塘、偷花生，上演了一场又一场的闹剧和恶作剧。

他见义勇为，有正义感，又敢担当。如果伙伴被人欺负了，不管对方年龄有多大，力气有多大，他都要拼命冲上去，要去搏一搏，以牙还牙。有一次，他和小伙伴叶水盛、叶火盛一起在小河边钓鱼。叶水盛、叶火盛兄弟分别比他大4岁和3岁。这时一个18岁姓罗的青年在看牛，罗姓青年见几个孩子在钓鱼就故意寻衅，将石头投在小河里，使三人无法钓鱼。三人决定教训一下这个姓罗的青年。利焕南出主意，组织分工，三人齐上，你揽腰、我抱腿、他按头，一齐把罗姓青年按下塘去灌水，来回灌了几下，罗姓青年饮饱了水，连忙求饶。最后，利焕南他们拿起鱼竿逃走了，姓罗的青年还未喘过气来。

利焕南有强烈的上进心，他的堂哥利流明于1959年考上了大连海运学院（现大连海事大学），因为堂哥在读书期间一直得到焕南的父亲利添的支持，所以堂哥与焕南的感情非常好。1962年的春天，堂哥寄给焕南一张他穿着海军军装的照片，真是英姿飒爽、威风凛凛。这张照片在麻陂公社横茜小学引起了轰动。看到堂哥照片里的光辉形象，看到同学们羡慕的目光，利焕南意识到了只有有所作为，才能得到大家的尊重，才能让大家刮目相看。他暗下决心要努力学习，做一个像堂哥一样受人尊敬的人。

曲折求学

利焕南童年生活漂泊，因随家庭搬迁，他也频繁转学，这也注定他的求学之路异常艰辛。

他在小学期间共念了6所学校，分别就读过石塘、中洞、艾埔、奇龙塘、横茜、麻陂中心小学。

1962年，利焕南初小毕业，当时以完成四年级学业为初小毕业，并顺利考上五年级。他念书有天赋，平时也并不将全部心思用在读书上，也不靠死记硬背，但考试成绩却能超过其他同学。

在奇龙塘小学，罗盛昌老师对他寄予厚望，并对他说："阿南，你要记住，古人有言，'万般皆下品，唯有读书高'。你要好好读书，才能有所作为，如果不好好读书，将来出去没本事，连碗饭都挣不到吃。"

罗盛昌老师是利焕南心中尊敬的人，他的话，利焕南听进了心里。不努力读书就只能当"下品"？下品就是不合格的劣品，利焕南人小志大，要做就做"上品"，做一个受人尊敬的读书人。虽然生活非常艰苦，他也很调皮，但他从小就立志力争上游。

他记住了罗盛昌老师的话，学习更勤奋用心。

利焕南淘气、聪明、好胜，他最可宝贵的性格是喜爱读书学习，尤其喜爱读课本以外的书籍。他对书的热爱达到了爱不释手的程度。也因为好学，这位少年更加聪慧早熟。

随着识字量的增多，他渐渐不再满足于只看连环画了，他渴望能读懂真正大部头的《三国演义》。一次偶然的机会，他发现了一位叫叶增尧的堂叔家里有本繁体字版的《三国演义》下部，那个时代的书非常珍贵，堂叔又不肯轻易借阅，利焕南只得从窗户伸手"窃"走，从此手不释卷。为了读懂繁体字版的《三国演义》，他还学会了查字典。

处在物资比较缺乏的年代，《三国演义》便成为利焕南情有独钟的"精神食粮"。后来他说，在这部书中，他最喜爱赵子龙，因为赵子龙能征善战，还能保全自己。他从书中开始思考人生，平时与小伙伴们做游戏，他也常常扮演赵子龙。

1964年，中国度过了经济困难时期，国家进行国民经济调整，开展"四清运动"。运动的内容，前期是在农村中"清工分、清账目、清仓库和清财物"，后期在城乡中表现为"清思想、清政治、清组织和清经济"。在1963年以前，也有成分不好的地主、富农的子女考上大学或者中学。但是到了焕南这一届，就不看平时表现，只看家庭成分了。在这种趋势之下，年幼的焕南也隐约感受到了无形的压力。

这一年，焕南13岁，要参加升中考试了。考中学的时候，麻陂中心小学六年级有两个班，即六甲、六乙班，当时的语文老师叫李云泉，算术老师叫张培根。

考试只考语文与算术这两科，利焕南对这两科胸有成竹。语文是他的强项，特别是作文，他熟读了大部头的《三国演义》，在那个年代已是非常难得，他下笔如有神，起承转合得心应手。考算术的时候，最后一题给他留下了深刻的印象，一是比较难，二是有18分的高分。题目是这样的：有一口半圆鱼塘，直径为58.7米，求这口鱼塘有多少亩。这道题不容易算，很多同学都算错了。有许多同学没有认真理解题目中的"半圆"。当时参加考试的有两个班的同学90余人，其中有算成一口圆形鱼塘面积的；有人算出平方米后就不会换算为亩的；有人算出平方米换算成亩以后不除以2，忘了"半圆"的。只有利焕南准确无误地算了出来。

考试刚结束时，张培根老师询问同学们最后一道题的答案，听了同学们的回答后，张培根老师说："如此看来，这道题，我校就只有叶焕南做对了。"此时，利焕南跟随外婆生活，在外婆家附近学校读书时改姓叶，叫叶焕南。

焕南从小就直觉敏锐、善于观察，他隐约地感觉到自己跟随外公姓"叶"可能会对他升初中不利，因此他在升学志愿书上填写名字的时候写了两个名字，一个是叶焕南，又写了备注："利焕南，贫农"。结果一位老师反对，他对焕南说："叶焕南就是叶焕南，什么利焕南。"将他升学志愿书上写的备注画掉了。

尽管如此，利焕南对自己这次考试的成绩非常有信心，语文不用说了，算术大家都没做对，只有他做对了，他升中的机会比其他同学要大了很多。

考试完学校放暑假，利焕南乘车回河源义合的爸妈家过暑假。车子在颠簸的路上行驶，经过升中考试以后，利焕南好像成长了许多。车子经过石坝中学的时候，远远地望见中学就在路边，利焕南心中还设想着升入初中以后上学的情景。车子很快驶了过去，他扭头望着渐行渐远的中学，心里想着：再过一个月，我就要来这里读书了。

回义合爸妈家较远，利焕南需要中途在河源黄子洞村的小姨家住一晚。那天，他端坐在大门外的台阶上凝神看书，一两个小时一动不动。邻居有位阿伯，从他跟前来回走过几次，他都浑然不知。阿伯就问他小姨："这小孩是谁啊？读这么厚的《三国演义》，我从他跟前走过三趟了，他没看过我一眼。男人莫看三国，看了三国，长大就会用计谋……"

　　利焕南回到河源义合的爸妈家，迎接他的还有不到一岁的妹妹利美娥。他一到家就受到任务，妈妈让他帮忙带妹妹，教会他怎样做米糊喂给妹妹吃，还教会了他如何换尿布等。利焕南一边在家帮忙照看妹妹，一边等待着中学的录取通知书。

　　日子过得很快，转眼间就到了9月份，同学们陆陆续续去中学报到了，可是利焕南却迟迟没有收到录取通知书，也没有等到舅舅通知他上中学的消息。

　　利焕南心中非常焦急，转眼又到了10月份，父亲终于收到了舅舅寄来的信件。舅舅读书少，写字少而且难看，但意思却表达得很清楚。信上说，焕南因为考试成绩不好而没有考上中学。就这简短的几行字，像是晴天霹雳一样击中了利焕南。他急得脸都发青了，他百思不得其解，是老师改卷漏了，还是别的原因？

　　他坚信自己的成绩，语文不用说，要说算术，就凭最后一题，他也应该被录取啊！

　　面对残酷的现实，利焕南不愿意接受。他甚至想起了爸爸给他讲过的一个故事。故事说清朝一个姓杨的考生参加科举考试，这位考生非常自信，他在未考前就放言自己一定能高中举人，这话传到了主考官的耳朵里。于是，主考官在改卷时看到姓杨的考生的卷子，就故意把它扔到一边不予批改。结果考场失火了，但该考生的卷子却完整地保留了下来，没办法，主考官只好点了那位姓杨的考生为举人。利焕南自信这次考得非常好，一定是哪里出了差错。他要父亲去学校理论，说肯定是学校搞错了，因为当时张培根老师已经跟同学们说过答案，算术科目最后一道18分的应用题，只有他利焕南一个人答对了。

　　但无论利焕南怎么辩解，怎么理论，怎么抗争，他的录取通知书始终没有到来。

　　他只有无奈地接受这个现实。这个事情对他的打击很大，他的志向也因为没有顺利升学而受到挫折。他的内心很痛苦，他不知道找谁诉说，往后的日子该怎么过，他的心情沉重极了。

　　一直到26年后，原班主任语文老师李云泉才来信告诉焕南真相。当年是家庭成分问题导致焕南未能升中学，医为焕南在外婆家改姓了叶，所以也被冠上了"地主孙子"的帽子。他也曾反对这个决定，但没有什么用。

第三章
涉世尝
艰辛

03

务农经商

无缘读书，恋恋不舍地望着别人升入中学，利焕南只能在家里帮忙干些农活。

这段时间他在心里开始思考起人生的意义，他向往三国里的英雄豪杰，横刀立马，纵横驰骋，但那只能是他的梦想，残酷的现实是他失了学，面朝黄土背朝天，他的出路又在何方呢？

困惑着，活要干，生活还要继续……

那年秋天，为了贴补家用，13岁的利焕南跟着村里的大人去山里采钩藤和巴戟。顾名思义，钩藤是一种藤蔓植物，生长在深山老林之中。巴戟被火烧之后在山坡上最好找，它的生命力极强，烧过后的山坡上会长出巴戟嫩苗，尖上带点紫色，很远处就可以看到。这两种草药都是非常紧俏的中药材，但如果想采到好药材，就得进入更深的山里。

11月份，利焕南第一次跟大人进山采钩藤，因为钩藤长在地下，但枝蔓缠住树干后向树上爬行生长，还会和树缠绕在一起，砍断钩藤主枝后要花很大力气才能将藤从树上拉扯下来。利焕南因年龄小力气不够，所以与同行的一个叫巫观海的少年结对，互相帮忙。巫观海比利焕南大4岁，两个人都是童稚未脱的少年，他们边干活边嬉闹，不知危险。两人发现了一棵长在悬崖边的树上缠绕了一株极为茂盛的钩藤，但树下就是悬崖峭壁，要采这棵钩藤十分危险。斩断了钩藤的主枝后，两个人拉着钩藤主枝，使悬在山崖上的树枝被拉成弧形，这时候巫观海突然手一滑，利焕南整个人一下子被反弹了出去，他双脚悬空，下面就是悬崖峭壁，人在空中像荡秋千一样来回晃荡。身处险境的利焕南只得紧紧地抓着藤条用力往回荡，情况十分危急。巫观海回过神来，慌不择物，赶忙拿着自己的长柄钩镰，想把藤条钩回来，救下利焕南。钩镰是一种带铁把的农用刀具，本来就是砍藤条用的。他一时情急顺手就要用钩镰去钩藤条，而没想到如果将藤条钩断了，利焕南就会有坠下悬崖的危险。在这千钧一发的时刻，同村的一个叫利润桂的长者一把将巫观海拉住，同时用棍子猛敲巫观海的脑袋，训斥他说："你用钩镰这样一钩，钩藤一断他不就掉下去了吗！"众人闻讯前来，用棍子等工具把利焕南给救了下来。同行的人都吓出一身冷汗，纷纷对利焕南说："你真是福大命大！"

生活虽然艰苦，但也有许多乐趣。

这些苦难的生活，是利焕南日后成长的基石。只有经历过苦难，才能体会成功之不易。

利焕南辍学后就在生产队里务农挣工分，回到家则带妹妹美娥。1964年的冬天，爸爸叫他去赶集卖茶叶、烟叶，他初次经商，还闹出了许多笑话。他刚从学校出来，哪里知道卖茶叶的行业秘密，别人来问茶，他一本正经地告诉别人，这个茶叶质量非常好，但没有炒好。他不知道茶叶本身都差不多，炒茶才是关键，炒得好的茶价格更高，他一本正经地讲解，让买茶人哭笑不得。

爸爸利添经常让他赶集去卖茶叶、烟叶，有意锻炼他的生存能力。利焕南去的次数多了，也就有了经验，发现了很多卖商品的窍门，也了解到了小市民如何在生意上做假，比如海鲜市场贩卖海鲜，捆绑海鲜的束草与海鲜重量相同。这个行规实在是古已有之，如卖茶叶、烟叶时就会先用荷叶垫在秤盘上，再放茶叶、烟叶去称重量，也有商贩在用秤时会用许多小窍门压秤杆增重，这段做生意的经历成为利焕南难得的市井经商启蒙。

一次，利焕南和堂兄利杨金一起去黄田圩卖茶叶、烟叶。货物卖得很顺利，收获颇丰，堂兄利杨金就提议去喝酒庆祝。

利焕南性格豪爽，愿意尝试，见堂兄要喝酒，他也附和说，他也要喝酒。酒是农家酿造的土酒，有些酒香味，得味道略苦涩。两人买了一份，竟然不够喝，利焕南又去买了二两再喝。酒的度数虽不高，但两人还是少年，又没有喝酒经验，竟然双双喝醉，开始胡言乱语。

这是利焕南第一次喝酒，时间在1964年冬。后来，爸爸利添用多种药材如红枣、熟地、党参等物来泡酒，利焕南也经常偷爸爸泡在药酒里面的红枣、熟地、党参来吃，就这样，小小年纪的他就学会了喝酒。

喝酒的趣事很多。1965年端午节时，爸爸平日精心泡的药酒喝得见底了，就让利焕南去供销社买回半斤"五加皮酒"过节喝。利焕南在买酒回去的路上，见四野静旷，寂寞无聊，就忍不住偷喝了两口。买的不多，又被他偷喝两口，分量更少了，"缺斤少两"肯定会被父亲发现，怎么办？利焕南眼睛瞄向了路边的小河。那时河水清澈见底，水质甜美，乡邻们经常饮用河水。为了充数，他就偷偷地在酒里灌了些河水。回家的路上要经过一道木桥，木桥只是简易地用三根树木捆绑搭建而成，利焕南因为偷喝了酒，头晕目眩，脚下不稳，一不小心掉到河里，弄了个浑身湿透。回到家后，爸爸尝了口酒，自言自语："这酒怎么变味了！"利焕南狡辩："可能回来时掉河里进了一些水。"这件事父亲一直被蒙在鼓里。

利焕南喝酒爸爸不干涉，他抽烟也是爸爸教会的。利焕南觉得爸爸也许是怕老了后没烟抽没酒喝，所以先教会了他。

学抽烟也是他13岁那年，父亲笑着说："抽烟好处多，可以避邪、可以防瘟病等。"所以让他学抽烟。当时抽的烟都是乡下自种烟叶的尾叶，卖不出去留下来自己抽。

事隔多年，利焕南回想起当年的事情，他觉得爸爸或许因为经历变故和贫困的侵袭，所以才不希望利焕南通过上学而出人头地，他最希望的是儿子能做个合格的农民，"半年辛苦半年闲，乐也悠悠，谁也管不着……"所以他让儿子早早地务农，纵容儿子学会抽烟、喝酒。

利添虽然放任他务农、经商、抽烟、喝酒，表面上对他不甚关心，甚至更希望他能成为一个老实本分的农民，但内心却非常关心他。1965年的夏天，河里发洪水，从河上游冲下来很多搭桥的木材，木材的材质很好。利焕南觉得这些木材被水冲走太浪费，所以他就跳进洪水去追四根木头拼起来的桥板。水势汹涌，木板横冲直撞，利焕南在水里足足追了两公里，一直追到中洞村，才把桥板推到岸边。他满心以为他做这件事会得到爸爸的表扬，因为这几根木材能卖不少钱，不料爸爸知晓此事后，不但不表扬他还气愤地要打他，爸爸责问他："为什么要去追这些木头？多么危险，你真是要钱不要命！"利焕南自恃在麻陂外婆家学的游泳技术相当了得，相信自己万万不会出事，但在爸爸眼里，哪怕能挣再多的钱，他也不想让儿子冒如此大的风险。

利添性格洒脱、超然，平时教育孩子从来都不直接训斥，往往借古讽今，让孩子自己领悟，唯独这一次面对危险之际，他才袒露出了父亲的本性。

中学生、小樵夫

爸爸利添一直有一张渔网。

在那个食物匮乏的年代，每个人都用尽了可以获取食物的手段来维持生计。

7月上旬的一天，爸爸带利焕南去村前的久社河捕鱼，捕上来的鱼都是些小鱼小虾。父子俩碰到了中洞小学的叶明昌校长，叶明昌校长以前是利添的邻居，由于利添善于交际，他们早已成了好友。几句寒暄过后，叶校长看到帮忙捕鱼的利焕南问："阿南是不是放暑假回来了？"

利添说："他去年就回来了，没考上中学。"

利焕南听爸爸这样介绍自己，立即就急了，哭着争辩道："不是我没考上，是学校搞错了，我的学习成绩在我们学校算是很靠前的。"

利焕南含泪的抗议引起了叶明昌校长的注意，他了解焕南，知道他聪明又要强，考上初中绝对没有问题，这中间一定有别的原因。他沉思了一下，对利添说："添哥，阿南既然这样说，就让阿南再考一次吧，现在离小学升中考试还有一个星期，我们看看阿南的水平到底怎么样。按历届生源参加小学升中考试，考得好不好都应该给他一个机会，也省得他以后留有遗憾。"

"考什么，学业都荒废了一年时间了，书又都扔在博罗他舅舅家，课本都找不到了。"

"没有书我也要考，我一定要去考！"利焕南哭着说。利焕南在上次的升中考试中不明不白地落选，心中早就憋了一股气，现在叶校长的一番话又让他看到了希望，他紧紧地抓住这个机会，他要再一次地证明自己，到底是自己不行，还是上次考试确实如他所猜想的一样出现了意外。他的话充满自信，充满倔强，充满勇气。

"好，你要考就去考吧。"利添只得答应。他也早就猜到利焕南舅舅简短的信中一定还另有隐情。同时他心里也觉得对不起利焕南，他之前不支持利焕南上学，是因为家里太穷，无法培养孩子，让孩子受了许多委屈。面对倔强的利焕南，他的心一软，答应让他重新参加小学升中考试。

利焕南得到了爸爸的首肯，欢欣雀跃。在他面前似乎重新打开了一道生活的大门，他忽然觉得天空变得那么晴朗，耳边传来许多鸟儿悦耳的啼鸣，脸上吹过凉凉的风，脚下流淌着潺潺的河水……

叶明昌校长非常关心利焕南，他不是当面寒暄几句过后就忘记了，他是真心地想看看这孩子有没有读书的潜力，回到学校后就将利焕南的名字报了上去。他器重利焕南，欣赏利焕南不服输的勇气。叶明昌校长有个女儿小利焕南一岁，他与利添戏称，等孩子长大后就给两个孩子结娃娃亲。

利焕南终于在辍学一年后，又争取到了参加考试的机会。时间很紧，离考试只有一个星期，利焕南下定决心要搏一搏。

为了应考，爸爸给了他一角钱，妈妈也给他一角钱。他买了一支铅笔花了三分钱，三本白纸簿作草稿纸用，花了一角五分，还剩两分钱，留作备用。

妈妈为他准备了五斤米、一玻璃瓶咸菜，比外就是一个破包袱。

利焕南打着赤脚，怀里揣着木屐，离开了家到中洞小学参加小学升中复习。经过一年的务农、打短工、做买卖，他的课本早已丢失，没有课本，他只得四处向同学借书来复习。

又回到了熟悉的学校，又回到久违的教室，仿佛生活又充满了阳光与希望。到校后第二天，他先参加学校组织的劳动，去采中药山姜子，卖了钱就作为学校复习的补贴。第三天开始上课，复习时间只有四天多。利焕南又没有课本，只得等邻桌同学复习完后借人家的书看。

当时中洞小学六年级的班主任是巫亚富老师。复习三天后，巫亚富老师就出题让学生写作文，题目就是《记一次有意义的活动》。利焕南本来就文采斐然，又熟读大部头名著《三国演义》，就将采山姜子的整个过程洋洋洒洒地写了出来，巫亚富老师看过后拍案叫绝，大加赞赏，他想不到这个插班生还有这么好的文笔，他赞赏道："同学们，半路里杀出了程咬金，大家看看利焕南，他刚刚来复习的，文章写得精彩，思维清晰，文笔顺畅，一看就是用了心读书，不读死书，学以致用，值得大家学习。"巫亚富老师还把利焕南的作文在全班当作范文朗读并张贴出来。

同学们都把脸转过来，望着这位新来的同学。他也很快就和同学们打成一片。

傍晚自修完毕，巫老师站在利焕南身后，他对利焕南说："利焕南呀，你很聪明，但要注意防止骄傲自满！"

利焕南知道老师是为自己好，他说："老师，这个道理我懂，自古骄兵多致败，从来轻敌不成功。"

巫老师惊奇于他的出口成章。

利焕南说："我从《三国演义》中看来的，三国当中凡是骄傲的将领，必然会惨败。"

利焕南这么爱读书，真是棵好苗子。

紧张地过了一个星期，终于迎来了升中考试。

利焕南的堂兄利杨金比他大3岁，是应届生，也和利焕南参加同一届升中考试。他的哥哥就是过继给利焕南的父亲做儿子的利桥开，当时利桥开已经做了生产队队长。考试后大概20天，同学廖月恒跑过来通知利焕南："利焕南，学校要开会，升中考试成绩出来了。"

利焕南一路跑到中洞小学去开会。黄田、义合、久社3个公社近4万人口，但义合中学只招收一个班45人，中洞小学有9个人考上，在3个公社中排名第一，其中就有利焕南的名字。其他小学有一两个或三五个不等，也有一个都没考上的乡村小学。堂兄利杨金考上半工半读的林业中学。

　　利焕南拿着录取通知书飞快地跑回家，要把他考上了义合中学的喜讯告诉爸爸。他要向爸爸证明，他没有撒谎，他有考上中学的实力。

　　当利焕南一头汗水地跑到父亲面前时，父亲正在磨割松香的钩刀，利焕南大老远就大声喊："爸，爸，我考上了，我考上了，我考上义合中学了！"他急于向父亲报喜。

　　父亲利添这时已经51岁了，他弯着腰正在磨钩刀，他早就已经听见利焕南的呼叫。他听着利焕南喜悦的声音，慢慢将低着的头抬起来，拿下眼镜，瞄向了利焕南，有些无奈地说："真的给你考上了？"

　　利焕南欣喜地回答："是呀！是呀！"

　　利添又自言自语："考上了又有什么用？我怎么供你读书，连被子、蚊帐、席子和替换的便服都没有。"

　　利焕南的欣喜被爸爸冷冰冰的话当头泼了一盆凉水，但他知道上学这条路是他唯一的出路，他不会顺从于父亲帮他选择的道路，他身体内流淌着不屈的热血。

　　利焕南默默无语。他知道家里穷，吃了上顿没下顿，哪里还有钱买生活用品，因此就对妈妈说："妈妈，你不用担心，我什么都不用。观桂哥原来因为家里没钱休了两年学，现在他哥利流明从大连海运学院毕业并参加工作了，寄钱供他上学。他今年恢复学籍，同样在义合中学读书，我可以同他搭一张床，共用被子和蚊帐，我和他睡一起就什么都不用准备了。"

　　父亲看着他的样子也着实心疼，见他憋着一口气要读书，就说："既然考上了就去上吧！不过得自食其力，每个星期挑一担六十斤的柴去卖，才有钱给你去读书。你上学的钱要靠你自己流汗换来。"

　　利焕南答应了，他与父亲达成了约定，磨了砍柴刀，削了竹扁担，准备砍柴换取一厝的生活费。

妈妈见利焕南一年没摸书本，竟然只复习几天就考上了中学，高兴之中又带着酸楚：家里没有物资，手里空空如也，没有被子、蚊帐和木箱，更没有衣服，怎么让阿南去上学呢？妈妈的心里非常难过。

父亲为了这事还专门问过利观桂："阿南说的你同意吗？"利观桂说："当然没问题。"

蚊帐、被子都解决了，现在就差衣服了。利焕南对妈妈说："没有衣服我就穿这个上中学去。"

妈妈笑道："你还以为在家里捡牛粪吗？这短裤能穿去学校吗？"

这时妈妈开始从家里找还有什么能改成衣服的布料，找到了一床黄色的被子，这是她和利添结婚时置办的被子，都16年了，还没有全烂，就提议说："这床被子还没有烂，改条长裤给阿南穿吧！"

利添说："也好，在家里我们怎么都可以凑合，阿南上学，可不能总穿短裤。"

长裤改成了，多余的布料还做了一条短裤，利焕南二话没说，收拾起了自己的物品准备上学。临行前他还不忘带上那本翻烂了的《三国演义》，这是他的宝贝，是他唯一的精神食粮。辍学一年有余，他觉得他离书中的人物越来越远，如果他真的成为农民，一辈子与土地打交道，他就要告别了那些梦想，而当他再一次踏入学校，他就离他们越来越近。他喜欢书里的人物，他熟记书里的章节和战役，他把《三国演义》里的正直人物当作自己的良师益友，谁也不会注意到，他从这本书里得到了多少养分来滋润心灵。

因为营养不够，利焕南个子非常矮小，总是坐在前排的位置。

下课放学后，他和比他高一年级的利观桂搭床睡觉。

以致很多年后，他的一些同学都不记得和他做过同学，因为他们见面时总在上课，而下课和休息时，他就偷偷地溜回利观桂所在的宿舍。

每到星期六，他就回家上山砍柴。

林子很密，天气闷热。小小的身影挑着两筐重重的木柴，成为大山里的风景。

"中学生""小樵夫"，这是利焕南身上的两张标签。当生活的重担压在他稚嫩的肩头时，他总是在内心告诫自己：咬咬牙，挺过去。

他知道了生活的不易，所以才会分外珍惜读书的机会。他学习很用功，在班里一直名列前茅。他喜爱语文、数学、地理和历史，每科的成绩都不错。老师爱护他，同学们也喜欢他。他淘气的形象已经开始蜕变，而脸上却飘来几缕忧郁。生活的艰难，要他付出的超出了他这个年纪应该承受的范围。

1966年春，他的弟弟利森林即将出生。他在砍柴回家的路上，发现路坡边有一堆新土，边上还有一个洞口。出于好奇，他走近去观察，发现有一只带鳞片的动物躲在里面。利焕南又惊又喜，飞速跑回家告诉爸爸。父子二人带了工具返回山坡，利添见多识广，他说这是穿山甲。他用木棍顶着穿山甲的身部令其不能动，并让利焕南立即回去与妈妈挑一担水来。

利焕南与腆着大肚子的妈妈挑了一担水来帮忙，最终一举将穿山甲抓住，一称7斤多，卖给供销社，卖了5块多钱，爸爸给了利焕南两角钱作为奖励。那个年代的5块钱，算是很大一笔收入。

爸爸利添每个星期给利焕南一角钱，他自己每周砍一担五六十斤的柴去卖，所得的钱放在一起当作他读书的费用。

细心的具育安老师看出利焕南的与众不同，这位和蔼的班主任常常抚摸着利焕南的头，对他嘘寒问暖。他认为利焕南聪明勤奋，小小年纪吃了这么多苦，他从心里疼爱他。

1992年回河源投资后，利焕南每月都资助具育安老师生活费，直到他96岁病逝。

久社河流入义合镇后汇入东江，河水从山中涌出逶迤而下，松涛阵阵，竹影婆娑，远远望去就像一条翠绿透亮的绸带。

炎炎夏日，酷暑难耐，利焕南和同学们下午一下课，就扎到小河里游泳。他喜欢这条小河，这条河温柔而清凉。

游泳时没有短裤，只得穿长裤下水，他在水中扑腾一会儿，轻轻地离开水面，水积在裤筒里就把裤子扯得"嘶啦"一声响，破了一个更大的洞。

这一条经历了千辛万苦才制作出来的裤子，如今破烂了，该怎么办？

他穿着破裤子回家，妈妈见了很心痛，说这裤子的布料已经有十七八年，快要腐朽了，就连缝补都无处缝补了。

家人为了他这条裤子还苦恼了好几天，但利焕南还是要去上学，他就这样穿着打了几层补丁的裤子去上学。

第四章

初开
眼界

04

赤脚行程

1966年秋，利焕南升到初中二年级，全国掀起读毛主席著作单行本的热潮。利焕南爱读书，《三国演义》已经被他"韦编三绝"，书都翻破了，他也想要买一本毛主席的著作。但生活费一周一毛钱，木柴六十斤目己挑去卖又可得六毛，加上五斤大米，如此拮据的情况下，饭都吃不饱，想节省下钱来买书更是奢望。他只得向爸爸求助："爸，学校让我们买毛主席著作。"

爸爸正在劈柴，头也不回地说："现在吃饭都困难，哪还有闲钱买书？"

望着利焕南充满渴望而又坚定的眼神，爸爸的心软了，最终还是给了他五毛钱，让他如愿以偿地买了《毛泽东选集（乙种版）》。他如饥似渴地阅读文选，如果说名著《三国演义》为利焕南打开了中国传统文化的大门，而毛主席的著作则给他带来了思想上的震撼，他如饥似渴地阅读，内心开始向往那些革命圣地。利焕南暗自打定主意，他要亲眼去瞻仰那些毛主席带领共产党战斗和生活过的地方。

梦想的种子已经扎根，并逐渐发芽，利焕南开始计划他的徒步"长征"。他去跟爸爸商量，爸爸狠狠地骂了他。

利焕南见说服不了爸爸，就转脑筋想办法。他说服了几个小伙伴加入，并让曾经外出开过眼界的堂哥利观桂去劝他爸爸。利添见他们意志坚决，又是几人同行，最终勉强答应了。

爸爸答应之后，利焕南还要想方设法解决路费。

利焕南脑子活，他想到住在义合圩的一位叫利娟的长辈，她是爸爸的堂妹，是参加过土地改革的老干部，还是县里学习毛泽东思想的先进分子，他喊她姑姑。他徒步到义合圩，跟利娟姑姑说想出去见见世面，瞻仰毛主席带领中国共产党生活和战斗过的地方。利娟姑姑赞同他的想法，给了他5块钱作为支持，这笔钱在当时可是一笔"巨款"。

但这点钱还不够，爸爸又对他说："我没钱给你，你自己去山上收集松香然后卖给松香厂，卖的钱全归你。"爸爸对他一直没有好脸色，但每次都尽最大努力为他安排好后路。

在松香阵阵的松树林中，利焕南顶着炎热，收集了80多斤的松香，加上松香桶有100多斤。他因为长期营养不良，体重才60多斤。为了能多卖钱，他就咬牙去挑，松香加上油桶超过身体的负重能力，每次挑三五十步就要停下来歇一歇，他流着泪，咬着牙，挑了四五个小时才到松香厂。80多斤松香卖了11块钱。

10月份的时候，路费终于凑齐了，他们一群小伙伴计划着要出发了。这群小伙伴共有五人，分别是利观桂（19岁）、李勇恩（18岁）、李道平（18岁）、利焕南（15岁）、叶观胜（15岁）。在这五人当中，有两位预备党员。

他们还遇到了当时路过他们村的8个暨南大学的学生。利焕南非常羡慕他们，他们在高等学府就读，随身还带有照相机，他们开朗热情，谈吐不凡，暨南大学也在利焕南的心中埋下了种子。利焕南向他们请教行程，他们说："你们可以先去瑞金，再去井冈山。"

11月21日，小伙伴们踏上了征途。一行人中只有叶观胜比利焕南小几个月，他走了一天路程到了蓝口，过渡口到佗城时，就累得受不了，想打退堂鼓。几人商量之后，就让他坐汽车回家了。利焕南也走得脚下生痛，但他被热情所鼓舞，咬着牙坚持下来，坚决不离队。

他们一行只剩下四人，四人当中，利观桂年龄最大，利焕南年龄最小。他们三人都比利焕南大三四岁，体力都比利焕南好得多。

一路经蓝口、龙川、王母、赤光、上坪，翻过庙子岭，到达江西的留车、寻乌、筠门岭、会昌、瑞金、于都、赣州等地，真是跋山涉水、风餐露宿。他们走了一个月零二天，于1966年12月23日晚抵达井冈山。

利焕南随身带着一个笔记本，每当休息时，他就将一路经行的过程记录下来。

利焕南年龄小，经常与他们几个走失。走到井冈山，又与他们走散，他独自一人上山，在山上与他们重新会合。

12月24日，河源县委书记庄章开车到井冈山执行公务，机缘巧合地碰到了这几个小鬼。

几人在井冈山见到家乡的县委书记，都特别激动，县委书记是个多大的领导呀，几个人按捺不住心中的激动。

由于利焕南的鞋子在过蓝口坐渡船时不小心掉进河里，他只得穿着一双"人字拖"，经过长途跋涉，拖鞋也磨得不成样子，像是光着脚。隆冬的井冈山下着冰雨，路面结了冰，利焕南的脚冻得像胡萝卜一样通红。

庄书记环视了大家一周，他看到利焕南就问："小鬼，你说说，你们是怎样徒步来的？"

利焕南拿出笔记本，一个个地名讲出来，讲得头头是道。

庄书记看着利焕南的拖鞋，问："这么冷的天怎么还赤脚穿拖鞋呢？"

利焕南不好意思地说："我的鞋子在过河时掉到河里了，没有鞋子穿。"

庄书记惊奇地问："你就光脚穿这双拖鞋走过来的？"

利焕南点了点头。庄书记赞叹地说："没有鞋怎么能行呢？"说完就立即让秘书记下他们鞋子的码数，要给他们每人买一双解放鞋，又指着利焕南说："给这个小鬼买两双。"

鞋买回来了，利焕南得到了两双37码的解放鞋。

两双崭新的解放鞋给利焕南带来了温暖和欣喜。

利焕南只穿了一双，另一双舍不得穿，他好好保存在自己的小背包里，准备回到家后留给妈妈穿。

四人游览了井冈山的风景，怀着崇敬的心情，参观了毛主席旧居。在井冈山住了三晚后，几人商议着回家的打算。最后他们决定先到新余乘坐火车至株洲，再由株洲乘坐火车回广州。

误奔杭、沪

12月26日午夜，几人到达新余。火车站入口处人头攒动，人们如潮水一样拥向站台。利焕南同行的三人仗着人高马大顺势挤进了车站。利焕南个子小又没力气，硬是挤不进去。眼看挤进车站非常困难，他开始观察四周，见有一条下水道，便顺着下水道爬进去，上了站台。

进站台找到三人时，他们三人已经边吃盒饭边等他了。

"你们又不管我了。"利焕南抱怨他们。他们对利焕南很放心，知道他一定有办法进车站，三人笑了笑，并给利焕南买了一个两毛钱的盒饭让他赶快吃。

火车呼啸着进站了，目的地广州与杭州两趟列车同时进站，一时分不清方向，几人又没有乘车经验，无暇分辨目的地，只见火车进站，又有"广州—杭州"字样，他们就拼命挤上火车，上了车后才敢放松。

火车缓缓开动，他们往来奔波多日，个个筋疲力尽，伴随着火车的轰隆声，很快就在车上睡着了。他们还梦想着一觉醒来就到了株洲，到了株洲也许不用着急回广州，可以再徒步去韶山，看看毛主席出生的地方，草屋、垂柳、月牙塘……

一觉醒来，天光大亮，一看外面白茫茫一片，天空中飘飘洒洒的雪花如棉絮在飞舞，几人定睛一看，下雪了吗？

一见到雪，大家立刻有了精神，神情激动，他们从小到大还没见过雪呀！火车停了下来，几人诧异地看了看车站牌，是江山站。找来地图细看，才知道坐了反方向的火车，现在到达的地方属浙江省，南辕北辙，这趟火车是开往杭州的。

怎么办？几人乘错车了，坐错了列车怎么出车站呢，会不会查票？几人心情忐忑，为此一筹莫展。

27日中午到达杭州，出站时几人战战兢兢，生怕车票露馅，谁知没有查票就直接将他们放行了。

几人在杭州漫无目的，最后借宿在杭州江干中学。

杭州是历史文化悠久的大城市，既然来了杭州，几人就提议去看看杭州城。在杭州一住就是10天。正好赶上杭州的一场大雪，寒风刺骨，飞雪飘舞。利焕南几人从南方来还穿着单裤，根本抵挡不住刺骨的寒冷。好在宿舍里有被子还可以抵挡一下寒气，如果去到外面，冷风就侵入骨髓，穿棉衣的都受不了，更何况他们几个还穿单衣。仅着薄薄的几件单衣，他们在寒风中就如同没有穿衣服一般，冻得眼泪和鼻涕一起流。

利焕南恳求年龄稍长的利观桂去接待站借点棉衣回来抵御寒冷。利观桂性格耿直，他说："这点冷算什么，想想当年红军长征吃的苦，我们这点苦算什么呢？"

话虽这样说，利观桂最后也实在被冻得没办法，就去江干中学接待站给每人借了一套棉帽棉衣棉鞋回来，算是拯救了几人。

1967年的元旦，四人就在杭州度过。江干中学食堂还给他们加了菜，每餐有一块二指宽的薄薄的红烧肉，配上包心菜，主食是白米饭，吃起来真香呀!

杭州素来被称为"鱼米之乡"，几人对杭州的伙食非常满意。每餐都有点肉，元旦时肉块大，平时肉就小，都是香喷喷的红烧肉。利焕南又想出鬼点子，每次领盒饭就多说两人的名字，这样就可以多打两份红烧肉回来解馋。

这样干了两次之后，饭堂服务员都认识了这个"帮同学"打饭的小鬼，每次一见到利焕南就问："小鬼，又是你一个人替他们打饭? 那些人太懒了，资本主义思想太严重，你还要伺候他们。"利焕南一本正经地回答："同属革命同志，为人民服务。"

1967年的元月6日，四人又开了个会，一致认为，既然到了杭州，见识了大城市，而此处距离上海不到200公里，为什么不到全国第一大城市——上海去瞧一瞧呢?

几人身上的费用已经所剩无几，去上海只能徒步，路线就顺着铁路走，他们整整走了6天，最后到了上海的徐家汇。

在上海停留的时间，利焕南有一段去外滩的上海市科技局展览大厅买邮票的奇幻经历。邮票4分钱一张，投币到一个大铁柜后，只听里面咯咯吱吱几声，就从出口处吐出一张邮票来，这是利焕南第一次见识到自动化的机器，但他坚决认定在铁柜里躲着一个人在手动操作，自动化超越了他的常识，离他太遥远了。

他还见识到了一台电子秤，这也成为他在以后肯定地说自己1967年元月16岁时体重还不到69斤的关键证据。电子秤可以称人，两分钱称一次，当时他还穿着棉裤棉衣，第一次站上去，出来的卡片上面显示是34.5公斤。他依然不相信这是自动称出来的重量，他从缝隙里看里面有没有人，确定没有人后他又试了一次，称重机响了一阵子，结果出来的卡片上显示还是34.5公斤，这令利焕南大开眼界，啧啧称奇。

在上海期间，利焕南还专门去仰望了当时全国最高的楼——

高24层的上海国际饭店。直耸云霄的高楼给利焕南留下了深刻的印象。在仰望高楼的时候，他对城市和建筑心生敬仰，他无法想象这么高的楼是如何建造起来的，是谁创造了这么雄伟的奇迹？

这一次的仰望，还成为他以后"战上海"的一个内在动力。

利焕南还见识了上海的布料市场，眼前前所未见的面料，令他萌生了将上海的布料带回家乡做衣服的想法。他将这个想法写了封信给爸爸利添，加4分钱寄航空快信。利添收到信后认同他的想法，就寄了一些布票和8元钱给他，让他在上海买些布回去。

当时实行的计划经济，一切按计划分配，广东的布票不能在上海使用。利焕南少时就有敏锐的商业洞察能力，但当时的市场政策，使他的计划打了水漂。

利焕南舍不得花钱，但在逛文具店的时候，面对柜台里精美的钢笔，他难以抵挡诱惑，竟然花两元钱买了一支钢笔，他内心中最尊崇的还是文化。他又想到了对他支持有加的利娟姑姑，他特别用心地买上了一本印有中共上海一大会址图片的笔记本，准备回去送给利娟姑姑，以感谢她的支持。

1967年2月6日，离春节还有两天时间，利焕南他们完成了历练，心满意足地从上海坐上了回广州的火车，并在广州过了春节。

第五章

少年生产队队长

艰难求生

河山开眼界，风雪练精神。读万卷书不如行万里路。这次外出之旅，使利焕南增长了阅历，开阔了眼界。

回到老家，学校处于荒废状态，利焕南也如那个时代的大多数人一样，处于失学状态。

但他作为村里为数不多的到过井冈山等革命圣地，去过杭州、上海等大城市的少年，显示出了乡里人少有的见多识广。他和别人讲起外边世界的见闻，比如上海国际饭店有24层楼，高耸入云。村里人不相信地反驳："24层楼，怎么建成的？村里三层的楼都建不稳，24层早就塌了！"他又讲起城市里白发苍苍的老爷爷老奶奶走路都要手挽着手，村里的大婶大妈们会作羞愧状："呸呸，你这是在传播低俗思想。"村里人没见过外面的世界，他们对利焕南所讲的话都持怀疑态度。

利焕南早早就明白生存之艰辛。移民村由新丰江外迁到义合公社超阳大队，超阳大队本来就贫瘠，原本1000多人的村落又猛然增加2000多人，如同雪上加霜，而资源本来就贫乏，公路都没有一条，山间蜿蜒着的都是土路，人们的生产和生活水平都无法提高，又一下子挤进来这么多移民，别说吃饭，就是吃野菜也不能维持温饱。当地人匀给移民村的田地更是"寸草不生"，"树挪死，人挪活"，再不想办法走出去，整个村就真的成为"死剩种"的村落了。

1958年山下村到义合公社的有63个移民，到1960年只剩43人，刚好死了20人。

"你们是死剩的！"当地乡亲这么说。

利添人缘好，有威信，又有裁缝手艺，勉强可以养家糊口，所以活下来了。

困难年代的乡村，加上几经迁徙，能活下来就非常不易，利焕南一家就是其中艰难求生而勉强活下来的代表。

1967年，移居义合的所有移民村迎了历史机遇。利焕南听爸爸说，整个义合公社移民自发组织队伍去河源、新丰江移民局反映情况，表述移民到了义合后，生产、生活遭受极大困难，改善移民生存条件的呼声很高。1967年春，河源县各地移民代表还到广东省委、省政府上访。广东省委、省政府重视此事，并承诺移民村可自行选择要迁移的地方，由省政府进行协调。

3月份，利添因连年操劳病倒了，身上被病毒侵扰，全身长满了疮。家里的唯一劳动力倒下了，利焕南要承担起家里的劳作。他和大他一轮的堂哥利观瑶一起接手了爸爸的松香林，承担起割松香的任务。

大片大片的松林，散发着松香的芬芳。

利焕南跟着堂哥进了松林，他学会了割松香的技术。

当时爸爸承包了队里的松林沟割松脂，每百斤松脂可以卖11至13元。每天清晨割一次，每过5天，就去收集一次松香。松脂就像他额上的汗珠那样透明，仿佛是汗珠凝结成的。

山沟里空无一人，树木茂盛，静寂得令人害怕。两人各分担一片，有时山路难行，要用钩镰劈开杂草开路。利焕南这年才16岁，山深林密，安静得让人胆战心惊。堂哥告诉他，你要真害怕，就大声喊出来，唱着歌壮胆。

劳作中，他的衣服湿了又干，干了又湿。正午，从松林里走出来，他又钻进竹林。他身上有艺术的天赋，他有许多的话想倾诉，但他找不到可以倾诉的对象，他的思绪时而像汹涌澎湃的海浪，时而像曲曲折折的山间小溪，但没有人能听得懂，他选择了对自然倾诉，他爱上了音乐。

他在学校学会了吹笛子，但现在没有笛子怎么办？

这可难不倒利焕南，他学习过毛主席的语录"自己动手，丰衣足食"，他心灵手巧，动手能力很强。

他钻进了竹林，挑选合适的竹子，小心翼翼地锯下来。回家后，他将铁制的门闩取下来，在火上烧红，然后在竹子上钻孔。孔钻好了，自制的竹笛便能吹出像流水一样悦耳的音符。

后来他更专业了，还要用蒜衣和苇胎来封闭音孔，他一次次尝试，使竹笛的声音越来越动听。

他在池塘边或在山谷里放牧时，竹笛是他的玩伴，他能吹出许多动听的曲子，甚至可以吹出小鸟的叫声。悦耳的笛声在飘浮着轻岚的旷野和密林中回荡，乡野少年用音乐抒发着自然的情怀……

1967年中秋节过后，爸爸利添的病得以痊愈，他和村里有威望的两人开始四处寻找利氏同族，寻求地理条件稍好又肯接纳移民的地方。利添等三人分头探访，足迹踏遍宝安、惠阳、博罗各地，最终利添寻找到了合适的地方。这个地方位于紫金县临江公社前进大队，这里是利氏先祖们的聚居之地，大约于明朝时一支迁往了回龙镇香溪山下村。那里的村干部也很热心，顶住压力，慷慨地接纳了这支移民队伍。

移民村几经迁徙，终于得以回到500多年前的发源地，村民都期盼着能早日回归。

经过1967年底的艰难筹备，1968年春移民村开始了浩浩荡荡的移民工程。木檩太重又太长，难以陆地运输，根据经验，要将木檩扎起来沿东江放排。放排的人要水性好，有韧性，能处理危机。东江水势汹涌，木排在水里就像是一条没有拴缰绳的长龙，上下翻滚，遇到调头，要用铁锚沉到水里，水手站在排头利用沉力硬生生地调转方向。利焕南水性好，人又机灵，与利观桂跟着长辈去放排，一路乘风破浪，击水前行。木排快至临江3公里处时，遇到了急弯，水势湍急，他们控制不住，木排撞到石壁上，7条木檩散开了，冲入了急流中。利观桂和利焕南不顾江阔水急，连忙跳进了急流中，冒着生命危险将7根木檩一一拉回来重新固定好，最终顺利抵达临江。

组织文宣队

利焕南在2021年写的《前进新村简史》中记述：前进新村利氏村民是先祖本忠公（八世祖）遗孀钱氏出让石恭神（即现临江镇）田产，于明景泰六年（1455）携子迁至河源县回龙镇香溪山下村，至今有十九代了（现最小为二十七世），距今约560多年。

到了1958年，国家要修建新丰江水电站，全村由河源县回龙公社香溪山下村移民到义合公社超阳大队，当时全村移民户数为12户，总人口为63人。1958年正是国家处于经济困难时期，在1959年至1960年间全村病死20人，其中绝了一户，村民只剩43人，是被外村人称"死剩种"的村落。

1967年，村中人口恢复到60余人。

1968年春，村民们选择迁回到临江公社前进大队。为此，

前进新村旧居

临江镇前进、联新、桂林3个大队调拨了63亩水田（当时核算村中人口63人）、20余亩旱地（之后村民拓荒造田几十亩）供村民耕种。

由于祖祖辈辈均客居他地，村民养成了抱团取暖的心理。故此，村民比其他客家人更团结，凝聚力和报恩之心更强。

移民新村建立起来了，建筑外形还沿袭祖上流传下来的客家围屋造型。虽然围屋已经没有了原来的防御作用，但围屋能让漂流的移民有种心灵上的安全感。

虽迁回祖籍临江公社，但毕竟还是外来户，全村人临时借住在农业中学的一栋教学楼中。利焕南年纪虽小却通情达理，他在想如何与当地居民融洽相处，建立感情纽带。

1968年深秋，利焕南回到紫金临江后就组织了一支毛泽东思想宣传队。人员就从村里选，整个村共63口人，年纪相仿的青少年才七八个，利焕南就动员他们参加，先做了一面漂亮的队旗，锣鼓都是祖上留下来现成的，再精心编排了几个文艺节目，文宣队一下子成为当地的亮点。

利焕南组织文宣队到各村去表演，拉近了与当地居民的情感距离。

利焕南要求自己："就要敢去做"。他敢于负责任，挑担子。

利焕南的文宣队活动开展得好，受到百姓的欢迎，影响力也越来越大，名声传到了公社。有一次，公社专门让人捎来了话，让利焕南去公社找办公室主任蔡德宏。

蔡德宏一见利焕南就开门见山地说："你带头搞的文宣队工作做得好，百姓喜闻乐见。县里开办毛泽东思想文艺宣传培训班，公社经过慎重考虑打算推荐你和另外三人一同去参加学习，请你高度重视。这是一次高规格的培训，县委书记都要亲自上课讲话，你要给咱们公社争光。"

去县里学习，车票和饭钱都由公社出。1968年12月15日，利焕南被派到县里参加了为期18天的县文艺宣传培训班。在学习期间，县委书记孙凤山两次出席并讲话，宣讲了毛泽东主席文艺思想的重要性。普通百姓能见到县委书记都觉得是件光彩的事，更何况还面对面

前进新村旧居全貌

两次听他讲话，利焕南深受鼓舞，心里充满了干劲。

在这次培训班上，利焕南结识了不少参加学习的新朋友和公社领导，一直学习到次年1月3日才返家。

虽然经省政府同意全村迁往临江公社前进新村，耕地也由当地各个村根据移民村人数匀出，但好田谁舍得朝外送，送出来的田地都是缺水缺肥的贫瘠田。因而，村前田地的灌溉水和村民的饮用水都成为一大问题。

为了解决缺水的问题，1969年春，在村生产队队长利桥开的组织下，由亲戚张树华、堂叔新宏与利焕南三人在村前的右边挖了一口水井抗旱。利焕南有干劲，喜欢接触新事物，干一行爱一行。他从水井的选址、施工、砌砖就一直留意学习，亲自试验，井挖好了，他也成为挖井小专家了。

这口井的出水量非常充沛，解决了一大片水田的灌溉及村民的饮用水问题。井水源源不断，清澈甘甜。这口水井作为前进新村历史发展的见证，一直在发挥作用，至今还在使用。

1968年冬，利焕南结识了一批"城里的朋友"。

利焕南热情而率真，他不像一般的乡下人，接人待物胆小拘谨。他上过井冈，闯过杭州、上海、广州，仰望过当时上海第一高楼——24层的上海国际饭店。他对外面的世界充满了好奇与渴望，他善于与人交往，他的热情像一团火一样温暖着身边的朋友。在善于交际这一点上，他既有他父亲利添的遗传基因，也有他自己热情淳朴的天性。

12月份，邻村石坑迎来了一群从广州来的知识青年。

说是邻村，其实也只有200米的距离。

这群来自城里的知识青年，响应毛主席"上山下乡"的号召，充满激情和斗志地来到了农村的广阔天地。

知识青年刚到农村，人生地不熟，生活困难多，利焕南热情主动地帮助他们。有时家里做点好吃的，如煮一顿小鱼小虾粥，或煎个鸡蛋，利焕南总是毫不吝啬，热情邀请他们来家里聚餐，请他们来家里改善生活。

他们都是同龄人，喜欢利焕南的热情和率真，喜欢利焕南给他们讲农村的奇闻逸事。

利焕南喜欢他们的开放和真诚，喜欢听他们讲城市里的人和事，这些大城市里的新鲜事也吸引了利焕南。

这群下放青年有20余人，他们的名字镌刻在了利焕南的青春岁月当中。他（她）仁是曾凯平、曾克南、王晓松、梁文立、陈东生、温从春……

其中令利焕南印象深刻的是曾克南，她是曾凯平的姐姐，是东江纵队司令员曾生的小女儿。她可不像娇滴滴的城里大小姐，她适应能力很强，很快就适应了农村的生产生活。她养的猪都是"科学化喂养"，她每次喂猪都用吹哨声来控制，如短而悠长的哨声是召唤，短而急促的是驱离，经过反复训练，她饲养的猪竟然真能听得懂"哨令"，并乖乖执行。这令利焕南非常佩服，每次一提起这件事，就会对曾克南大加赞扬。王晓松是革命元老王均予之子，王均予是曾生的入党介绍人。

这群"城里的朋友"开阔了利焕南的眼界，丰富了利焕南的见识，共同的年龄、共同的梦想使这帮年轻人结下了深厚的情谊。随着岁月的沉淀，这种情谊更加珍贵和深厚。

1969年1月，春节临近，利焕南前往博罗麻波看望舅舅，舅舅说："村里有个同乡在杨村糖厂做季节工，家里有事要休假，还有不到一个半月的工期，春节期间厂里缺工人，你愿意去顶替他吗？"

有工做还有钱拿，利焕南很高兴地应承下来，前去顶替做临时工。

糖厂的工作很辛苦，但利焕南有干劲，因为辛苦一天就能赚到一元二角。他连续上了43天的班，每天除了粮票外还要扣除一角五分的伙食费，他分得40多元。这可是一笔巨款，他从未拿过这么多钱，这沉甸甸的钱该怎么花呢？

他想到全家8口人总是用一口破铁锅煮粥，就花9元多钱买了一个铝煲，另外还买了一个崭新的脸盆，买两块衣料花了8元，买一双解放鞋3元钱；考虑到多年来只穿过3双布袜，他又咬咬牙花3元多钱买了一双据售货员说可以穿十年的尼龙袜。剩下20多元带回家，他终于可以凭借自己的努力工作为家庭付出了，他感到高兴。

妈妈也来到外婆家，见儿子有本事去挣钱，又买了这么多东西回来，心里甜滋滋的。可是当她得知利焕南花3元多钱买了一双尼龙袜时，就舍不得了，她心疼地说袜子太贵了，这么贵的袜子不是我们当农民的人穿的。她说："买解放鞋可以，买袜子就不应该，快退回去吧！"她一边叫他去退袜子还一边骂表哥："你怎么不管管他？让他乱买东西。"

利焕南那双尼龙袜已穿了3天，但是妈妈还是叫他退回去，于是他把袜子洗得干干净净，想退还给供销社，但是供销社还会要吗？他把剩下的20多元拿出来"缴公"，妈妈知道他的辛苦，给他留了2元。他乐了，钱虽不多，但这是自己用双手挣来的。不到18岁他就开始做工挣钱了，他为自己是个辛勤的工人阶级、劳动者而感到自豪。

绝境求生

1969年冬，生产队没有打到多少粮，分配给社员的极少，一个冬天怎么挨过去呢？田野在即将来临的北风中战栗着。

北风送寒，明年春夏是否能多打粮，谁也说不准。当时担任生产队队长的是利桥开，他是利焕南父亲利添的义子，他一直领导着全村队员在艰难地谋生。但在这一年，他的父母双双亡故，这对利桥开是一个很大的打击，他一时间情绪低落，对生活失去了希望。他已经担任了近十年的生产队队长，但这次他坚决不愿再担任生产队队长了。

村民们一时间矢去了主心骨，选谁来带领大家在绝境中求生呢？村民都在沉默，他们心里也都知道，不选一个有开创精神、敢作敢为、精明能干的生产队队长，大家还得继续饿下去，可能还逃脱不了死的死、散的散的悲惨命运。

选谁做生产队队长呢？没有谁肯当这个家。队里开了多次会，就是没有人愿意出来扛旗。

为了解决生产队群龙无首的局面，社员们在利润桂的房间里举行会议，最后议定，由大伙推选新一届的生产队骨干班子。

"抽签吧，先抽出5个人组成队委再说。"有人提议。

大家附和着拿出火柴棒，15户人或15个家庭的希望都寄托在签上。

大家心里都很忐忑，艰难时期，谁来做领头人，谁的肩头都担着千斤的重担。

结果出来了，利焕南抽到5支长签的其中之一，选出的5人中有1个队长、1个会计、1个出纳、1个保管员，还有1个记分员。

大家还是犹豫不定，谁来任队长呢？

"再抽签吧！谁抽到谁当生产队队长。"有人提议。

"抽什么屁签，没能力的抽到金签，队里还是穷得锅底朝天！"有人反对。

那么，谁可以扛这面旗？

人们把目光投向利焕南，这个刚满18岁的青年。群众的眼睛是雪亮的，众人眼是秤。在众多的人选中，唯有利焕南是最佳人选。于是，大家众口一词，一致推荐利焕南担任生产队队长。

饿怕了的人们，仿佛寻找到了救命稻草，大家以期待的目光等待着他。

"你就当吧，阿南。"几位老者这样鼓励着。

利焕南沉默着。

他在心里回想着，他曾经有过两次饿得将要昏死过去的经历……他最知道饥饿的滋味……难道眼巴巴望着大家挨饿？忍心让田地荒芜？他想啊想啊，想得心酸酸、泪汪汪……

"阿南，我们相信你，你就当吧！"人们七嘴八舌地劝他。

最终，他猛地站起来说："我当！"

利焕南18岁时被选为生产队队长

"如果让我当生产队队长，就要一切全都听我的。"利焕南说，"只要听我的，我就敢带领大家吃饱饭。"

大家这才猛醒过来，欢呼道："听你的，听你的，一定听你的！"

这个刚满18岁的青年，临危受命成为这个生产队的队长，他稚嫩的肩头担起了全村人的生活希望。

事后有人问利焕南："你做生产队队长，心里到底有没有底？"

利焕南笑着说："我没有底，但是我敢干。不会干可以请教老农，不干怎么知道干不成？"

重担接下来了，如何干好，又摆在了利焕南面前。利焕南不怕，他有的是办法，他虚心向老社员请教，如何才能干好这个生产队队长。

老社员对他说："你要想当好这个生产队队长，一是要带领社员把田种好，种好了田才能有饭吃。"

"如何才能种好田呢？"

"田地贫瘠，没有肥料，怎么也长不出好粮食。"

"要肥料？"

"对，只有肥料才能把地壮起来，粮食才能长出来。"

利焕南把肥料的事印在脑子里。

他又去请教别的老农民。

"怎么才能种好田呢？"

"春耕时插个秧，社员都磨洋工，谁也不愿意出力，工期能拖一个月，等种到田里，时令都过了。要想种好田，一定得赶时令。"

老农的话又印进了利焕南的脑子里。

他一次次地请教，一次次地思索，一次次地规划……

　　"嘭嘭嘭"，蔡德宏主任的木门被敲开了，他抬头一看是利焕南。

　　因为利焕南曾经被公社推荐到县里参加毛泽东思想文艺宣传培训班，也因为这个缘故，两人得以结识。

　　利焕南对他说："我饿怕了，大家选我做生产队队长，怎么办？总不能让大家都挨饿呀！什么我都不要求，只是请求能给这些新丰江移民的特殊社员一些肥料指标，有肥料才好耕种呀！"

　　蔡主任听了他的请求后，要利焕南去大队写个申请报告，后来公社批了1000斤氨水渣和1000斤过磷酸钙的指标。指标有了，但新问题也出来了，有指标没钱买，利焕南又去信用社贷款50元。

　　春耕到了，利焕南盘算着：这回不能消极怠工耗工分了，30个劳动力，60多亩水田和20多亩旱地，都得全力以赴，突击抢插，才能赶上时令，不误农时。他召集大家宣布说："春耕大忙，所有社员都得下田，孩子让老人照看，一个人也不准落下，还要全部在规定时间内完成任务。"利焕南的号召并不能打动所有人，一个自家的嫂子说自己的孩子小需要哺乳，不能参加劳动。利焕南深知一搞特殊就会功亏一篑，便板起脸，严肃地说："我的规定是所有人都得下田，孩子托在家的老人照顾，如果你有特殊情况要给孩子喂奶，可以在中间休息的时候回来，如果你不参加劳动，我就把你丈夫的工分一分不计。"众人见利焕南真动了脾气，又有理有据，义正词严，便再也没有提出不同意见了。在利焕南的安排下，8天插秧完毕，速度为全大队第一。

　　那一年天公作美，风调雨顺，稻子长势特别好，快到收割的时候，全村人都兴高采烈。他们看到稻谷多而饱满，沉甸甸地低着头，心中都喜滋滋的，眼看着丰收在即。

　　之前水稻还未抽穗时，上头来领导察看稻田，利焕南请邻居老农利苟大伯去对领导说："这禾看是好看，但不结籽，割不了多少谷子。"

利焕南知道，前些年虚报产量的教训太深刻了。他想：我当生产队队长，就得让农民先吃饱肚子。

丰收的季节到了，生产队的稻子和花生都取得了大丰收，成堆成堆的粮食散发着诱人的光芒……

粮食有了，怎样才能让社员吃饱饭呢？利焕南再一次陷入了深思。他是农民的儿子，他也有过被饥饿折磨的切身感受，因而他做生产队队长很务实，心中只有一个信念，那就是让社员们吃得上饭，能吃几餐饱饭。

经过艰难的抉择，他内心有了一个重大而危险的决定。

粮食按规定报了上去，但320担的收成，他只报了118担，花生的收成他也瞒报了90%。

剩下的粮食，他将大家召集在一起，秘密地分给了大家，每家都有。村民们从来没有分过这么多粮食，家里都没有地方放，每家都买了几条桁木，临时搭起了简易存放谷物的楼阁。

花生油在当时更是紧俏物资，他们不能在本村及附近榨油。在晨雾的掩映下，利焕南每天安排两名妇女挑着花生，跋山涉水，赶到东江对面的三坑大队的榨油铺。挑去的是花生，担回来的是花生油。如果不要豆渣饼，连榨油的工钱也不用付，可以把榨花生的豆渣饼抵榨油钱。榨油铺也知道他们的来龙去脉，所以榨的花生出油率都压低几分，留一些油渣，利焕南虽然心疼，也没有办法。

一连十几天，花生油晚上被挑回到村里，连夜便分到各家各户。这是破天荒的事，村民以前没有分过花生油，一下子每家分到了几十斤，小油瓶都装不下，各家各户还特意买来存放花生油的土陶油缸。

社员们久旱逢甘雨，迎来了一个丰收年，不但有粮食可以吃饱饭，还有花生油可以调味，他们都暗自庆幸选了一个好队长。

可是他们却不知道，利焕南为了做这个决定承受了多大的风险。

同年，邻县的一位生产队队长就因为瞒报上级私分集体物资而被判刑……

利焕南乐观地对大家说："我这个决定有危险，如果我真的被抓进去了，请你们去看我的时候一定要送两包烟给我抽。"

第六章

大队的
历练

06

升迁大队

社员们一提到利焕南都竖起大拇指，田间的劳动也都争先恐后，能吃饱饭人就有了积极性。

大队看上了利焕南，知道他是棵好苗子，公社派邓木星与大队干部来到生产队，想借调利焕南到大队。

"不行！"村里一位长辈叔公立即挡了回去。"他刚当生产队队长，刚给我们有碗饭吃，你们就要借调走，我看你们是'孔明借荆州——有借无还'，这个没商量！"

社员哪里舍得让利焕南走！

利焕南当生产队队长，一心扑在生产队里。他虽然年轻，但是很有策略。他知道每年天旱时农作物都会缺水，就带领社员打井抗旱。他找水源时，学会了看地形、识地理，加之他用心自学，了解地理结构和山形走势，所以他打的每一口井都有源源不断的井水。

在他的统筹安排下，无论抢插还是抢收，社员都力争全大队第一名。

19岁的利焕南，在紫金县临江公社的名气越来越大。他把生产队管理得有声有色，一年时间不到，临江镇前进新村的农作物都获得了大丰收。

他勇于担责，冒着风险使村民的生活水平得到了显著的提高。他对公社领导诚心诚意，服从工作安排，公社领导看他尽心尽责为村民服务，虽然也猜测他可能瞒产私分，但也被他的真诚感动，再加上前进新村是移民村，需要特殊照顾，所以就睁一只眼闭一只眼，不追究他的责任。

但大队不愿意放过这棵好苗子，想培养他。最终上级决意要调他到大队当文书。大队干部知道他是个能人，也有意栽培他。

利焕南最终服从组织安排，到大队报到去了，那是1970年9月，他19岁。

在大队里，利焕南先是任文书，负责电话接听和印章文件管理。管理印章是机要之职。

1970年冬，利焕南19岁了，到了男大当婚女大当嫁的年龄。有人给利焕南介绍了一个对象，两个年轻人见了面都感觉对方还不错，就确定了恋爱关系。1971年农历正月初六，两人领了结婚证书。迅速的结合在结婚后很快就显现出了矛盾，两人年轻气盛，个性都太强，既不肯认错又不认同对方，都觉得对方与自己的性格不合，不能生活在一起。到1971年农历二月二十八日，利焕南20周岁生日的那一天，两人结婚不到三个月，就吵着要离婚了……

1971年，在任文书约半年后，大队任命利焕南在村委几个灌溉站及粮食加工厂兼任出纳，利质彬任大队会计兼文书。利焕南每个月还要负责结算碾米厂和灌溉站的电费，他兢兢业业，坚守原则，尽心尽力地为社员服务。

在同一年，利焕南还花了60元为爸爸买了一台二手的缝纫机机头，装上木板支架和脚踏板，让做了一辈子的裁缝爸爸，终于有了一台属于自己的缝纫机。

在大队里，领导班子的权力很大，管理制度不健全，有的基层领导专业素养不高，又有派别，所以常常闹出矛盾。

大队领导原是看上了利焕南是棵好苗子，想培养他。但利焕南与大队领导班子在借钱的问题上发生了分歧，他和他们的关系也日渐紧张起来。

这些基层领导没有经过正规的行政培养，大多从土改老干部转变成为基层管理者，管理大队还是用的土法子、家长制。

有大队领导要建房，手里头缺钱，就想从大队的公账上借钱把房建好，从公账上支出了数千元，已经严重超支。

利焕南管账目，知道这事合情但是不合规，于是拒绝了多位大队领导的再次借款，他说："现在村里的碾米厂、灌溉站都在日夜用电，欠了变电所几个月的电费了，如果再不缴费，就要断电了。如果断电，会对社员的生活生产造成困扰，应该先用这些钱缴电费，不能因小失大。"理是正理，但人情却没能兼顾，大队领导听利焕南这样说，都气冲冲地调头就走。

过了几天，大队的另外一个领导——民兵营长要去县里武装部开会，时间又有7天之久，按规定可每天借1元共借7元当作生活费，因为考虑到除了生活费还要车费，领导写了10元的借据，利焕南就借给了他10元钱。

另一位大队领导得知了此事，气愤地责问利焕南："我不能借钱，他就能借钱？"

利焕南解释说："他是要到县里开会学习的。"

"学习7天为什么借他10元钱？"

"还要往来车费啊！"

……

1972年夏，党支部想保送利焕南以工农学员的身份上大学，那是利焕南的梦想，但因为公社文教干部张德初反对而作罢。同批学员有斩坑的黄明强、联新的邓寿媚。

1972年冬，大队有些领导人意识到利焕南不是自己想象中的好苗子，都要求把他调云中心小学，代表贫下中农管理学校并任代课老师。

"我不能教书，自己读书都没读好，怎能教书？这不是误人子弟？"利焕南不肯去。

大队下强制命令，不去也得去，无奈之下他只得照办。

利焕南去到学校后，组织过宣传队，他又有才艺，学校的文娱生活从此丰富起来了。利焕南带的一年级一个班总成绩从第二跃升至第一，大家都伸大拇指夸利焕南尽心尽力教得好。

一个学期的教师生涯之后，利焕南还住在学校里，弟弟利玉民读初中二年级，也住在学校，两兄弟和利寿如老师同睡一张床。艰苦的岁月更能磨砺出真挚的感情，他们同吃、同睡，不分你我，不讲钱财，没有恩怨，只是互相尊重、互相爱护。

喜结良缘

利焕南在工作上遇到了挫折，在人生中又经历离婚的变故，有的人面对这样的挫折可能会一蹶不振，但利焕南有股韧性，雷打不垮，雪压不折。在逆境中，他可不会主动缴械投降，他一直都在做不屈的抗争。

幸运终于来临，他遇到了情投意合的爱人利秀兰。

利秀兰性格温顺，端庄善良，利焕南终于找到了自己的意中人；阿兰也爱慕焕南正直、刚强，是个铮铮铁汉子，是自己理想的伴侣。

两人情投意合，感情迅速升温。1972年12月29日，两人领了结婚证。

利秀兰是临江镇前进大队桂坑村人，她家离利焕南家只有3公里路，相距不远，同饮东江水。秀兰的爸爸吃商品粮，是一名在东江河域有500吨船驾照的船长，月薪180元，当时整个惠阳地区像她爸爸这样拿高技术级别工资的人只有3个。

秀兰的妈妈虽吃农村粮，但是她非常通情达理，任生产队的妇女队长。秀兰的生产队劳动日值超过1元，而利焕南的生产队日值只有8分钱。

领结婚证后，两人商量，干脆出去旅游结婚。秀兰拿出230元，焕南拿出50元，开创先风地到广州、佛山旅游度蜜月。从此，命运把他们拴在一起。两人相亲相爱，风雨同舟，迎接着变幻莫测的岁月。

阿兰不嫌弃利焕南家穷，阿兰的母亲也想方设法地接济利焕南一家。

1973年夏，利焕南住在学校，阿兰的母亲就对阿兰说："你不要同利焕南的父母分家，大家一起过，我有东西拿过去，让你们大家一起吃。"

这样善良的母亲必然教育出善良的女儿。阿兰的温顺善良很快就获得大家的交口称赞。利焕南非常爱阿兰，也尊重岳母。岳母也尽力接济他家，一有盈余，就把番薯、大米挑过来。

凡认识、了解阿兰家人的老乡都不明白阿兰为什么会选择利焕南。她的父母也不拦着。阿兰话不多，但心里十分明白：利焕南是个有魄力、有抱负的青年，他敢作敢为，办事果断，从不含糊。她相信他一定能闯出一番天地。

与妻子利秀兰结婚旅行照（摄于广州）

利焕南要干什么，她从不干扰、不阻拦，总是暗地里鼓励和支持他。他们是灵魂的伴侣，也是生活中的战友。

1972年秋天，田里稻子熟得特别早，望着沉甸甸的稻子，利焕南和乡亲们心里都洋溢着丰收的喜悦。按照以往的经验，这个时候，大队该组织社员抢收稻谷了，可是过了一天又一天，一直没有接到抢收的消息。利焕南心里很着急，再这样等下去，稻子一低头，粮食都掉到泥里去了，再不抢收，田里的粮食都要被糟蹋了。

社员都到哪里去了呢？原来有干部建房，所有社员都去帮忙，田里没人了……

利焕南心痛地说："建房子可以停一下再建，可是粮食掉到泥里，还捡得出来吗？"

利焕南真诚的呼声，经过别有用心的人传出去，就成了谴责之词。

1973年初秋，利焕南决定回到生产队做农民。

支部委员利云祥骑着自行车前来劝道："班子里的人叫你还是回去教书，你教得好，你教的班成绩跃升很快，你就去再教半年吧！"

利焕南对大队班子很失望，就对利云祥说："祥叔，叫我再教半年？就是大领导的位置给我，我也不接，再说我也不能误人子弟。"利焕南是个有个性的人，他毅然离开了乡村权力的中心。

后来利焕南弃农经商，历经艰辛取得了不俗的成绩。他一有余力就想着照顾父老乡亲，也与大队领导班子成员冰释前嫌，成为生活中的挚友，一起致力于改变家乡落后的面貌。大家想改善农村落后状况、让老百姓过上好日子的初心是一致的，目标是相同的，共同的愿望使大家又走到了一起。

在生活的旋涡里

1973年深秋，这一年，利焕南与堂叔利新宏在另一处名叫"七的梅"的干旱地方挖了一口水流量很大的水井，为生产队抗旱之用。这口井一直沿用了几十年，水源仍用之不竭。

1973年冬，利焕南接到揭阳一个朋友的来信。他告诉利焕南，揭阳现在很缺化肥，种植农作物又离不开化肥，能否帮忙弄一些化肥到揭阳。当然，临汇的化肥在黑市上一斤八毛多钱，而在揭阳却可以卖到4元以上，中间的利润，他付给利焕南。

当时的形势，全国实行计划经济，倒卖化肥既是一个商机，又需要承担巨大的风险。

面对生活的窘迫，利焕南还是决定铤而走险。

他第一次只带了6斤尿素，作为试探。那时对经济走私查得很严，他思考如何才能躲过检查。利焕南暗想：与其藏在暗处，不如放在明处。他就买了两罐铁皮饼干，把饼干倒出来装进化肥，用网袋拎着，明目张胆地从惠阳汽车站坐车去了揭阳。这一次很幸运，没有碰到检查人员，他把化肥交给了朋友，赚了20元钱。

第二次，他带了20斤。用一个大玻璃瓶装着，用谷种作掩护，底下装了化肥，上面覆盖了稻子、黄豆、绿豆，开了农科站送良种的证明，且以怕玻璃破碎为由随身护着，也顺利过关了。

春节快到了，手中无钱，家中无粮，妻子怀孕了，自己马上要当爸爸了，没有钱怎么过日子呢？他决定春节前多带点化肥过去，这次带120斤去。

但这次却露了馅。利焕南带了3个亚细亚煤油罐，用第二次的方法作为掩护。因为缺钱，利焕南只买了两张汽车票，他托运了一罐后，没有留意到票上已经被做了记号，当他想托运第二罐的时候，车站工作人员说："你已托运一件行李了。"工商局工作人员查了出来，他被扣在了工商局。他一言不发，工商局见问不出来什么结果，就把他放了回去。

利焕南以为这次的"投机倒把"经历就此结束了，没想到还有更大的风波在等着他。

1974年2月底，他在麻陂挖井，接到公社通知，要求他回公社交代"化肥事件"。到了公社，他也不作所谓的"交代"，就是不开口。

就这样一直过了七八天，他们见问不出结果，就告诉利焕南："你不坦白交代，领导就没法处理，就没有结果，你要不想说，你就写出来吧。"

纸笔让利焕南找到了倾诉的方式。他的思绪很乱，他想不明白，他心中有很多的话要说，他的话就从笔下流淌出来，他一口气写了42页纸。

负责审查他的是一个工作队的队长，叫钟勇，他与利焕南的岳母相识，利焕南的岳母是前进大队桂坑村的妇女主任，钟勇对利焕南的岳母说："你女婿很了不起，工作组要他写材料，可他写了一本小说给我。"

幸运再次降临，利焕南的"化肥事件"没有扩大，他做了检讨、受到处罚以后，就被放回了家。

利焕南没有一蹶不振，他怀揣着罗盘，在乡里乡外跑着，埋头打井。

他从父亲和一些前辈那里学得风水地理知识和要诀，他又善于因地制宜，像模像样地给人看风水、选井址，辛勤地一锹一锹地帮人家挖井。一口直径一米的井，要挖10多米深，才能得到两三百元的工钱。

说来也奇怪，他选址挖的井，不但出水多，而且水质好，大家都称赞他会看风水。

1975年冬，利焕南到河源东埔铁炉村接了一个挖井的工程。这个地方虽然处在河边，但是缺少饮用水井。这里的地势比较特殊，村里请了不少打井师傅来打水井，他们都选了离山远离河近，地势较低的地方，结果打出的水都浑浊不堪，不能饮用。

他们这次请了利焕南来打井。利焕南观察了一下四周的山形地势，胸有成竹地对他们说："我保证能打到清水，工钱费用我要400块钱、200斤大米。如果我打出来的水用小型抽水机两天两夜能抽干的话，我一分钱都不要。"

村民们对他的话半信将疑，已经请过好几位打井师傅都没有成功，你利焕南就能成功？但见他说得这么斩钉截铁，村民们还是同意了利焕南的条件。

利焕南住在了工地上，开始了选址打井。他选址，不像别的打井师傅都选在水流最低洼的地方，靠近河边。他踱来踱去，最后选择了一个令所有人都意想不到的地方，他不选最低处，却选择了村里的操场旁边，这里地势不低，会有水吗？

面对大家的疑惑，利焕南信心十足地开干了。他亲自下井，一锹土一锹土，开始挥汗如雨地施工。12天后，挖到了沙子，利焕南心里就有底了，朝下面再挖，水井里源源不断地冒出水来了。

利焕南真神了，竟然能在操场边挖出大水来。消息在平静的小村落里传开。从此他名声大噪，成了家喻户晓的人物，人们都称他为"利大师"。

可"利大师"的名头大，也引起了人们的猜疑。当时有个驻村的年轻女干部，她就不相信这个"利大师"能从操场边挖出大水来，便故意来找碴。

这天利焕南正在井中砌砖，上头传来了声音："喂，挖井的，有没有介绍信？"他抬头向上望，同行的有人介绍说："这是进驻我们村的工作队队长。"

利焕南应声回答说："介绍信有，在井里。"

队长火了："你这小子态度恶劣，不合作，是不是生产队叫你来的？"

利焕南说："如果不是生产队请我来的，算我义务劳动。"

队长说："村里都传说你是风水大师，你这是封建迷信，你能在操场边挖出大水来，你说到底怎么办到的？你说这水井两天两夜也抽不干，可敢验证？"

利焕南自信地说："当然敢，至于我怎么选址在这操场边，我自然有我的道理。"

队长拿他没办法，就让他验证抽水，看两天能不能抽干。

抽水机架上了，开始轰隆隆地抽水，抽出来的水冲击着地面，激起了一朵朵的浪花。一连抽了两天，水清澈甘甜，源源不断。

利焕南指着抽上来的水说："抽出大水了，要不要给钱？"

这下，大家都没有反对的理由了，就连队长也没话说了。

事后有人向利焕南请教："利大师，你怎么就敢在操场边挖井？你就敢确定那操场下面有水，还能两天都抽不干？你是不是真会风水法术？"

利焕南这才为大家揭开了秘密，他笑着说："以前打井师傅选的地址，都是在水源的最低处，从山脉流下来的水沉淀在低处，混浊不能饮用，如果能找到既在水脉又不到最低处的水源，就能断定这里的水又多又清澈。"

大家称赞他："真不愧是利大师！"

利焕南整天在野外为别人打井，便多了"打井师傅""利大师"的头衔。他在黄子洞、六零三油库、东江林场等地搞小土木建筑，日落日出，风餐露宿，晒黑了脸，吹裂了皮肤，沉浮在生活的旋涡里。

摄影师和拖拉机手

利焕南有个叫李树基的同学，分配到了河源县城照相馆工作。1971年利焕南在大队上班时候，待手头宽裕一点就买了一辆自行车。有了自行车，出行更方便，他就经常骑着自行车去河源县城找李树基。他有艺术天赋，很快就对照相产生了浓厚的兴趣，耳濡目染之下他学会一些基本操作。之后仍不满足，他就买了本《摄影入门》在灯下自己钻研，很快就学会了摄像和冲洗黑白照片。

他接受新生事物快，喜欢探索，又耐得住性子，并愿意为此付出努力。他不接受命运的安排，他有抗争的精神。

已是20多岁的利焕南开始思考自己的前途了。

这天，他到爸爸的裁缝店里。

爸爸意味深长地对旁人说："世道不同，讲话做事也不同了。"

利焕南专注地听爸爸在讲什么，爸爸继续说："往时叫做生意，现在叫投机倒把。以前做生意是对的，现在却是犯法的，要抓了游街批斗。依我看呀，识时务者为俊杰。"

他的话中有话，像是在讲给别人听，其实却是在用心良苦地教子。他的意思是，要学会识时势，千万不要去做不合时宜的事。

渐渐地，利焕南能听得懂爸爸的话了，爸爸的话对利焕南的影响也越来越大。

1974年冬，春节快到了，经过一年的辛勤劳动，家里还是一贫如洗，辛辛苦苦干了一年又一年，还是两手空空。艰苦的生活在折磨着自己，也折磨着家人。怎么办？

穷则思变，他把目光投向了相片。

20世纪70年代，相片是黑白的，还没有在社会上普及，相片的制作技术全靠手工。利焕南在揭阳卖化肥时买了两张黑白艺术照片，一张是《嫦娥奔月》，一张是《十八相送》。这两张黑白相片拍摄得像是水墨画一般唯美，非常有艺术感。利焕南推测，如果把这两张相片复制一些出来，一定有市场。

如何复印呢？没有相机，没有底片，他只有按自己设想的纯手工做了一套晒相片的设备；没有磨砂玻璃，他就用河沙将一块光滑的玻璃磨成磨砂的；没有灯箱，自己用木板做……

他相信自己的双手能创造奇迹。

就这样，在没有相机、没有底片的情况下，他利用清水浸透相片，一层层慢慢去擦薄相纸，留下最薄的相片，再用胶卷贴紧最薄的相片，经过多次曝光试验显影成型作为反片。他用自己的土法子自制了底片，复制一批艺术照片，就是号称摄影艺术大师的人也未必能用这种方法制造出来。

复制艺术照片出售，左图为《嫦娥奔月》，右图为《十八相送》

《嫦娥奔月》的照片中人物俊美，云雾缭绕，云朵下亭台楼阁，美不胜收。《十八相送》讲的是梁山伯和祝英台凄美的爱情故事，这两个人是戏剧中的形象，一人伸出一半衣袖，恰似合成了一只展开翅膀的蝴蝶。利焕南将相片晒出100张，一张定价一角钱。相片拿到河源集市上摆地摊销售，老年人见到这样新奇的图画，不屑一顾；年轻人却特别喜欢，纷纷抢购。利焕南后来又制作了传统的客家农民喜爱的《兴宁牛图》销售，竟然卖了近20元钱，度过了年关。

1975年春，上级移民局给村里下拨了一台全新的手扶拖拉机。

前进新村作为移民村，为配合新丰江水库建设几经搬迁，村民生活物资匮乏，付出太多了。上级为照顾村民，才特意调拨给村里一台手扶拖拉机。因为利焕南有"劣迹"，所以村里派村民利王兴参加培训，学习拖拉机驾驶技术。利焕南虽然没能参加培训，但他并没有放弃学习，他通过自学成了拖拉机手。

利焕南不向生活低头，他一直在寻求突围的机会。

这年秋天，他在紫金县黄塘墟与大哥江肖新见面，两人就在房间里对酌，下酒菜是一把炒黄豆、两个鸡蛋、一盘小鱼干。利焕南向江肖新说了他也想偷渡到香港去打拼的想法。江肖新劝利焕南说："孩子出生了，老婆都在这里，去香港不现实。"这句话打消了利焕南去香港的念头。

利焕南只得沉下心来开手扶拖拉机。

1976年夏，利焕南与利王兴跟生产队签订了承包合同，承包了生产队的拖拉机。为了挣够拖拉机的承包费用，他们披星戴月、轮流换班，累了就睡在拖拉机上用橡胶绳织成的床上，一年到头奔波在拉货的路上。

当年夏天，利焕南开拖拉机到县城时，碰到当时最接地气的公社书记何汉林。何汉林是位亲近农民的好书记，他没有当官的架子，与群众打成一片，深得群众的爱戴。那时候，人们见了书记，总是先递过来一支烟。何汉林从来不挑递过来的烟，你递的好烟他抽，你递来的就是自己卷的烟叶碴子，他也照样兴高采烈地接过来抽。

闲谈中，利焕南了解到韶关红工煤矿有招工计划。何书记问利焕南："招工后就是国家工人身份，虽然苦些累些，但工人是铁饭碗，前进大队有一个名额。"

利焕南思考了一下。他因妻子正怀孕、孩子没人照顾而放弃了闯荡香港的想法，现在虽有这个好机会，他也一样离不开家。利焕南说："我妻子现在待产，大儿需要照顾，我走不开，我替我二弟利玉民报名参加。"接着，他又向何书记说："书记，现在我们前进大队只有一个名额了，我们全公社移民村有两个生产队，可不可以另外给点照顾？不然名额单给我弟弟，怕争取不了啊。"利焕南心里有自己的算盘，国企招工，太珍贵、太难得了，他想为两个移民村各争取一个名额。

何汉林书记自然明白利焕南的意思，他哈哈笑着说："你有这个念头很好，不愧是做过生产队队长的人，我们开会研究一下再定。"

后来，公社果然通过了利焕南的提议，给临江公社两个移民村各分配了一个名额。利焕南的二弟利玉民招工去了红工煤矿做矿工。

这年秋天，利焕南又迎来了一对双胞胎女儿。女儿的到来，为奔波劳累的家庭带来了欢欣与喜悦。

拖拉机一开就是三年。他的足迹遍及紫金、惠东、河源、博罗、惠阳、五华各县。他与拖拉机"捆绑"在了一起。常年奔波在外，他用废旧的车内胎做成吊床，累了就睡在拖拉机的车厢内。他喜欢当拖拉机手，只要动起来他就觉得生活充满希望。

偶尔，他也会在路途中望着天边的夕阳黯然神伤，每当这时，他就会想起《三国演义》的开篇词：

> 滚滚长江东逝水，
> 浪花淘尽英雄。
> 是非成败转头空。
> 青山依旧在，
> 几度夕阳红。
> 白发渔樵江渚上，
> 惯看秋月春风。
> 一壶浊酒喜相逢，
> 古今多少事，
> 都付笑谈中。

是的，"是非成败转头空，青山依旧在，几度夕阳红"。青山依然是青山，夕阳消退了，黎明还有多远呢？

每当想起理想时，他的心中充满了豪情。

每当想起现实生活时，他就渴望这漫漫长夜赶快过去。

1977年的端午节前，天刚蒙蒙亮，利焕南拖着疲惫的身体回家。经过爸爸的裁缝店时，却见爸爸正在红着眼睛抹眼泪。利焕南诧异，爸爸是个刚强的男人，怎么会偷偷地抹眼泪呢？利焕南走进店内想一探究竟，看到另外一个人影。

爸爸对他说："阿南，你水叔回来了。"

那一年，利水为了结婚，要求他亲哥哥卖田，结果与自己的亲哥哥闹得不欢而散，他后来终于将田卖了娶了一个妻子，但妻子又不真心与他过日子，他就一气之下去了香港。如今国内政策放宽，利添思念他，就给他写信，让他找个机会回来探望亲人。

利水带回来几包旧衣服，作为礼物分给族里的几户人家。正好赶上过端午节，又逢利水回乡探亲，村里就杀了一头猪，每家都分了几斤猪肉。

为了招待堂叔，利焕南家特地煲了猪肉汤，他为堂叔盛汤，利水叔说："只要汤，不要渣。"

利焕南还以为利水叔是说汤内有杂质，他向叔父解释说："这是猪肉碎啊，不是渣。"

利水也对他解释："在香港，人们只喝汤，猪肉就是渣。"

那时，乡下的生活贫困，流传的一个笑话就能看出当时的艰苦。说是一个人想吃猪肉了，别人就批评他说，你过年刚刚吃过猪肉，现在才到端午节就又想吃猪肉了，这种想法要不得。

农村人还吃不上猪肉，利水叔却把猪肉说成是渣，这让利焕南觉得不可思议。

招待客人，过节相聚，当然也要喝酒。水叔不喝烈酒，要喝啤酒。当时供销社里卖的只有菠萝啤酒和荔枝啤酒，这两种酒只有一点酒精度，味道微甜，利水叔喝了几口，摇头说："这根本不是啤酒，就像泔水的味道。"

整个县城都找不出一瓶啤酒，村民更不知道利水口中所言的啤酒是什么样的。只是凭利焕南的推测，在这广阔的农村之外，应该有更广阔的世界，这也激发了利焕南向外探索的好奇心。

改写终生的路

1977年秋天，利焕南开着手扶拖拉机在惠阳运送沙石到正在建设的惠阳农校时，听说了恢复高考的消息。利焕南回到临江，又得知当时考生要照半身的证件相片。当时临江还没有照相馆，照相在当时是特殊行业，需要特批，学生们照相要到河源县城。利焕南会照相，苦于没有相机，思虑再三，他跟一个叫陈友义的好友借了一架120型珠江牌相机，开创了当时下乡照相的先河。他四处给要参加高考的学生照相，以照相馆的价格收费，这样既方便了考生，也赚了一笔钱养家，同时他也了解到照相行业的高利润，心里萌生了自己也开一家照相馆的想法。

在开拖拉机的过程中，利焕南又发现，当地耕地的靶刀有市场需求，他又想开一家加工生产靶刀的打铁铺。

1978年春，国家的经济建设已经有了起色，大队也有了人事变动，接任大队支书的王是当年从利焕南手中借了10块钱去县城开会的民兵营长利惠仪。

利焕南向利惠仪讲明了情况，他很支持，当即就写了证明，让利焕南去工商局申请营业执照。利焕南的想法与众不同，他想执照上面不能写打铁铺，名头要想个大气一些的。思虑再三，他起了个响亮的名字——"紫金县临江公社前进大队农机修理厂"。

1978年四五月间，营业执照拿回来了。利焕南请了五华一位姓曾的师傅。说是修理厂，其实只生产手扶拖拉机靶刀，就这样，利焕南又成了一名铁匠，他跟着曾师傅学习打铁，没有机器生产，靶刀全凭手工打造。

红炉火烤红了皮肤，铁屑灼烧着他的身体。风箱吹着，铁锤响着，热汗流着。

炉火熊熊，铁锤叮当。他们赶制着拖拉机的靶刀，希望赶在夏季拖拉机下田之前生产出来。

天有不测风云，曾师傅突然生病了。他休息几天后，身子还虚弱，就坐车回五华老家休息了。利焕南送走曾师傅，只有两个人的修理厂只好歇业了。

利焕南怅然若失，他在街上闲逛。经过公社时，他看到墙上贴着高考招生告示，于是走进公社的高考招生办公室，得知还可以报名，他上学的梦想又被点燃了。他立即想到要参加高考。他也隐约知道，这是他最后一次能上学读书的考试机会了，而正巧他的修理厂刚刚关门了。

他填表、报名，购买复习提纲，向其他人借回了历史、地理、语文、政治课本。数学看不懂，免借了。他在学校学的最高难度的数学是一元三次方程，根本不懂什么指数、对数、三角函数。语文、政治、历史、地理按提纲复习，此时只剩两周的复习时间。

重拾书本，犹如故人重逢，他夜以继日，如饥似渴地投入复习当中……

利焕南的准考证号是212123，他希望这个数字能给他带来幸运。

7月20日，利焕南作为历届生参加高考。上午考政治，他自认为基本合格。下午考历史，这是他喜爱的科目，感觉发挥得还不错。监考老师看了试卷说："23号不错，其他人很差。"同一考室的均是应届生，有人在背后叽叽喳喳："人家是老牌高中生……"

第二天上午考数学，才10分钟，利焕南便交了卷。4分的因式分解题，他只做了一半，其他的题看不懂，就别浪费时间了。下午考地理，对熟悉"风水"的"利大师"来讲，也发挥得不错。他觉得考试情况很乐观，还差一科语文了，这可是他的拿手强项。

第三天考语文。拿到试卷他就先看时间，准考证上印的时间是3个小时，上午7:30—10:30。利焕南心想，可能语文内容较多，又要写作文，所以时间比其他科多了1个小时，应合理安排时间。他计划着用2个小时答完70分的基础题，50分钟时间完成占30分的作文，10分钟复检。很快2个小时过去了，他检查一下基础题，还不错。正准备将试卷中那篇3000字的文章按要求压缩成800字，谁知这时收卷预备铃响了。

利焕南一下慌了神，他抬手看了一眼手表，没错啊，还没有到9:30分啊。为了掌握时间，他还特地向朋友借了一块手表。可监考老师听到预备铃声，开始收试卷了。利焕南赶紧举手，监考老师走过来，利焕南指指手表，再指指准考证上的时间"7:30—10:30"，监考老师也慌了，小声说："这准考证印错了，你不知道吗？宣布过的呀！"

"我不知道。"利焕南说。

"都在班里反复说过了，你的老师没给你说？"

利焕南说："我不是应届生，没有老师通知我。"

监考老师明白了，自责地说："都怪我，没想到你不是应届生，要是刚才开考前再宣布一次就好了，对不起。"

唉，认命吧，只得交卷。

但利焕南还是对考试抱有希望，他希望能出现转机。

成绩出来了。全考场近400人，利焕南考了个第一。离录取线只差1.5分，比第二名高出30多分。

公社教办室主任说："这一次，我们考区考了个光头，只有利焕南还有一点希望，因为他的地理考得好，看看能否凭单科成绩入选。"

考试分数下来了，他的语文只得54.5分。那30分的作文得20分以上总有把握吧！就是该死的一小时，使作文一分也没有。

总分258.5分，离重点分数线差11.5分，离普通院校差1.5分，两个星期的灯下努力付诸东流了。

他的大学梦，因一小时的误差，破灭了。

再到后来，利焕南虽然单科成绩好，但因为他此时已是3个孩子的农民父亲了，最终也没能如愿以偿地走他喜欢的读书这条路。

一个小时的误差，改写了利焕南终生的路。

这是他青年时代最后一次参加升学考试。从此以后，他彻底地告别了自己正正规规上大学的梦想。

第七章
临江
创业

临江照相馆

紫金县临江公社前进大队农机修理厂的营业执照是利焕南人生中的第一个商业执照。虽然农机修理厂因故没有经营发展下去，但利焕南凭着敏锐的直觉，隐约地感觉到了商业复兴的苗头。

告别了大学梦，他专心回到商业发展上来。

1979年初，他开始筹备拿他的第二个营业执照。这次，他将名头起得更加优雅，叫"紫金县临江照相馆"，并且同前进大队农机修理厂一样，属社会企业，但一人说了算，他同时申请了公章。

利焕南终于领到了"紫金县临江照相馆"的营业执照和印章，照相在当时属于特种行业，需要特批。他再也不是走街串巷的无证人员了，从此他再给人家照相，也可以自信满满地跟人家讲："我可是有执照的摄影师。"

利焕南说服母亲，卖掉家中唯一的一头猪，拿钱先买回一头小猪，剩下了130余元，他到广州用105元买了一台珠江牌双镜头照相机。

自1977年全国恢复高考起，照相的需求就越来越多了。

胶卷属于特殊物资，买胶卷要跑到县城，利焕南要到河源县城照相馆去买，一次只能买2卷，下次再买，还要送些花生、土特产才能卖给你3卷。因此，利焕南非常珍视胶卷，一卷16张的胶卷，他通过手调，竟然能拍出17张相片。

有时候他会到学校，提供上门服务。利焕南总是和同学们打成一片，同学们好奇地围上来，询问照相的各种事宜。他的技术精湛，人又和善，受到了大家的一致欢迎。

有时候，同学们的照相热情很高，拍着拍着，胶卷不够了，为了顾及同学们的热情，也为了多赚几角钱，利焕南就用空相机继续拍照。次日，他再回来，将最先拍照的照片分发下去，对后面的学生则诚恳地说道："拍你们的那个胶卷冲洗时曝光了，重新照一份更好的吧。"

"咔嚓咔嚓……"

他拿着当时罕见的照相机四处招揽生意，生意越来越红火。

利焕南从书本中学习提升照相、冲印等方面的技术。每天晚上，他都在灯下一章一节地读，一点一滴地学，掌握照相技术的每一个环节。

他的拍照技术太精湛了，他甚至可以用从香港寄回的材料通过自己的土法子冲晒彩色相片，他制作的相片甚至达到艺术品的标准。他用自己精湛的照相技术，为人们服务，为自己养家糊口，成为远近闻名的摄影师。

1979年秋，利焕南想扩大照相经营范围，他想建一个照相馆。他把这个想法跟家人商量，父母也支持他。他去韶关市曲江县红工煤矿找二弟利玉民。利玉民将他非常珍爱的一块梅花表拿了出来，买时花了319元，平时舍不得戴，每天只戴一个多小时，共戴过20多个小时，他把表给了利焕南，以260元的价格卖掉。三弟利伟明也把香港的水叔给他结婚用的400元钱拿出来支持利焕南，再加上利焕南照相赚的钱，兄弟齐心，想将照相馆建起来。

利焕南一边跑照相业务，一边买炸药，自己炸石头。他借了手扶拖拉机运石头，并与村里的师傅一起砌石头。全村的村民听说利焕南要扩建房屋，都过来帮忙，场面非常热闹，人人忙得团团转。

临奠基时，爸爸说："急什么，过几日再奠基不迟。"他对儿子在这个时候建房很不满意。当时全家人的肚子还填不饱，每年春秋两季还闹粮荒，这时候建房太显眼了。

"没钱，学人乱花钱是'死仔'；有钱不会花钱，也是'死仔'。"爸爸这样唠叨着。

利焕南越显示出来有冲劲，爸爸心中越是担忧。

"我是可以建起室来的，不要家里的钱。"利焕南不退缩，他一心想着要建照相馆，把生意做大。

到了黄道吉日安门时，他请爸爸来主持。

爸爸说："你自己安好了，还要我干什么？"

"不嘛，安门大吉啦，还是请您。"利焕南不管爸爸的不高兴，该怎么做就怎么做。爸爸终于用斧头在写着"安门大吉"的木桩上敲了三下，算是安门大吉了。在全村村民的热情帮助下，照相馆的首层终于建起了。

20世纪70年代末，广东北部的乡村，依然贫穷。

改革开放之风在沿海一带吹着，慢慢地吹向山区。利焕南生活有了起色。过年的时候，农村又恢复了赌博的传统。渐渐地，他沾染上了劣习，也开始跟别人赌博。他虽然也参赌，但是有原则，每年只有年三十到正月十五之间才参与。

但他年轻，胆子大，有气魄，赌注也越来越大，几年下来惊动了县公安局，甚至名声传到惠阳地区公安处。

1980年夏，利焕南想借钱买一台座式专业大相机，扩大照相业务。购买更好的专业相机，一是因为他对摄影的爱好和追求，二是也能增加照相馆的经营收入。但座式照相机需要600多元，他手里无钱，又无处可借。新房虽然是用土办法建造的，但是水泥钢筋结构的洋房，造价3000多元，不管怎样也可以抵押借到600元。于是他到银行去协商以房屋抵押，贷款600元。

等工作人员办妥贷款手续，房屋抵押合同上父子俩也都签了名。银行有一个领导却说："他是个赌仔，赌仔信不过，不能借！"于是借款落空。这件事深深地伤害了利焕南的自尊，同时在他心中也铭刻下"赌仔信不过"这句话。

这事让爸爸知道了。等利焕南在的时候，利添故意同大伯邓洪喜开始了闲聊。

利添瞟了利焕南一眼，说："喜伯呀，中国古代的孔夫子是造字师爷，真会造字啊！你看那个'赌'字，与"贱"字那么相似，写'赌'字时稍不留神就写成'贱'字，而'贱'字又和'贼'字相似，这岂不是说赌者贱也、贱者贼吗？你又看'贪'字和'贫'字也相似，官贪了民就贫，多贪的人，到头来犯了法，没收了财产，去坐牢，还不是一贫如洗？如今的人，就是不听孔夫子的，走上死路也不知道。"

爸爸的话入木三分。

利焕南听着，脸一阵阵发热。自己赌，赌来赌去，还不是穷光蛋？有人输掉了家产，就是下贱人，下贱之人就去做贼，于是被判刑，去坐牢，自己和家人岂不是贱如泥土？

爸爸还说，打工的"工"字永不出头，往上出头，"工"字便成"土"了，等到出头时已入土为安；往下出头，"工"字便成"干"字了，到死也只是一个"干"。

爸爸一直都希望他能成为一个老实务农的农民，不赞成他经商。早在1965年，他在家帮爸爸种烟草时，爸爸就经常对他说：经商如战场，为争利益打个你死我活、尔虞我诈、前程难卜，讲来讲去还是耕田好。脸朝黄土背朝天，与世无争，山高皇帝远，谁也管不着，"半年辛苦半年闲"，悠哉闲哉！

对于爸爸耕田自得其乐的话，利焕南不以为然。他耕田耕得还少吗？哪有乐过？山高皇帝远，但土皇帝还是有的，有些利欲熏心的土干部不是皇帝吗？哪能悠哉闲哉？

但是爸爸对"赌'字的这番见解，深深地触动了利焕南的心。赌，是可耻的，从来没见过赌徒有好下场的。

这次蒙受的耻辱令他痛下决心，戒赌！从此以后，他再也不去赌博了。

这是利焕南一段平静而幸福的岁月。利焕南与妻子利秀兰全心全意地经营着照相馆。他们夫唱妇随，彩色照片对药水温度和室温要求非常严格，在黑屋里又不许有任何色彩的光亮，全黑的屋里看不到时间，他就让妻子秀兰站在门外，手里拿着钟表计算时间，"3、2、1，到时间了，赶快拿出来定影"。冬天为了达到温度，要在黑屋里放几台电热炉。夫妻俩携手互助，温馨恩爱。

利焕南肯钻研，干什么都能出色地完成。在他的钻研下，他的摄影技术非常精湛。有时候他要制作彩色照片，就托人到香港购买材料，香港人问："这种技术，在我们香港都很难有人能搞得掂，你们内地有人能做到？"

在他的言传身教之下，妻子利秀兰、弟弟利伟明都学会了照相。照相馆的经营也非常成功，一年有近3000元的利润，在那个年代，这种收入非常可观。

临江综合商店

"春江水暖鸭先知"。利焕南凭借着对商业经营过人的天赋，敏锐地意识到，国家经济发展有了复苏的好兆头，要想有所突破，必须搭建起一个更大的平台。照相馆的建成及顺利运营，使他信心大增，另一个计划在他脑海里浮现。经过深思熟虑，他决定再次突破，谋求更大的发展空间，开始筹划以前进大队的名义领取"广东省紫金县临江综合商店"的营业执照。

在实行计划经济的年代，任何业务都需要单位和公章才能名正言顺地开展，而出门联系业务的人大部分是国有企业或集体企业员工。

天公作美，时机也正好，国家对经济发展的政策刚刚有些松动，利焕南便通过工商所工作人员的尽力帮助，到县工商局找领导通过，最终如愿拿到了"广东省紫金县临江综合商店"的执照，注册资金20元。企业性质属社队企业，但仍由利焕南一个人说了算。这枚公章成为真正帮助利焕南白手起家的奠基石。

执照和印章有了，有了大本营，但还缺少'通信兵"和"先锋官"。

"通信兵"是什么？是电话。在20世纪80年代初期，每个乡镇也只有党政机关和医院、邮电、学校等单位有电话，整个公社只有一部总机，然后分拉若干部分机。

为了使企业看上去更正规，利焕南"高配"地为临江综合商店装上一部电话。

利焕南正式写了申请，同时找到了紫金县邮电局副局长钟冠明，向他提出了安装电话的要求。

钟冠明想不通，一个小小的综合商店还要安装一部电话干什么，他弄不明白利焕南的葫芦里卖什么药。

邮电局最终在临江公社36部分机中抽出一条线，专门为综合商店安装了一部手摇电话，费用是100多元"巨款"。

利焕南装了电话，用布盖起来放在房间床头，偷偷地藏起来，因为不能成为临江的新闻。可是利焕南还不满足，他还在东奔西跑，联系他的"先锋官"之事。

"先锋官"是什么？是介绍信。在当时，每到一处联系业务，都要有盖了印章的介绍信。他带着营业执照和公章去找印刷厂，要求印信笺纸、信封、介绍信。排版印刷成本很高，印刷厂又是国营的，如果只印制一本，断无可能。

印刷厂回复说："定版印刷介绍信和信笺最少要各印10本，信封最少印100个，总计要十七八元。"

临江综合商店还没开业，只拿到了一个执照，注册资金20元，又装电话，又印信笺纸等，200多元就花出去了。利焕南投入巨额资金，要干什么，能干什么，没有人知道，更没有人能看得懂。

起名、申请执照、刻制印章、安装电话、开设银行账户、印刷信笺和介绍信，在他的筹划下，一步步地打通了当时企业经商所必需的一切环节。

换言之，他有了"单位"。这就如同给他插上了翅膀，他可以凭借这一整套完整的手续走出临江、走出紫金，再走出广东。这是他的再一次突围，从此，这只"山鸡"终于可以飞出这山沟沟了。

他最先看中的是烟草生意，为了考察烟草市场，他走出广东，远至湖南郴州、长沙，安徽蚌埠、阜阳，河南周口、许昌等地。这一年，他还迎来了小女儿琪琼的降生。

时代曙光在望，家中也渐渐有了起色。

利焕南奔波在旅途中，越发充满干劲。

1981年春，利焕南因为开展业务来到湖南宜章县，接触到了当地的社队企业局。因当地得天独厚的资源优势，大小社队企业都盛产水泥，国有水泥企业的机器老化需要更新，就把旧机器转移到了各社队企业继续使用。

各大队结合土办法生产水泥极其简易，因而产品过多，导致滞销。利焕南在临江有过开手扶拖拉机拉沙石、水泥的经历，后来他又建造照相馆，都跟建筑相关，因而了解到广东各地的建筑工地都很缺水泥。这里不但水泥多，而且价格便宜。经过调研，当地的水泥一包出厂价不到5元。而如果运回临江，就可以卖到10～15元一包，只要打通运输和经营的通道，每次都有一倍多的利润。

他看准了这个生意，迅速以"广东省紫金县临江综合商店"的名义与当地各村办集体水泥厂展开洽谈，大大咧咧地说自己的单位是县乡镇企业局直属单位。

水泥便宜，交通运输却是一大难题。火车只能发零担，一次数量有限，发到东莞后还要用船运回临江，这样算下来，利润非常微薄。

利焕南开始考虑打通铁路运输渠道。

最后，他在李冬郎、利丁友、杨发雄等亲朋的帮助下，从1981年下半年开始几乎每个月都有一整车水泥发运到东莞樟木头，一年多时间陆续发送了差不多20车的水泥。单位与对公账户起到了重要作用，他以临江综合商店为依托，与湖南水泥厂签订合约，再用自己以钢板刻出来油印的托收凭证，盖上公章，在银行办理银行托收，短时间内临江银行综合商店的账户上每月就有几千元至万余元的业务往来了。

利焕南的经商之路是他历尽千辛万苦一步步闯出来的。

他用自己的智慧，走在了时代的前沿，开创性地找到了新路，一时间如鱼得水。这期间，他每个月都可以收入600至1000元。有了收入，利焕南觉得照相馆一层面积不够用了，开始着手将一层平房建成二层楼房。

一切都朝着欣欣向荣的方向发展。

1982年春，国家经济政策又发生变化，打击经济犯罪形势达到高潮，国内出现了不少内外勾结倒卖国家计划内的奇缺商品的经济犯罪分子，有的还被判处了刑罚，甚至被枪决。

利焕南的日子有了一点好转，有人就眼红了。

风刮到了临江，公社主要领导召开大会说，现在有人倒卖国家的财产，就在我们的眼皮子底下，倒买倒卖了水泥、钢材、木材三大建材中的水泥，挣了不少钱，我们还没有发觉，我们的工商部门、银行不但无动于衷，有些单位还为其提供方便。

公社领导这话虽然没有指名道姓，但是被点到名的或跟利焕南有业务关联的单位都胆战心惊。

工商开始调查利焕南临江商店的账目，银行也暂停了利焕南与水泥厂的货款托收业务，账上还有1.6万元的货款也被冻结了。

社会上也开始有传言，说利焕南在外挣钱，是经济犯罪分子，要清查他的账目，要他交出赚来的钱。一时间山雨欲来风满楼。

很多人都替他担心，怕他过不了这一关。

利焕南却对国家的经济政策抱有坚定的信念，他是坦坦荡荡的，他坚信自己是合法经营，他的一切都是合法的。

但银行查封的1.6万元水泥款是关键。水泥厂从当地银行发来的是托收手续，这边银行却支付不了水泥款，怎么样才能解开这个困局呢？

利焕南先着手解决银行托收的问题。他拿着近两斤重的火车票及一大批票据，找到了当地领导，向领导解释：这1.6万元是湖南宜章县栗源公社水泥厂的水泥款，双方交易属于合法的商业行为，双方签订合同，由双方当地的银行互相进行款项托收，利焕南只是联络双方的业务员和代销者，所以这个钱不能以个人获利的名义而被查封。更何况即便略有获利，综合商店还有三个工作人员的工资两年都没发了。

同时利焕南电告湖南宜章县栗源公社水泥厂派员来协助解决。厂方来人后，也向当地部门证明："我们社队企业生产的水泥，当地卖不出去，幸亏你们这里的综合商店来采购，否则我们工人工资都发不出去。我们的合作是合法的，综合商店有银行账号，有介绍信，厂方先发货，后在银行托收货款，合法合规，这1.6万元是我厂的水泥款，是农民的血汗钱。"

经过多方努力，临江相关部门终于解冻了综合商店的账号，支付了厂方的水泥款。

从1973年倒卖化肥的风波一直到1982年，利焕南受到的挫折真不少。

上头对他说：你外出搞投机倒把，赚了不少钱，要清理。惠阳地区要调查地区物资局长的事，派纪检会的人来找他谈话。

他把出差的车票、买货的单据全搬出来让他们看。"我的店注册资金20元，你检查吧！"检查的人查来查去，也查不出什么来。

就是有人眼红，硬说他赚了钱，是暴发户。

他受的白眼太多了。

他没有停下自己的脚步。他确信，国家已经朝着经济复苏的方向发展了，辛苦挣来的每分钱都是血汗钱，不是别人施舍的，也不是剥削来的。钱来得清清楚楚，做人也做得清清白白。

一些人嫉妒他，总是想方设法整他。他的爸爸感到压力很大，知道他个性强，很怕他因此惹出事来。

爸爸又与邓洪喜聊天讲故事，说："人呀要会做事，更要会说话，会说话才能做好事。比如往日有一个人就很会说话，他一次见到三个新朋友，问其中一个朋友生几个儿子，这位朋友说只有一个。他就会说'好子不在多'，这位朋友就很高兴。他又问另一个朋友几个儿子，这个朋友生了六个儿子，吃不饱，他就说'好子不怕多'，这位朋友也很高兴。他又问另一位朋友，这位朋友没生儿子，只生了一个女儿，他就说'孬仔不如无'，让所有朋友都皆大欢喜。"

爸爸这是在宽慰他的心，让他要处事圆滑，不要意气用事。

利焕南偏偏咽不下这口气，他埋头苦干，将房子的第二层也建起来了。利焕南的二层"小洋房"竣工后如鹤立鸡群，在临江公社更加显眼了。

这时，又有人来查了。

"利焕南哪来这么多钱？"

有人在楼前指指点点，仿佛这座楼长着许多刺，刺中了他们的眼睛。

"我自己打石头，自己运石料，全村的人都来帮忙，你没看见吗？钱从哪里来，是我借人家几千元，你知道吗？"利焕南反驳说，"我的钱从哪里来？天上掉的，地里长的，但有一条，不是从你的口袋里掏的。"

然而，有些人还是不放过他。在临江这个地方，竟敢私人建二层楼，这还了得？

只许穷，不许富，似乎已成为约定俗成的真理。二层楼屹立在临江镇，在某些人的眼里，仿佛如临大敌；也好像是眼中钉、肉中刺，非拔掉不可。

利焕南承受着来自各方的沉重压力。

卖屋求变

到了1982年冬，利焕南再也忍受不了了。他恍惚悟到点什么。

门外已经能触摸到春意了，花儿都已经绽出了花蕾。

他已经触摸到了时代的脉搏，他感受到了春潮涌动的气息。他凭借着自己经商的天赋，打通了经商的渠道，可就是因为他走在了别人前面，有些不合时宜。

他像一条巨大的鲸鱼一样，被困在了浅水滩，空有遨游大海的本事，却无用武之地。

经过痛苦的思索，再一次，他决定突围出走。

去哪里呢？

他已经感受到了那个"东风吹来满眼春"的地方在向他召唤。

他跟妈妈说："我要把屋卖了！"

妈妈流下眼泪说："你怕弟妹沾光是吗？我以后不准你的三个弟弟到你这里来，好端端的屋卖了怎么得了呀！"她哭着下跪，要阻止他卖楼。

扶起母亲，他没有向妈妈做过多的解释。他去找爸爸谈，他对爸爸说："爸，我要卖屋，我要走了。真的，我下了十二分决心卖这座屋。我们外来的移民受人欺，我不走不行。"

爸爸沉默不语。

利焕南又说："我是一条小鱼，在小塘里永远是小鱼，我要游向大海，就会变成大鱼。池塘难养鲸鱼，爸，请你支持我。"

爸爸还是沉默不语。

爸爸很清楚，困境逼得利焕南要卖屋，可见儿子的决心很大。可是，卖了屋又往哪儿走呢？这两代人已备受迁徙的苦楚。儿子如今又要迁徙。永远在奔波，怎么安居乐业呢？再说去陌生的地方，连个栖身之地都没有，拖儿带女的，这窘境摆脱得了吗？

望着儿子，他的心很痛，但又无法帮他想出其他方法，只好问道："卖了屋，往后怎么办呢？"

利焕南说："爸，我想到深圳，那里成立了特区，听说经商的环境宽松很多，我到那里找一间屋栖身，继续做生意，慢慢地发展，熬他5年、10年、20年，我不信出不了头。爸，你就签字让我把屋卖了吧！"

爸爸的眼里含着泪水，呆呆地接着问："可是你一个人去深圳，你又认识谁呢？又能做什么事呢？"

利焕南安慰爸爸说："您放心，您曾经教过我，要做事先做人，我一定先做好人。我们移民到临江，什么朋友都没有，不是也安定下来了吗？我的照相馆不是也开起来了吗？我去湖南联系业务，也没有什么关系，不认识什么人，可是水泥不也一车车运过来了吗？只要我做好人，我有信心，一定能做成事。"

妈妈还在抽泣。她很伤心。好好的屋卖了，儿子、媳妇、孙子到哪儿谋生啊？可是，儿子不走，在这里受人欺负。她很矛盾，在不停地抽泣。

利焕南心事重重，想不到卖屋比造屋更难。

然而，他是下定决心要走的。在众目睽睽下卖屋，会惹是生非的，必须偷偷摸摸地卖，偷偷摸摸地走，绝不能让人知道。

爸爸深知儿子的性格，相信儿子的话，儿子是有能耐的人，不会给利家丢脸，就随他吧！

"阿南，我签字，往后的路就靠你自己走了。"他的眼眶里泪水忽闪忽闪的，拿笔的手颤抖着。

爸爸签了字以后，利焕南顶着父母和社会的压力，把照相馆的二层小洋楼卖给了税务所，共卖了近2万元。除了必要的开支，利焕南留了1000多元安置家中老少，还清欠债，还剩13800元。这了却了他的一桩心事。但往后的路怎么走，未来有多少磨难在远处等着他，他又怎么知道呢？

他的一位做教师的朋友也劝他："焕南呀，你在临江开照相馆，一年就有两三千块钱的收入。你又做日杂店生意，虽然现在受些影响，可是等有机会你就能东山再起。你又建了临江少有的二层小洋楼，你这过的是神仙的生活啊！千万别发疯，放弃这好日子，去到举目无亲的深圳受苦。"

是啊，利焕南在临江的发展已经达到了顶峰，但这种顶峰也成为他发展的瓶颈，让他觉察到了无法再突破，他有更大的商业抱负，他渴望能开创另一番天地。

还有朋友打击他："你到深圳人生地不熟，无依无靠，你又拖家带口的，可怎么生活啊？"

　　利焕南是有心理准备的，他笑着对朋友说："我从小是放牛娃，随身带着席包，我也随身带着一个小席包去深圳。累了，我就在小席包上坐坐，等到需要求人时，我就垫着席包向别人下跪。就是跪，我也要跪出一条路来。"

第八章

福田
扎寨

08

初到深圳

1980年的深圳，因与香港毗邻占据地域优势而被国家划为经济特区。随着蛇口的一声炮响，深圳一举成为中国改革开放的前沿阵地。

春潮涌动，生机勃勃。

国人翘首相望，世界震惊。

机声隆隆，人流如潮。

1983年4月12日，利焕南怀揣破釜沉舟的决心离开了临江公社，开启了他新的征程。

利焕南约上了好友李伟光，他对李伟光说："车票买好了，我们一起去深圳看看。"

李伟光时任紫金农行的人事股股长，银行冻结利焕南的水泥款时，他说了句公道话："正常商业往来，哪有那么多问题！"他难得的仗义执言，拉近了他与利焕南的距离。

两人踏上了去深圳的班车。

利焕南背了一个旧军包，里面用报纸包着他卖楼的全部身家：一万多元，旧军包显得鼓鼓囊囊的。

这一万多元在当时可算巨款，利焕南自称是个"离经叛道"的人，他一上车就把包朝司机旁边一扔，闭目打起盹来。

李伟光知道那个包是利焕南全部的身家，一路紧张得视线都不敢转移。

到深圳后李伟光责备利焕南："你太大胆了，也不担心你全部身家被偷走，又成为'光杆司令'。"

利焕南笑着说："司机认识我，我越是紧紧抱着钱包越是会引起小偷的注意，我随手扔到司机旁边，一个破挎包反而不会被人盯上。再说，不还有你这双火眼金睛吗？"

利焕南行事总是不同寻常。

利焕南对自己的评价是："我敢冒险，也敢于承担责任。"

下车后，两人站在黄尘漫漫、机器轰鸣的巨大建设工地之中，看着处处热火朝天的建设场面，明显地感受到——新时代来临了！

两人四处逛着，天干物燥，口渴了就各买了一盒菊花茶。李伟光先是吸了一半，之后又往盒里吹气，对着利焕南一捏盒子，菊花茶喷了利焕南一脸，两个人像是逃离了大人管束的小孩子一般开怀大笑。

处处都能感受到深圳的新气象，人们像脱了缰的野马，没有羁绊，各自迈着匆忙的步伐，身上洋溢着使不完的劲……

为解决住处，两人先在老乡陈友权家住了两天。李伟光要赶回紫金上班，利焕南已无退路，继续留在深圳拼搏。

利焕南想买一间房落脚，他听说香港人在深圳有屋卖，8万元一间，开始交款20%，分20年交齐。如果买一间，自己一家6口人可以将就着住。后来问到熟悉的人，才知道深圳的房最便宜的也要10多万元，买房的事只得从长计议。

茫茫人海中开创事业，艰难超乎想象。深圳是一片大海，但也激流涌动，想在这里扎根，非有开天辟地的勇气不可。

不能总是打扰友人，于是利焕南住了3天便宜的招待所。后在另一个老乡江月辉的介绍下，他在蔡屋围以每月50元的价格租了一间旧房，有了落脚之处。租好了房，妻子和孩子也一起到了深圳。

开局之艰辛难以想象，一家6口人等着吃饭，手里的资金也一日日地减少，工作还没找到，囊中逐渐空虚，如果再找不到事做，就会两手全落空，多年的辛苦打拼将付之东流。陌生的土地，陌生的人群，利焕南也有过迷茫。他已经将自己逼到绝境，只许胜，不能败。

当时深圳的政策是：有资金，请进来，没资金，请止步。利焕南知道自己属于后者。

止步，止步何处？再回临江镇？不可能，家产已经变卖，已无退路，拼死也得背水一战啊！

一万多元在深圳能干什么呢？

利焕南在心中盘算过多次。他计算过，可够6口人在深圳吃住半年；可以当作做菜贩子的资本；或者做4个孩子在深圳上学一年的学费。

不算还好，一算令利焕南惊出一身冷汗。

沉重的压力，像天边电闪雷鸣的狂风暴雨一样，向利焕南袭来。

利焕南是承受过沉重压力的人。童年，离乡背井，历尽世态炎凉；青年，走南闯北，看够红眼白眼。压力，无时无刻不向他袭来。他从未退缩过，他总能一个人默默承担，可如今他拖家带口，他不能让一家人在深圳流浪街头。

承包福田建材综合商店

1983年5月，事情终于有了转机。

江月辉了解了利焕南的情况，责备利焕南说："你总是不安分，家里好好的生活不过，跑来受罪。"责备归责备，江月辉还是替利焕南寻找关系规划未来，他介绍了林坚给利焕南认识。

林坚原籍惠阳，他的妻子是深圳福田一村的本地人，深圳被划成经济特区之后，他们一家人又从惠阳搬回了他妻子娘家所在的深圳福田一村。

在几人的闲谈中，林坚不经意地透露出福田一村原有一个"福田建材综合商店"的营业执照，营业执照拿到后却一直没有经营。利焕南一听正中下怀，他就详细地询问了这家建材综合商店的情况。在江月辉、林坚的介绍下，他专程拜访了黄木水村长，商议要和他合作经营建材综合商店。

他先与黄木水通了电话，相约晚上到他家里去谈。

利焕南买了烟酒等礼物，与朋友一起去拜访黄木水。

深圳刚刚开放，当地居民大多刚刚挣了钱，所以说话办事也特别直接。

黄木水问利焕南："你是什么单位的？"

利焕南说："正在紫金县临江综合商店上班。"

这算是有个单位，有单位就可以谈下去。黄木水又问："你要承包建材商店，你怎么承包？你有多少钱来投资？"

利焕南当时手里只有不到一万元，但他在心里盘算了一下，要让对方对自己产生信任感，就得往大了说："我们现在有5万元可以投资。"

黄木水听了后有些失望，说："5万元钱连一车皮钢材都买不到，还有买指标的钱、人员的工资呢，这事干不了。"

利焕南试着说服他："5万元的资金不多，侄可从小到大，尝试先搞零售、代销水泥。现在深圳正在大搞基建，水泥市场巨大，主要看经营，如果经营得好，一定能稳赚。"

黄木水说："水泥现在也要指标，你能弄来水泥？"

利焕南从包里掏出厚厚一叠票据，说："我经营水泥已经几年了，票据都有这么厚了，在临江综合商店基本保持一月最少一车货。现在深圳的需求大，我这边货源充足，加上深圳又是特区，争取车皮比较容易，效益一定非常好。"利焕南做事严谨，包里还揣着票据，他用实际数据说服了黄木水村长。

黄木水说："好，我信任你，合同条件你自己写，我们合作。"

利焕南还是以"广东省紫金县临江综合商店"的名义与村里达成了协议，承包福田建材综合商店，每月向村里上缴利润500元，同时村里指派4名工作人员，每人每月工资不少于120元，总体算下来，他每月要向村里上缴一千多元。

深圳烟尘滚滚，机声隆隆，正是销售建筑材料的黄金时期。到处兴建高楼，水泥更是抢手货。国家下拨的指标只能满足所需的10%，剩下的90%就是巨大的市场。

水泥生意正当其时。

但是，利焕南手上哪有资金，更没有国家下拨的指标。当时的深圳，个体经济根本没立足之地，怎么办？

利焕南费了不少周折，拿到执照和经营权。没有场地，利焕南就和福田村里的负责人商量，租用他们36平方米的地方，花4000元在路边搭了个铁皮屋，集住宿、展厅、营业厅于一体，还用油毡纸搭了一间临时仓库。简陋的铁皮屋四周杂草丛生。

"名不正则言不顺，言不顺则事不成。"利焕南在临江已有经验，他要"名正言顺"地做一个整体规划。他在筹划开业前，花了2000元重资买来军用电话电缆线，从2公里外的福田公社邮电支局的100门分机中抽出一门线，装了一部手摇电话。他还购置了简单的办公家具，印了信封、信纸、介绍信、托收凭证，还印了当时只有香港商人才有的名片，并办理了银行账户，万事俱备。

利焕南择吉日，于1983年7月28日开店营业。

爆竹声在荒野上响起来了。

利焕南和他的伙伴们站在铁皮屋门口，除了妻子利秀兰，还有妹妹利美娥和友人邓建中。美娥是利焕南最喜欢的妹妹，利焕南评价她敢闯敢拼，能独当一面，性格很像自己。邓建中是退伍军人，退伍后在临江一家木材加工厂里打杂，他与利焕南相识后非常信赖利焕南，利焕南只一句话，他就敢跟着利焕南闯深圳。

　　喜庆的爆竹炸开了朵朵红色的火花，密如战鼓的鞭炮声也在催促着大家踏上新的征程。过去的都已经被撇在身后，美好的生活似乎在前方招手。

　　烟雾慢慢散去，"深圳市福田建材综合商店"的招牌特别醒目。铁皮屋看起来很结实，既是展厅又是办公室，后面是一间油毡纸搭起来的仓库，同时也是四个人的宿舍。

　　"请人吃顿饭，庆祝庆祝吧！"利焕南说。

　　此时他手上只剩200多元了，利秀兰拿出手里仅有的100多元。

　　利焕南盘算，每桌酒席110元，可以订三桌。这是他到深圳后第一次订酒席请客，也是人生第一次在大都市请客。

　　虽然不宽裕，但利焕南不改他豪爽的性格。他请来了20多位刚认识的客家人朋友，欢聚一堂，大家由衷地高兴，为利焕南能在深圳立足开店庆祝。

　　宴会很热烈，也很尽兴，到了宴会快结束时服务员送来了

深圳市福田建材综合商店

账单，利焕南低头一看，心中一惊，酒店要加收服务费，肯定要超出预算，还有他本说喝广东米酒，但朋友们高兴起来，都提议用啤酒干杯。广东米酒的价格与啤酒价格几乎一样，但啤酒度数低，米酒一瓶可以请七八个人喝，而啤酒，朋友们喝到兴奋时每人喝了两三瓶。看账单金额，共要450多元。摸摸口袋，只有300多元，还差100多元。利焕南一阵脸红，自嘲：看来要坐"饭监"了。他心里却盘算着怎么办。

利焕南在关键时候总会冒出一些"急智"的想法，吃饭不给钱，这件事，他做不出来，说出去会让人笑话。

他灵机一动，装作喝醉的样子，对收款的服务员说："我喝多了，要和朋友们聊会儿天，休息一会儿再结账。"他悄悄地叫邓建中过来，让他去找福田一村的副村长卢启相借钱，并嘱咐他说："你找卢村长借钱时，对他说，银行已下班了，存款拿不出来，请他借100多元，千万不要说我们没有钱了。"

邓建中骑上自行车匆忙去借钱。

利焕南装着酒喝多了的样子，和朋友们天南海北地说得天花乱坠，直讲了一个多小时，邓建中还没回来。

他急了，再吹一个小时就漏底了。况且，朋友们都陆续告辞，还吹什么？他心急如焚。

两个小时后，邓建中才赶回来。他悄悄对利焕南说："卢副村长迟迟才回到家，别人不熟不好借钱。"利焕南叫他赶快结账。

账结了，利焕南对酒店老板说："真对不起，我喝多了。"

酒店老板很宽容，热情地送别他。只是他也想不到，日后名满深圳的著名企业家利焕南还会有差点因欠饭钱而坐"饭监"的经历。

借船出海

利焕南借了福田建材综合商店这艘小船出海了，他终于如愿以偿，可以尽情一搏了。

从山村里走出来的放牛娃，还牢记出走深圳的誓言，就是跪也要跪出一条路来。

福田建材综合商店的架子搭起来了，下一步就是"活"起来：要联系业务，扩大业务。利焕南买了一辆自行车，怀揣着名片和相关证件，他自己跑业务。

他用自行车丈量深圳。南方的夏日长，烈日酷暑，大地都被炙烤得像要燃烧起来，身体的水分快速蒸发，汗水把头发打湿，都贴在了脸上，模糊了视线……

建材综合商店开始时几乎是无本经营，如何活起来呢？利焕南还得"借势"。

虽然承包了建材综合商店，但关键岗位都由村里派的人担任，还要担负他们每个月的工资，他这个实质上的老板，却只能担任副经理一职。118总机转的电话也装上了，他无私地付出，信守着承诺，他就是要靠"信"字立足社会。

建筑材料的种类繁多，利焕南比较注意经营普及型的材料，如水泥、玻璃、马赛克、瓷片、釉面砖、油毡纸、小铁钉，有时也代销一些钢材。

他辗转找到深圳和平路建材公司，和刚认识的老乡赖讯文、赖国荣、赖晋元三人签订合同，借他们的建筑材料瓷砖、马赛克放在店里做样品摆设。

以前在临江走南闯北的关系，他全用上了。他找到一个、二个、三个……逐渐增多的车皮，往深圳运水泥。又到清远电瓷厂商议代销瓷砖和马赛克。厂里给个价，他加0.5%～1.5%的利润，由他送到用户手里，每天有5台车拉货，每次都有几百元收入。

清远电瓷厂有800人，1984年、1985年生产的马赛克、瓷砖有80%由利焕南代销。一箱马赛克赚几角钱，一车赚100多元，生意就这样一点一滴地积累起来。

利焕南有个原则，不贪大，不求全，薄利多销，积少成多。还有一点不能忘记：信誉第一。

小本经营的利润完全用心血在漫长的时间里积聚。管理方式是原始的包干制。他的记账方法十分独特，即用"同心创大业，和气生财源"10个字代表从1到10的10个数码，如商品成本价为135元，则记为"同创业"。别人看不懂，营业员记住这个底价的"暗号"，在销售中灵活掌握。他嘱咐店里的营业员：只要有赚，就卖货，推销出商品就能活起来。

这些小小的发明创造，体现了利焕南的智慧。

进入福田以后，利焕南就陷入商场竞争的"战乱"之中。众多的小商店各有奇招，各有赚钱的妙法。利焕南早年在爸爸的督促下做过小商贩，早已熟悉此道。不管风云如何变幻，他总是坚持信誉第一，与人为善，所以他货源广、客户多。

他既注意到商情和人情，也注意到天时，根据天时变幻来变换经销手段，往往在危机中看到商机。

1983年9月9日，也是开业后的一个多月，一股强台风登陆深圳。狂风夹着暴雨，横冲直撞，一夜之间把小仓库的棚顶给掀了，雨水浸泡了5吨多名贵的白水泥，几十箱马赛克等一万多元的商品全部报废，损失惨重。这对他来说，可谓"灭顶之灾"！

台风过后，一片狼藉，望着雨水里的水泥和其他物资，利焕南心里很不是滋味，这对他来说是一场"天灾"。建材综合商店现在就像一棵刚刚种下的小树苗一样，还没来得及扎根，就被这狂风连根拔起，这可怎么办？前期所有的辛苦，被这一场台风刮得荡然无存。

清晨，利焕南站在风雨中思考下一步该怎么走。

他望向迷茫的远处，所有毡棚都被掀了顶。

小仓库的棚顶是用油毡纸搭建的，油毡纸也被撕得粉碎。

这时，他心里想，是接受失败？还是东山再起？他不能认输。他想如何反转这局面。他心里闪过一个念头：危机也是生机。

这时，他突然灵光一闪，想起来了：台风之后，到处都是被掀翻了的工棚，最急需的是油毡纸，如果进购油毡纸，一定好销。

想到这里，他立即冒着风雨赶到了东莞。所幸建材综合商店刚好有两车水泥的回款，他用这回款购了四车油毡纸回深圳。果然，油毡纸在台风过后身价急涨，被一扫而光。虽然是紧俏物资，但利焕南并没有发"灾难财"，因缺货而大幅涨价。他还是按规定价格售卖，既解决了台风过后深圳的急需物资，也没有囤积物资，发灾难财。这笔油毡纸生意，让他赚了一万多元，弥补了台风给他带来的损失，让他躲过灭顶之灾，顽强地生存下去。

零售只能维持商店的运营，批量批发才能打开市场。他一次次地蹬着自行车亲自跑销售，主要产品还是水泥。

一次，他冒着酷暑拜访位于深圳华强北赛格旁的上步工业区，这里是建设兵团基建工地的项目，利焕南拿着介绍信来联系业务，对方询问了一下瓷片的价格，直接说："这种瓷片八毛一，你送来我就收。"

利焕南核算了一下成本，瓷片从清远进货每块要七毛多，加上运费，成本每块近八毛，只有两分多的毛利，等于搬运工的工资。如此微薄的利润一般的业务员都难以接受。但他的业务刚刚开始，他需要打开市场，所以他不求赚多少，而希望尽快打开局面。他一咬牙，说："可以，我们签订合同吧！"

对方不冷不热地说："你送过来，我就要，你要不敢送，就不用送。"

对方的态度，令人左右为难。万一垫资从清远运回货来了，他又反悔说没签合同，拒不收货，这一车货的损失可令他倾家荡产了。

这就要赌胆识和魄力了。

利焕南赔不起，他的家底还太薄弱。但他还是选择了相信，因为这是国营单位、部队的基建工程兵，他对对方的采购员说："行，我们准时将货送来。"

当一车瓷片从清远运到建筑工地的时候，对方也果然守信，全部接收了货物，信任是相互的。从此利焕南与建设兵团基建工地建立了信任，并相互签订了银行托收合同，增强了业务往来。利焕南的瓷片价格便宜，质量又好，双方又都信得过，最高峰的时候，每天有5到7辆解放牌汽车的货物运送到工地。

利焕南一人承包了清远电瓷厂80%的产品的销路，这也促使利焕南于1983年初冬与清远电瓷厂供销科长黄先榕签订了供销合同，用银行托收方式付款，特别是与建设兵团基建工地签订合约以后，基本包销了清远电瓷厂800余名工人生产的80%的产品。

利焕南的大妹利美娥当时20岁，她胆大心细，每天从深圳带汽车队到清远运回产品，一天工作长达十四五个小时。

虽然辛苦，但每个月从清远电瓷厂的业务中就可以盈利五六千元，甚至上万元。

利焕南就靠着诚信与薄利多销，一拳拳打开了深圳的市场。

划定红线

这一年的冬天还发生了两件事，给利焕南敲响了警钟，成为他以后经商永不逾越的红线。

1983年11月上旬，深圳宝安建材公司将积压在火车站仓库的一批重56.5吨的钢材交给利焕南的综合商店代销。钢材的规格不同，长短大小不一，十分难销。两个月只销了很少一部分。后来建材公司跟东莞长安镇某单位谈妥出售这批钢材，只等着成交了。

利焕南这天到广州办事，交给邓建中办理这件事。

东莞方使了个计策，提货时故意拖到下班后，提出不在深圳过地磅，到东莞再过地磅。7辆汽车开到东莞时已是晚上7点多钟，对方叫邓建中在东莞过夜。次日卸货时，用小磅过磅，少了7吨多。对方又不讲信用，以钢筋太短为由强行压价，由每吨830元，压为800元。因是建材公司、东莞商人与利焕南三方的口头协议，而东莞方存心蒙骗，送上门的肉只得任人宰割了。一来二去，这批钢材共亏了7000多元。

利焕南回来听说后大为震惊，但已无回天之力。他买来了广东米酒，和邓建中洒泪对饮，饮的全是苦水。天灾之后，这次是人祸。商场中的残酷事实使利焕南和邓建中猛醒过来。

这次损失，错在轻信而造成麻痹大意。对方拖到下班后才运货，已暗伏杀机，意在他们本土过磅时做手脚；要邓建中夜宿东莞，也是早有预谋，可以在夜里耍出恶劣手段；强行压价，信誉全无。他们显然是中了对方的圈套，诚信之心是要有的，但也要预防商业诈骗，看不到自己的弱点，所以才会被人牵着鼻子走。

商海变幻莫测，两人说到商海风险，竟然对泣对饮。这些挫折让利焕南一次次跌倒，一次次花钱买经验。

还有一件事对他产生了巨大的影响。港资蛇口华美钢材厂在深圳特区生产钢材，只能出口销售，因为特区有特许免税，钢材可以买来在特区内使用。利焕南以港币现金从蛇口华美钢铁厂购买钢材运到东莞，深圳福田建材综合商店开具的是国产的钢材发票，卖给东莞建材公司。

但很快，海关在东莞方面就查出了这些钢材属特区内使用的免税钢材，几天以后，海关有人来请利焕南协助调查。

两位海关人员把利焕南带到海关查问。利焕南这才知道东莞方面呈送了他们开出的发票，而建材综合商店开发票也触犯了相关法律。同时，虽然只是分几次销售了50多吨钢材，也属于走私。处理结果是：海关对建材综合商店处罚款5000多元。

虽然事件不大，处罚结果也不严重，但对利焕南的影响却是一生的。

他给自己设定底线，从此经营永远不触碰法律红线。

他想起了父亲的话"无商不奸"和"止不住红颜白发，带不去碧玉黄金"的告诫。他是个敢拼敢闯的人，但他绝不是莽夫之勇，他善于学习，善于改正，他做过不少错事，但他敢于负责。错误反而成为他成长的垫脚石。

吃一堑，长一智。在种种风波中他经受了一次又一次锤炼。

相濡以沫

低矮的铁皮屋里，利焕南和妻子利秀兰长夜相谈。

阿兰话不多，人很贤淑，心地善良，她嫁给利焕南以后就一心支持、帮助利焕南，成为利焕南的贤内助。

面对前途未卜的光景，阿兰心疼利焕南，但她什么都不说，只用默默的行动来支持利焕南。无论利焕南做何决定，她都在他背后默默支持。从嫁给利焕南以后，她与利焕南风雨同舟。

1983年夏，建材综合商店刚开业时利焕南就曾对她说："阿兰，现在困难很多，我也看不清前途，但是我是男子汉，我有力气，最后无论沦落到什么地步，我总可以做苦力来维持生活，你是个女人，女人找工作就难了。我筹了几千块钱，你不如学开汽车吧。以后就是生意失败，我可卖力，你可靠技术来养家。"

阿兰无条件地支持他，对他言听计从，这时阿兰已是30多岁、4个小孩的母亲，她已经学会了摄影、冲底片、印相片的全部工艺流程，现在又要学习驾驶，对她来说是个更大的挑战。但在丈夫的鼓励下，她下决心去学。风吹日晒，连续的操劳使她原来130多斤的身体消瘦得只有88斤。她学得很认真，第一次考试，她没有通过，她流泪了，哭得很伤心，很是责备自己。

利焕南鼓励她说："谁都有失败的时候，失败是成功之母，就算考不过，大不了再缴几百块钱补考，我对你有信心。"他心里知道，阿兰流眼泪是因为她心疼钱，怕考不过浪费钱。在利焕南的鼓励下，她很快就拿到了驾驶证。学会开车后，她便起早贪黑地运货，再苦再累也顶住了。

阿兰拿到驾驶证以后，利焕南购买了一辆二手出租车，又请了一个司机。出租车闲时跑出租，忙时就跟着利焕南一起跑业务。风雨泥泞，虽然艰苦，但也有欢笑，这辆二手出租车还成为临江镇的第一辆小轿车，也成为利焕南跑项目迎来送往的重要工具。

不管走到哪儿，利焕南和阿兰俩人总是一条心，同甘共苦。他们是有心理准备的，无论多么艰难困苦的关口，都有两人相互扶持的身影。夫妻情深，饮水如蜜，他们相互偎依，互相支持，用爱心来温暖对方。

水泥大王

当然，利焕南也知道商海风狂浪大，自己单帆无法乘风破浪，必须继续借船——借力一些有实力的企业，以真诚和信誉作资本。

1984年7月，他抓住机遇，以福田建材综合商店的名义同中建设备配件出口公司深圳分公司签订了一份共同经营水泥的合同，他要借中建这艘"大船"。

由中建方面提供购买银行信托公函，提供国营企业牌子，福田建材综合商店派出人员、出费用找货源和运输，中建占利润的70%，建材综合商店占利润的30%。这是昂贵的代价，但是为了起步，利焕南认了。

和中建搞联营，是明智的一着棋。

首先解决资金不足的矛盾，其次国营企业有优势，有水泥的指标。利焕南处处让利，事事出力。他派人外出运水泥，联系车皮，打通铁路的关系，全由他担负费用。赚了钱，中建占七成，利焕南占三成。代价是昂贵的，但求生存，适时的屈服让步是明智之举。

有人说："中建只出牌子，不出人，坐收利润，这口气怎么顺得了？"

利焕南给提意见的人讲了个故事，说："有个修鞋匠在南京很出名，他的地址是这样写的：南京总统府对面某某胡同某某修鞋铺，结果来修鞋的客户一看这个名头就忘不了，这就叫借势。"他接着说："不服气，难生存，更难发展。人家牌子硬，到哪里都吃得开。譬如行船，没有帆，哪能行？如果不依靠人家，我们就像无帆的船，大海茫茫，靠双手何时划到彼岸？"

利焕南知道，白手打天下，要善于借势，不靠别人万万不行。

利用别人的优势来扩充自己的实力，古已有之。三国时，孔明借箭是先例。

利焕南想起孔明在夜雾中得曹操十万余支箭，使周瑜不得不惊服他"神机妙算"的情景，十分兴奋；又想起孔明于十一月二十日甲子吉辰，沐浴斋戒，身披道衣，跣足散发，来到坛前祭借东风，让周瑜于三江口纵火破曹的情景，不觉心中涌起一股豪情。

时势造英雄，英雄也能造时势。"文革"期间他无书可读，对半部《三国演义》钟爱有加；后来毛主席著作兴起，他又仰慕毛主席的雄才伟略，精读《毛泽东文选（乙种版）》；再后来他又钟情于历史，翻烂了范文澜的四集《中国通史》。每遇危机，他脑海中总会浮现出这些历史上闪光的人物，并设想他们会如何应对困难。

利焕南与朋友交，言而有信。他与中建搞联营，就常笑说，中建有名头、有资源，但为什么每个月既有水泥指标又有车皮计划，反而发不出货呢？因为无人亲自到货运站场去联系，即使派去的人，也趾高气扬，所以虽有资源却发不出货。中建和广州铁路局都是央企，两家企业是"铁公鸡遇到了铁扫把"，都是大牌子，谁也不服谁，业务往来不能灵活变通。

利焕南看出了市场经济下企业存在的短板，他就用自己的智慧与能力做他们之间的桥梁。

指标、资源、铁路方面资源都齐了，当时供应水泥给中建的主要是英德水泥厂，英德的"五羊牌"水泥远销欧美，国际影响大，外销时叫"五羊牌"，供国内的就叫"英德牌"，其水泥质量是一样的。当时的厂长是江苏人，姓朱，他在业务交往中与利焕南一见如故，俩人成了好朋友。

利焕南借用了中建牌子硬的优势，加上放牛娃肯出苦力的精神，以及自身的经商天赋和智慧，很快就与各方建立起信任关系，企业也迎来了飞速的发展。

苦心人，天不负。利焕南一步一步地扩大经营范围。他找的水泥车皮补充计划也越来越多。1985年夏，利焕南居然发出一个水泥专列到深圳，这是深圳市历史上第一列水泥专列。

在1985年时，他一个月内甚至可以发出90节车皮的水泥，成为深圳市的水泥大户，业内人称利焕南是深圳的"水泥大王"。

深圳福田，是利焕南安营扎寨的据点。

从天时、地利、人和三方面来考究，都恰逢其时。

天时：深圳为经济特区之首，中国政府改革开放的实验田，改革开放的大潮正在掀起；深圳作为改革前沿，正蓄势待发。特区开始发展，有许多别的地方没有的政策优惠。

地利：深圳紧靠香港，与其他三个经济特区相比，海运、火车、汽车便利，交通发达。

人和：深圳人来自五湖四海，青年人居多，包容和融合已经成为深圳的特色。

利焕南初到福田，便与多家企业达成合作，深圳人没有那么多偏见以及自私狭隘的地域观念，互利互助，共同发财，时间就是金钱，效率就是生命，新观念已经深入人心。

扎寨生根福田，打开了深圳的大门，天时、地利、人和，再加上汗水、付出、智慧，利焕南的商店经营日益壮大。

付出必然会有收获。到1984年7月，建材综合商店开业一年后，总收入达30万元，利润可达10万余元，其中大部分是代工服务收入。

第九章

孵出
金鹏

涉足小产权房开发

利焕南如鱼入大海，他终于找到了能让他大展拳脚的宝地。

刚在深圳立足，他就想将家人的户口调到深圳。他首先考虑到的是利伟民和利玉民。

利焕南跑业务，熟人多，渐渐地打开了局面，他与深圳外贸集团荔园商场的老总汪杨高交情不错，便想请汪杨高帮忙解决二弟利玉民的工作调动和户口问题。

利玉民去了红工煤矿，原是利焕南要去的，但他被家庭拖住离不开，所以让利玉民去做了矿工。利玉民任劳任怨，已经在矿上工作几年了。

在矿上工作是有危险的，人们常以矿上遇险如战场临敌来形容。为了整个大家庭，为了生活，利玉民一直在负重前行。现在条件稍好，利焕南首先想到的就是将他调到工作环境稍好的深圳来工作。

利玉民现在是工人身份，利焕南向外贸集团荔园商场的总经理汪杨高求助，请他帮忙将利玉民调到深圳。深圳当时正是用人之际，出台了不少灵活方便的政策。不久，利玉民就被借调到深圳，在外贸集团荔园商场上班。

利焕南顾家，同时他也顾乡邻。他是一个理性的人，有坚定的目标，有锲而不舍的毅力。他也是个感性的人，他的生意刚刚有了点起色，手里宽裕了一点，就开始想为家乡做些什么了。

20世纪80年代初的紫金，改革的春风还没有唤醒广大农村，村民在闲暇时还依然有着赌博的风气。利焕南想起自己差点因为赌博而陷入泥沼，他心有余悸。如何能帮助乡亲们戒赌，使他们同自己一样能从这种陋习中挣脱出来？

想刹住这股歪风，只有加强对村民的监督管理。可看到乡镇派出所破旧的办公室，下乡一腿泥，别说抓赌、出警，就是下趟乡，一上午时间都浪费在路上了，怎么办呢？

利焕南一咬牙，得办实事。1984年夏天，福旺建材综合商店生意刚刚有起色，处处都需要钱，他却东拼西凑，硬凑出5000多元，计划着捐给乡镇派出所两辆当时最有名的"幸福牌"摩托车，给他们出警办公之用。

以谁的名义捐赠呢？利焕南不要名，他实心实意为乡亲们办实事。

思来想去，利焕南决定，以在香港的利水堂叔生前遗愿的名义捐，说是利水叔捐赠的，委托利焕南办理。

两辆崭新的摩托车很快就运到了临江派出所。乡下连自行车还没普及，两辆摩托车光鲜靓丽，引起了乡亲们的啧啧赞叹。

有了两辆摩托车，临江派出所大大缩短了出警时间，更快更及时地为群众出警、调解、排忧解困。

为了感谢利水对家乡派出所的支持，派出所准备了一面锦旗，准备送到利水的儿子利达权的家里。派出所先通知了利焕南，利焕南让利达权接下锦旗，利达权说："捐赠摩托车，我都没摩托车骑，我要真有，才舍不得捐赠呢。"利焕南忙解释："摩托车已经买了，也捐了，你只管收下锦旗就好。"

利焕南热心乡梓，不求回报。

1985年，临江派出所的房子成了危房，利焕南又看在眼里、记在心里。派出所当时规划兴建新的办公楼，需要一笔资金，利焕南又想方设法凑出了5万元，当时县公安局也下拨了1000多元，其他单位和慈善人士捐了2000多元，总共花费53000多元建成了崭新的办公楼。

利焕南望着崭新的办公楼，比自己住上新房还高兴。他常说，没有好的治安环境，老百姓就不能安居乐业。他为临江父老付出，心甘情愿。

这座主要由利焕南捐建的临江派出所办公楼，一直到现在还在正常使用中，守护一方水土。

谁能想到，此时的利焕南还在深圳住着铁皮屋。

1984年至1986年间，利焕南将自己兄弟三人的户口迁到深圳。如何能"安居乐业"？首先要解决在深圳的住房问题。

时机来了，1984年五六月，老乡江志雄通过其妻兄的关系在深圳布吉草埔村购买了一块宅基地。他不懂建房，资金又不多，他找到利焕南，希望利焕南能帮忙将房子建起来。

利焕南经营着建材生意，又在临江镇自建过照相馆，他有丰富的建筑经验。他与江志雄约定，两人合作建房，共建四层，江志雄出资2.4万元，建成后分得下面两层，共240平方米；利焕南兜底，分得上面两层，从此他再也不是深圳的漂泊客了。

1985年，江志雄移民香港，委托利焕南将二人合建的房屋出售。很快就有人愿意出7万元接手。江志雄通过关系到房管所办理过户手续，工作人员告知，深圳小产权房不允许买卖，无法过户，以后除非有公安局处理文件或有法院文件才可以过户。

利焕南也要处理他那二层楼，价格谈妥，双方同意，过户手续一定要办，利焕南又咨询法院的朋友，确有此规。双方签了合约，同意将资金放到银行共管，然后准备文件，起诉到布吉法庭。到了开庭时间，双方达成庭上和解。有了法庭处理文件，他们到房管所办理过户，以银行共管资金支付，顺利地将房屋过户了。

1984至1986年间，利焕南兄弟三人都买房迁户到了宝安西乡，后又从西乡迁到布吉，有了布吉户口，在布吉草埔村就有了买地建房的资格。

出售房屋的成功事例，启发了利焕南，他也看到了小产权房巨大的潜在市场。在利焕南看来，小产权房是商品房的补充。于是，在第一次合作建房取得成功后，他将目光转向了小产权房的开发上。

他两年间在草埔村、沙夏村共买了5块宅基地，建了5栋4层的楼房，转手销售一部分出去。小产权房最难的一关是确定产权，解决了确权过户后，建筑成本只要每平方120元左右，销售价可达每平方米300元以上，可谓利润丰厚。

金鹏诞生

利焕南在深圳创业、风生水起的消息不时传回紫金县临江区公所，他成为一位传奇的人物。

人们根本无法想象利焕南在深圳的建材店开业一年赚到10多万元是个什么概念。

这时，临江镇的一些老领导调走，新上任的干部转变了思想，也在积极地探索发展经济，他们听到利焕南在深圳创业的传闻，就主动来找利焕南。

利焕南热情地接待家乡来的领导和朋友。

1984年4月，担任紫金县临江区公所前进乡乡长的利凤怀前来加盟福田建材综合商店。不久，利焕南的弟弟利伟明也来深圳，跟着利焕南一起创业。

利伟明来到深圳后，他有吃苦受罪的心理准备，利焕南安排他在福田建材综合商店里打地铺。福田建材综合商店与中建设备配件出口公司深圳分公司签订了经营水泥的合同，需要派专职人员到广东英德水泥厂进驻，发货回深圳。利焕南把邓建中派往坪石，把利伟明则派往英德。

没有大量的运输工具，就无法在当时深圳水泥"大战"中取胜。建筑材料占领不到市场，福田建材综合商店就无法生存和发展。

利焕南鼓励利伟明要灵活、勤快，绝不能有半点怠慢。

在新开辟的天地中，年轻的利伟明没日没夜地"扑腾"着。

利伟明说："我仅有的资本就是'勤、快、磨'。"为了得到车皮，他开始了没完没了的"磨"的战术。磨中见意志，磨中见诚心，对方逐渐地信任利伟明，开始少量批给他们车皮。打开了车皮的突破口，前进了一步。利伟明继续努力，求得每月给20个车皮，进而达到每月给100个车皮。每月从英德发回的水泥竟达7000吨！连深圳市物资局发货的数量也没有福田建材综合商店的多啊！

一次，深圳来电报紧急要货，货量达3000吨。当时，广东正值酷暑，要搞到3000吨水泥，谈何容易？不谈车皮，就是装车也得花两三天时间。

怎么办？机会只有一次，失之无法再来。利伟明暗下决心，这批货无论如何都要及时发出去。他夜奔广州，左磨右磨，搞到50多个计划外车皮，组成一个专列，又一天一夜不间断地装车，把这批水泥发了出去。

利伟明把3000吨水泥已发货的电报发出后，四肢像散了架似的。这一夜，他高兴得失眠了。在发货速度、发货量上，这是他最高的纪录。

英德水泥厂坐落在英德龙头山上。龙头山距冬瓜铺车站8公里，一车车水泥便是从冬瓜铺发出的。利伟明只靠一辆自行车，每日里往返多次。不管刮风下雨，也不管严寒酷暑，他都是骑自行车来往。来回奔波的路，就像是重走了一遍长征路。

在各战将的努力下，福田建材综合商店发展绞快，有了一定实力。利焕南常说，做事业不是一个人单打独斗就能成功的，做事业是一个庞大复杂的整体，人人各司其职，朝着相同的目标拼搏，才能取得胜利。在利焕南这个"生产队队长"的带领下，福田建材综合商店的业务蒸蒸日上。

利焕南的快速发展，也增进了家乡政府部门对他的信任。

几番磋商下来，临江镇干部的既往观点很快转变了过来，他们很佩服利焕南的艰苦创业精神，对往日对他的偏见表示歉意。

利焕南对过去的事一笑置之。他知道时代趋势，在特定的时代下产生的偏见是可以理解的。在深圳，在改革开放之风刮遍的时候，新的思潮和观念已经在悄然发生改变。深圳是个创造新观念的城市，"时间就是金钱，效率就是生命"的口号已经出现，这就重新定义了人们对市场经济的认识，已不存在什么对"为个人发财"的偏见，只有拼搏、竞争，才能迅速在商场中取胜。

"焕南，我们很想跟你一起搞农工商公司。"当时任前进乡支部书记的利炳东说，"依靠深圳，把我们的穷乡带动起来。你说可以吗？"

利焕南热情地说："家乡人如果有心到深圳来和我共同创业，是件好事，有什么不可以呢？"

但是利焕南永远想在别人前头，他又提出了新的思路，他思考了一下说："我们要改变合作思路，谁也不跟谁打工，我们根据政策，实行股份制。"

改革开放初期，深圳为了吸引各地人才前来开发建设，实行了很多优惠政策，如广东省内县属企业可以通过内联的方式在深圳特区实施联营。紫金县临江公社的建制已经由公社改为了区公所，如果与深圳内联，就得用临江镇属企业的名义与宝安县布吉镇属企业联营。

家乡的领导经过与利焕南的接触了解，对利焕南充分信任，迫切地想通过利焕南打破被束缚的生产经营动力，带领家乡人民发展经济。而利焕南也希望借助家乡的政府平台，带动家乡经济发展，双方一拍即合。

1984年9月23日，以福田建材综合商店为基础，以临江镇名义兴办的"紫金县临江区农工商公司"同"宝安县布吉镇农工商公司"合作，以集体内联的方式，成立了"深圳市金鹏商业服务公司"。这是一家取得了深圳特区宝安县法人资格的公司。

公司名字怎么取呢？有两个字一直在利焕南的脑海中闪烁。一个字就是用紫金的"金"字，另一个字就是深圳的别名"鹏城"的"鹏"字，合在一起就叫"金鹏"。这两个字从紫金和深圳两个地名中各取其一，合在一起又有美好的寓意。李白那句脍炙人口的诗句"大鹏一日同风起，扶摇直上九万里"，寓意事业腾飞、前途无量，"金鹏"可比"大鹏"还要光彩夺目呢。

"金鹏"这个名字利焕南在1984年四五月时曾经建议过紫金县经委与宝安县教育局合作的"宝紫公司"改为"金鹏公司"，但未予采纳。如今成立自己参股的内联企业，利焕南第一个想到的就是这个名字。

"金鹏"经过几个月的孵化，终于出世了，这个响亮的名字第一次出现在深圳。

金鹏商业服务公司实行的是股份制，其实质是合伙人形式，形成了金鹏最早的股份制雏形。

公司总股本10万元，共为10股。股东及股本结构为紫金县临江区公所的"紫金县临江区农工商公司"参与占股40%，紫金县临江前进乡公所办企业占股20%，紫金县临江信用社占股20%，紫金临江照相馆（利焕南个人）占股20%，临江区区长邱光明担任董事长，临江政府干部邓汉平任经理，利焕南担任副董事长兼副经理。

利焕南的二次回归，终于得到了家乡政府和人民的认可，从当年不被接受到如今的经济发展领头羊。

公司的10万元股本从哪里来呢？区、乡两级根本拿不出资金来，利焕南主动承担责任，他建议用他投资的不足4万元尚未完工的深圳草埔村的房产和3万元购买的土地作贷款抵押，由政府出面，协调信用社贷款10万元作为总股本。还是由他兜底，他总能在最艰难的时候成为最坚实的保障，给人以信心。

金鹏商业服务公司实际上除利焕南负全部责任外，谁也不掏一分钱。没有实际意义的入股，当然区公所和乡村两级根本没有承担什么风险。

但利焕南他认了，他愿意带动家乡经济的发展。

金鹏商业服务公司成立以后，有了法人资格，经营范围和规模也相对扩大了。经营的项目有建材、日用百货、机电设备、土特产、丝绸服装等。人员也逐步增多。公司增加了许多从河源紫金来的同乡，如利添华、利伟平、叶乃林、邬南生、江伟华、叶小兰、利新宏等。

为适应市场的需要，公司还设立了几个网点负责人：泥岗仓库负责人利石清，福田门市部负责人利添华，布吉商场负责人邓建中，布吉化工建材部负责人利凤怀，沙湾门市部负责人利焕南（兼）。

经营如同撒网，一时撒向大海；又像雨落大地，无孔不入。利焕南说："深圳改革开放初期，百业待兴，要快速占领市场，除了违法乱纪的和特营项目以外，凡是有钱可赚的项目都经营。"那时，他虽然还不知什么叫"市场经济"，但实际上，他是遵循着市场经济的规律去办事的。公司所经营的项目和方式基本和1983年的福田建材综合商店相似，但档次高了，规模大了，人员多了，利焕南的责任也重了。

永远的怀念

事业上蒸蒸日上，金鹏正蓄势腾飞。

在这两年间，利焕南也经历了两次人生中的生离死别，成为他心中永远的两个痛点。

1984年9月，金鹏公司刚刚诞生，正是工作最繁忙、最关键的爬坡期，利焕南终日奔波在外，各种应酬难以脱身。

妹妹美娥因病住院了。

利焕南和妹妹美娥感情很深。当年他第一次辍学期间，就遵父母之命带着几个月大的妹妹。后来妹妹年龄稍长，他带着妹妹一起割猪草、喂猪，童年在一起留下了非常多的美好回忆。后来利焕南破釜沉舟来到深圳闯天地，美娥也是最早跟随他来深圳打拼的。

利焕南经营起福田建材综合商店，妹妹美娥一个人带着最少5辆、最多10辆车的车队往来于深圳和清远，源源不断地输送瓷片、马赛克。她性格泼辣，胆大心细，处事果断，能独自撑起一片天地。

利焕南大美娥12岁，两人同一个属相，这一年，她刚21岁，年纪轻轻，正是最好的岁月，因为常年过度劳累，饮食不规律，患上了叠肠急病。本来是小病，当时利焕南正在湖南出差，得知妹妹生病住院，他就往回赶。

医生一直催促让家人签字赶紧动手术，可是父亲一听要开刀动手术后不同意签字，他认为是小病，能挺过去。谁都想不到，她会因为小病而被夺走了生命。

利焕南赶到医院的时候，妹妹美娥刚做完手术，她的神智很清醒，在她的意识中也觉得这是小病，哥哥回来了，一切都会好转，病也很快就会好起来。

她见到利焕南风尘仆仆地赶回来，还安慰利焕南说："哥，你怎么赶回来了？没事，我这是小病，很快就会康复的，你的工作忙，你去忙吧。"

利焕南看着美娥的神情气色都很好，悬着的心才缓缓地放下来，谁知道这是回光返照。

他离开重症病房不到一个小时，妹妹美娥就去世了。

至亲骨肉的离世，让利焕南悲痛不已。

爸爸利添因为年老丧女，目睹了女儿美娥的离世，心情悲痛，也患了重病。

利焕南不在爸爸身边。他此刻在深圳，担着初创金鹏的沉重担子。

他只能在繁忙中抽空回去看望爸爸。他动员爸爸到医院去做检查，用西医治疗。爸爸一直以来不相信西医，只相信他自学的一点点中医知识，他一生笃信传统文化，抵制西医。他生病了以后也以中医为根本，所以病情很难控制，幸亏利焕南的连襟钟人友瞒着他给他打了几针，他的病情才好转。

1984年10月，爸爸的病情稍有好转。这时，利焕南在深圳草埔的四层住宅刚好封顶，他便想让爸爸出来散散心，就开车将爸爸带到深圳，参观他与江志雄合建的住宅。

他从临江卖了照相馆出来时，一无所有，爸爸最担心的就是他居无定所，现在他终于在深圳有了自己的住宅，而且比临江照相馆还要好，他带着爸爸在尚未完工的二层小楼参观。

爸爸露出欣慰的神色，他一边参观还一边指导利焕南，如何摆放家具，如何分配房间。

利焕南对他说："这间房屋是专门为你留的，你可以在这里陪孩子。"

爸爸露出少有的笑容。

参观过利焕南的新房后，爸爸正色对利焕南说："你已经安居了，又有建材综合商店经营，要安分生活，不要再胡思乱想了。"

这是爸爸对利焕南发自内心的关心，他知道自己的儿子，胆子大、能量大，担负的责任也大。他一生都在规劝儿子，希望儿子能平淡一些，这成为父子之间最后的谈心，留给利焕南对爸爸无限的思念……

利添回到家乡后，病情反复，不久加重，于1985年春节后27天逝世。

刚失去了妹妹，又失去爸爸，利焕南悲痛万分。

他爱他的爸爸。他敬仰爸爸的人格魅力和为人处世的哲学，佩服爸爸勤劳俭朴的优良品质和多才多艺的谋生本领。

当他一个人在静夜里听到风声雨声的时候，他便想起那个饥饿年代，那举家搬迁、流浪他乡的情景。爸爸久经风霜，历经磨难，始终靠自己的才智顽强地应对生活，这是一个多么了不起的乡野农民呀！

爸爸的一生，也充满传奇。

利焕南想着爸爸的音容笑貌，一幕幕艰难生活的情景闪现在眼前，心中默念：谢谢你在艰难中养育了我，含辛茹苦地养育了我和弟弟妹妹。

他感激爸爸对他的严厉教导，他感激爸爸对他借古喻今的启发引导，或者旁敲侧击的批评。爸爸的话是那样准确、幽默、入木三分。幼年的利焕南听惯了爸爸的吟吟哦哦。

13岁那年夏天失学后，他跟爸爸在义合种烟草，爸爸开始吟道："好男不当兵，当兵最差；一代当官三代怨，当官也不好；商场如战场，奸商奸商，更不好；最好是种田，半年辛苦半年闲，乐也悠悠，山高皇帝远，谁也管不着……"

爸爸淡泊功名利禄，心安理得地当农民，多么难能可贵呀！爸爸虽然对待有些事有些偏执，但他的处境和他的文化修养，决定了他所秉持的处世哲学。

爸爸是真诚善良的，他与贪、抢、嫖、赌、饮、吹无缘。他淳朴的性格深深地影响着利焕南。

利焕南想起了他喋喋不休的样子：中国文字很有意思，"贪"字即"今""贝"，今天拥有不明不白的钱，很容易写错成"贫"字。他还不止一次地吟哦："赌"近"贱"也，"贱"近"贼"也，容易写错，也容易读错，更容易三个字一气呵成地做错。

有时，他见到利焕南，却装作没看见，就念开了："父生母育，乾坤之德难量……""留不住红颜白发，带不去碧玉黄金……"有时，当利焕南在场时，他故意同其他长者唠叨："某某哥呀，到处都有两个傻子，一个傻子在街头，他无钱却充大头鬼，一个傻子在街尾，他有钱却不会花……"

正是这些不经意的"吟哦"，在利焕南沉溺于赌博的时候使他警醒，断然戒赌；使他免于沉沦商海；使他做人堂堂正正；使他交友如君子，和而不同。

爸爸影响着妈妈，俭朴的妈妈也一样。她持家严，省吃俭用：过春节的肉，她居然可以藏到端午。她常说："咽喉深过海，今餐吃了明餐要。""俭穿常新，俭吃常有。"

父母亲就这样带着一家大小在艰难的生活中摸爬。春荒四个月，秋荒一个月，瓜果、青菜、苦麦菜，年年饥我年年捱……

想着永远离开的爸爸，利焕南止不住的泪水在眼角涌动。

利焕南在夜深人静之际，想着爸爸"谙练世味"的教诲，心热辣辣的。

利焕南想着爸爸的谆谆教导，慢慢地才感到珍贵。得到的东西并不懂得珍惜，失去的时候，才觉得它如同珍宝。爸爸去矣，永远听不到他在身边唠叨了，他那颗心已停止跳动，然而他幽默生动的话语和淡泊名利的处世哲学永远留在利焕南的心中。

平心而论，对于爸爸的教诲，利焕南并不是百分之百听从。爸爸说，奸商奸商，商不可从。但利焕南早已从商；父亲说，还是种田好，"半年辛苦半年闲"，但利焕南偏要离开镰刀犁耙。

利焕南并不觉得自己愧对爸爸。爸爸有他的见解，一些见解受时代的局限，或受认识上的局限，并不见得正确，有些甚至是偏见，他也不能言听计从。

利焕南很有主见地走向更广阔的天地，是爸爸始料不及的。如今唯一让利焕南难过的是，爸爸逝去了，无法看到儿子辛勤的脚印，无法领取儿子真诚的回报。子欲养而亲不待，如果爸爸还在，该多好！他可以报答父亲的养育之恩，也可以请爸爸给刚诞生的"金鹏"出谋划策。

一辈子辛劳的爸爸，一辈子担惊受怕、逆来顺受、看不到未来前景的爸爸呀！但愿你在天之灵得以安息，得以清楚地鸟瞰儿子的事业，时有唠叨吟哦之语警醒儿子，时用严父之心鞭策儿子，时举一盏明灯指引儿子。

利焕南泪眼蒙眬。这位刚强如铁的汉子，这位流汗流血不流泪的汉子，此刻无法抑制自己内心的痛楚。

第十章
进军
地产

金鹏大厦

紫金县临江区农工商公司与宝安县布吉镇农工商公司合作的具有集体内联性质的深圳市金鹏商业服务公司完成了注册。舞台搭好了，唱一出什么戏？利焕南是主角，是总导演，局势催促着他要遣兵布阵，进行战略思考。

深圳建设之势如汹涌的潮水，做建材生意，尤其是做水泥生意，无疑是恰逢时机。然而，凡事都有两面性，有利有弊，利焕南看清了自己的优势和风险：一是贸易风险大，易得易失，没有实业，就如空中楼阁，经不起风吹雨打；二是自己毕竟资本少，势单力薄，难与大户和国营企业较量，争一日之长短，并不是上策；三是在城里闯荡，似没有回旋余地，见好即收，是智者的风格；四是毛泽东主席当年以农村包围城市，最后夺取城市的战略思想深深地影响了他，他目前在深圳的中心福田扎寨的形势与当年党中央设在上海的情景颇为相似，应该在别人还不太注意农村这块阵地之前，赶紧去占领。

利焕南反复思考。人，要居安思危。

在紫金县临江区农工商公司驻深办事处租用的深圳红岭深紫大厦里，利焕南、利凤怀等公司领导在做决策。烟雾在房中弥漫，已经整整一夜了，他们在考虑着福田建材综合商店和金鹏商业服务公司如何经营。

这时，内外大投资商纷纷争抢深圳的地盘和市场，像大战的前夜，他们必须做出选择。

"我们在福田，现在仍然是寄人篱下。是坐定福田，等人来把我们挤垮呢，还是及早另谋出路呢？"利焕南提出这个尖锐的问题。

有人分析："福田现在属于市区，紧靠罗湖中心区，往后势必会成为央企、国企和外商争夺的对象，我们在社会资源上没有优势，形势对我们越来越不利了。坐而待'挤'，不如另谋生路。"

利焕南缄默不语。新路在何方？眼下就是转折点，必须做新的选择。他将自己近段时间的思考说出来：关内竞争激烈，关外虽然偏远，但前景广阔，我们要发展，就要进攻关外，以退为进。毛主席的农村包围城市的战略思想也证明，虽然是退，但退中蕴含着进的策略。"

金鹏要起飞，必须退而"积草储粮""招军买马"，现在必须做出战略转折的决定。

避免激烈竞争，抢占关外资源。这是利焕南做出的判断。

决心已下，利焕南心里踏实多了。他从未如比疲倦，熬红了双眼，但他没有休息，深圳改革开放的黄金时期，他必须分秒必争，不敢有一丝的懈怠。

关外的地点，首选在布吉。

因为布吉有战略支撑点，他在成立内联企业深圳市金鹏商业服务公司的时候就已经把这个支点规划了进去。

那是在1984年7月，利焕南花3万元在布吉镇买了一块地，面积330平方米。

这是布吉镇规划中的一条新路旁边的土地，初时叫布吉商业中心，新路后来被命名为"振兴大道"。

利焕南计划在这块地上打造金鹏商业的支点，也是他真正意义上的第一座商业建筑——金鹏大厦。

远大的目标需要有坚忍的意志相配合。

目标确定后，严密的落实才是真正的考验。而这正展现了利焕南"逢山开路，遇水架桥"的魄力。

建筑大厦一要资金，二要施工单位。这两样，利焕南都没有。

从无到有，他要为之付出多少汗水。

第一个拦路虎是大厦土建资金要40多万元，在当时对他而言是天文数字。利焕南感到资金短缺的困扰。原股东以筹集名义贷到的款只有10万元，只够主体工程建设的基础部分，30万元资金的缺口从何而来？

没有钱，咱们有人。利焕南大手一挥说："咱们客家人，从小习惯了迁徙，走到哪里就将房子盖到哪里，没有施工单位，咱们成立一个建筑工程公司。"

利焕南说到做到，他马不停蹄，利用临江区公所的优势，很快就将"紫金县临江建筑工程公司"的执照拿到手了。

施工设计图不能自己画吧？

为了节约绘图费用，高要县第二建筑公司经理严江泉对他说："自己私下找人绘图会便宜得多，正规请人的话，这个六层楼的设计费要一万多元，私下设计只要2000元就够了。"

巧妇难为无米之炊，资金少，利焕南最后只得花2000元找人画出了图纸。

利焕南趁热打铁，摸着石头过河，委任广州的知青朋友梁文立为紫金县临江建筑工程公司的经理，将项目四周围上围墙，并在13块1.22米×2.44米的纤维板上写上"紫金县临江建筑工程公司承建"几个恢宏的朱红大字，就这样开始了金鹏大厦的建设。

困难重重。那一年缺石子，整个深圳都缺货，石子价格贵到离谱。利焕南想尽了办法，最后用港币到梧桐山外资企业拉回了石子，工地才继续施工。

1985年4月，宝安县建设局总工程师彭锡磷巡查时发现突然出现了一个金鹏大厦建筑工地，进去一查，发现了一大堆问题。一无准建证，二无施工证，现场连张设计图纸都没有。彭锡磷索要图纸，现场人员知道自己解决不了问题，就推说锁在利焕南的办公室了。

彭锡磷坚持让人赶紧把图纸拿来，几经转折才把图纸拿过来，彭锡磷一看，只是个草图，连设计单位的印章都没有。他大为恼火，当时大厦已建到第四层了，彭锡磷命令立即停工，并责令项目负责人利焕南立即来办公室解释清楚。

利焕南此时还忙着在紫金临江招工，他的建筑工程公司，几乎招来了所有前进新村的父老乡亲。他想着钱花出去，肥水不流外人田，他一门心思地想帮衬自己的家乡父老。他听到大厦被停工的消息后，就请梁文立先去建设局那里打前锋，了解一下情况，自己掌握一些情况后再去。

利焕南没有闲着，他推测着事情的发展方向：图纸有了，只是没有设计单位的盖章证明，如何才能"顺理成章"呢？他急中生智，何不在紫金县临江建筑工程公司下面设立一个设计单位呢？

说干就干，他立即同临江区公所领导商量，要出一份证明，刻一枚"紫金县临江建筑工程公司设计室"的公章。

梁文立也传来消息，他去了彭院长的办公室后被一顿狠批，他们的问题重重：一是施工队没有施工资质，二是图纸没有设计单位，连设计单位的印章都没有，彭院长要求立即把存在的相关问题一一解决。末了，他还告诉利焕南一个重要信息，他说："彭院长讲原则，重实际，批评得很严厉，但也很重人情，提出很多合理化建议。他虽然讲的是普通话，但通过聊天知道他是五华县的客家人。"利焕南一听，心中就有了底了。

他联络高要县第二建筑公司经理严江泉，问："能否补盖设计院的公章？"

严江泉一口拒绝："补盖章绝对没希望，办不了。"

利焕南又要求他："那能否多晒几份出来备用？"

严江泉说："这个可以。"

利焕南拿到了新晒的几份设计图，果断地将设计室的印章盖在签名上。

利焕南马不停蹄地赶到宝安县建设局总工程师彭锡磷的办公室。

彭锡磷望着利焕南，一脸严肃地问："你就是利焕南？我可等了你好久了，你的设计图纸都没有，就敢施工？"

利焕南连忙将设计图纸递过去，说："设计图纸存档在临江区公所了，我们现场那个是复制图。"

彭锡磷说："你别蒙我了，你的图纸连个印章都没有。"

利焕南一边打开图纸，一边解释说："有印章，这张有印章。"

彭锡磷是专家，一眼就看出存在的毛病，他责怪利焕南："你呀，为了省小钱，花大钱。你这图纸设计多用了钢筋，少用了脑筋。如果请正规设计院设计的话，能少用很多钢筋，节省好多建筑成本。"

利焕南以前建的房都是农民自住房，这样建大厦，他没有经验，但听了彭锡磷的话，他也有些后悔了。

彭锡磷又朝下看，说："你这是什么设计院设计的？"当他看到"紫金县临江建筑工程有限公司设计室"的印章时，他忍不住笑了。

他说："你这是胡闹，哪有自己建筑，自己设计的，你这不是自己当法官判自己的案子吗？"他又仔细地看了看设计图，图上签名的设计师叫胡声忠，就对利焕南说："这个设计师呢，叫他来。"

利焕南回答更干脆："设计师回上海后，已经因病死了。"

彭锡磷被利焕南的话堵得哑口无言，想了好一会儿才说："你这个设计室完全没有资质啊！"

利焕南解释："我们属于与布吉农工商的内联企业，我原是个生产队队长，我们山沟里穷得叮当响，本来是在山沟沟里种地的，我们哪里知道建房子还有这么多的要求？您问的这些我都讲不清楚，你要想问情况，我们临江区公所的领导明天就来深圳当面向您讲明情况。"

彭锡磷被这位"生产队队长"解释得越来越糊涂了，他哭笑不得。

第二天，利焕南陪同临江区公所的区长邱光明再次向彭锡磷解释存在的问题。

彭锡磷对他俩说："施工不是儿戏，建筑安全非常重要，你们的建筑公司没有资质，又弄个更没资质的设计室，这楼还怎么盖得下去？出了问题你们可都是要担责任的。"

临江区公所的领导同样是体制内的领导，所以邱光明的话有分量、有担当。他向彭院长介绍了临江经济建设的情况，金鹏大厦是临江伸往深圳的一条重要联络纽带，整个紫金县都没有这么一栋大厦啊，这可是寄托了临江全体老百姓的向往，一定要建成建好。

邱光明动情地说："听您口音，您也是客家人吧，客家人迁徙动荡，好不容易有座大厦，你可要支持客家人的创业建设啊。"

彭锡磷说："我是五华人，当然支持家乡建设。"他又顿了一会说："但建筑工程无小事，一定要完善相关手续，并且要认认真真地写好保证书，才能继续施工。"

这一关总算过了。停工一个星期后，补办了手续，金鹏大厦又复工了。利焕南小心翼翼地呵护着刚刚孵出的金鹏，为了金鹏，他受再多累、再多苦、再多委屈都愿意。

金鹏酒楼

金鹏大厦破土动工，是深圳布吉改革开放的一声炮响，响彻布吉的夜空。然而，这里毕竟还很落后，是寂寞的。许多山岭荒芜着，大地崎岖不平，道路泥泞弯曲。深圳弥漫的尘烟，在这里望去恰似一朵朵黄云；那里的机器轰鸣声和打桩机之声无法传到这里。

金鹏大厦破土，在深圳改革的大潮中只是一朵小小的浪花，它要汇聚成滔滔大浪，还要经过时光的打磨。

此时的布吉，像原始森林般，还是未开发的处女地，虽然有规划，但人气还未聚起，略显荒凉。利焕南凭直觉认为，深圳特区管理线的铁丝网一旦完成建设，要进入深圳特区就严格了，布吉就会像沙头角一样商贾云集，他判断不久后布吉就会苏醒、兴旺、异军突起。

利焕南抓住发展机会，就在金鹏大厦建筑完工的同时，他又以公司的名义，与沙西乡吉厦村签订合同，征用沙西村老糖寮，筹建沙湾分公司。

他有一个原则，不做守财奴，手里不存钱，他把所有的资金都用出去，要让资金发挥效用，金钱才有价值。建材店所赚的血汗钱很快就全部投了进去。钱永远都不够用，他四处奔波找资金，但当时布吉因地处偏僻，不被人看好，所以收效甚微。

望着即将落成的大厦框架，利焕南来不及失落。他不是超人，他也有过伤心，有过难过，流过汗水，也往肚内吞过泪水，但就是没有表现出沮丧，他总是在重压之下，想解决的办法，而不是被现实压垮。

没有资金支持，就另想他法，开始割爱。利焕南让临江友联贸易公司以每平方米360元的低价把四至六楼的90%面积抵押给银行贷款，偿还了土建工程款和支付简单装修的费用。一座大厦只剩一至三层了，但这就是金鹏真实的家产和他的立足之地。

大厦是金鹏公司成立以来第一次真正意义上自我开发的建筑工程，虽然受资金等多方面的制约，但并没有让利焕南变得缩手缩脚、谨小慎微。建成以后，这座大厦成了当时布吉的最高楼，楼高六层，面积1400平方米，土建投资40余万元，是1985年布吉振兴大道上的地标建筑，对布吉产生了影响，被誉为布吉的"国贸大厦"。

老金鹏酒楼

大厦建好后，底层留一半作为商场，其余的计划用来搞餐饮，装修费还需要20万元。3月份，香港的乡友江肖新、江志雄成立的香港通贸拓展有限公司和利焕南达成合作经营"金鹏酒楼"的协议，酒楼定位为高档酒楼，向香港酒楼看齐，并进入装修期。

这个时候，金鹏公司已经初具规模，5月20日的公司统计表显示，公司职工造册人数达到79人，年龄最大的47岁，最小的17岁，都是家乡紫金县人。

利焕南并没有受过科班的企业管理教育，但一个真正的商人，理论永远是从实践中产生的。利焕南天生具有企业品牌意识，如他创建的福田建材综合商店与中建等央企合作经营，建材店的名片、信笺、证件等就与央企同步，在接洽业务、商业洽谈中都能起到良好的效果。

金鹏公司快速成长，人数也已经达到数十人。利焕南不但在大事上用心，难能可贵的是他更精于细节。他参照香港、央企的样式，制定了一套完整的企业标识，有统一的名片、工作证。

金鹏在社会上的影响日益扩大。当时深圳没有机场，只有惠阳有一家军用机场，乘坐飞机更需要层层证明，但当时凭金鹏公司带钢印的证件，就能顺利购买到机票。

1985年5月21日，利焕南与妻子利秀兰，员工利添华、邓建忠、邓齐英，第一次凭公司证件购到机票，人生第一次乘坐飞机到北京。利焕南自从"闯"深圳这两年来，连续奔波于各处，他觉得应该陪一陪家人了。他趁工作之余带着妻子利秀兰游览了北京的一些名胜古迹，也拜访了在北京居住的曾生将军父子。

金鹏商业品牌的价值也越来越高，金鹏公司的工作证还能作为过往布吉边防的通关凭证。还有员工"凭证"娶到老婆，这在金鹏公司传为美谈。

邓建忠在部队服役时的一个女战友留在北京某部，她一直与邓建忠保持书信往来。每次给她寄信，信封上都有那个年代难得的正规单位名，如临江综合商店、深圳金鹏公司等。后来随着对金鹏的了解，并见到金鹏公司有名片，员工工作证件上有钢印，还能凭工作证买机票，她便对金鹏是一家什么样的公司产生了好奇心。有一次，趁利焕南与邓建忠到北京出差的机会，她问利焕南："利总，邓建忠在你们的金鹏公司属于什么级别？"

邓建忠笑而不语，利焕南以开玩笑的口气对她说："我们是深圳特区，特事特办，我们的工作人员和企业业绩如果有厅级水平，我们就是厅级企业；如果有处级的业绩，我们就是处级企业；如果没有业绩，我们就是乡镇企业。"

邓建忠和他的女战友后来喜结连理，步入婚姻殿堂。"凭证娶妻"的故事在金鹏传为美谈。

金鹏酒楼定位"看齐香港"以后，开始装修，装修花了近3个月时间。

开业之前的5月份。营业人员从哪儿招呢？利焕南满脑子装着的都是家乡的人民。他决定，除了必要的厨师和技术人员，其余的人全部从紫金乡下招，能为乡亲创收一点是一点。

他又不顾辛劳地赶回了临江，与当地政府透露了想招工30人的想法，没想到这个消息传播开来，前来报名的就有300余人。

人满为患，没办法，利焕南又出主意，请中学的校长组织教师出卷考试，择优录取。

金鹏的名头一下子响彻了整个紫金。戏剧性的是，在招考过程中为了进入金鹏，还出现老师泄题、考生请客送礼现象，可见金鹏的影响之大。招考结束后，择优录取了前30名，在紫金掀起了一股招工热潮。

1985年11月9日，金鹏酒楼开始营业。经过人事挑选，由江伟华任金鹏酒楼第一任经理。

江伟华原是临江中学的教师，后来因为看好深圳蓬勃发展的势头，想方设法地想将工作关系调入深圳。

深圳正是用人之际，工作关系调动只要有接收单位，或借用，或借调，皆可入深圳，相关调迁手续存在一定的漏洞。

江伟华教过利焕南弟弟利伟民，所以同利焕南也熟识。他请利焕南和一些临江老乡帮他调入深圳。利焕南古道热肠，他受人之托，忠人之事，尽管工作非常繁忙，还是四处找朋友托关系，与江伟华一起将人事档案托付给一所深圳学校的校长。

但后来阴差阳错，校长调迁，档案失踪，致使江伟华老师失去了做老师的机会，反而成了金鹏酒楼的第一任经理，从此参与了金鹏公司的经营管理。偶尔酒后小酣，江伟华仍念念不忘他的教师梦，抱怨说："我本来可以继续回临江做老师的。"

有老友笑着反驳他："你一来就做了金鹏酒楼的经理，后来又做了金鹏的人事总监，你在深圳有房有车，你还抱怨什么呢？你看看你在临江的同事，个个都眼红羡慕你呢。再说，如果当时校长请你回临江教书，你舍得回去吗？"

酒楼经营管理也是一门学问，江伟华能胜任吗？

利焕南讲了一个笑话，他说："有一个笑话，古时，一位文盲土豪要请先生教他儿子，他出的题目是，三国里周瑜的父亲叫什么？诸葛亮的父亲叫什么？谁能答上来，就聘请谁做老师。当时来应聘的人面面相觑，一脸茫然，这个典故在三国里没有记述啊，一个个都答不上来。有一个小混混听过评书，他不识字，就对土豪讲，我知道，周瑜的父亲叫周既，诸葛亮的父亲叫诸葛何。土豪问，你从何处知道的？小混混说，有句话叫'既生瑜何生亮'啊！土豪伸出大拇指说，就你了，你真是才高八斗啊。"

利焕南的笑话让大家笑得前俯后仰。

利焕南说："我们就是农民，就是生产队的一群社员，我还是那个生产队队长，我们用人别像那位土豪一样，我们也是在摸着石头过河。"在临江这群生产队社员的心目中，江伟华老师就是最有能力的知识分子。

酒楼开业，利焕南在布吉通往深圳的大路口竖了一个广告牌，招揽香港的司机，广告牌上有两行大字：

大酒楼风格，大排档收费。

唔使到香港，金鹏都一样。

但真实情况是：因为当时经济发展处于低潮，布吉的消费水平不高，酒楼定位看齐香港，超前太多。所以酒楼生不逢时，经营很艰难。

如港式早茶，有时候一天下来，竟然只收入60多元，还不够空调的电费！

酒楼还领取了宝安县第三家歌舞厅演出的许可证，刚开业时热闹了几天，可时间一久，歌舞厅灯火辉煌，有消费能力的客人却是寥寥无几。门票3元，一天才卖8张票，都不够付给歌星的钱。一个月下来，收入3万元，工资、电费等开支要四五万元，亏了2万多元。

酒楼定位高，布吉的配套设施和消费水平跟不上。

酒楼开业以后，还有流氓阿飞不时来捣乱，敲诈勒索，滋生是非。

利焕南敢硬碰硬，他疾恶如仇。有一次，又有混混过来闹事，碰巧遇到了他，他直接出手，将当时昂贵的大哥大当作武器砸了过去，干了一架，赢了还要登门道歉、赔礼。

春节前，香港合作公司的负责人江肖新和江志雄再次提议道："还是停业吧！"

酒楼暂时歇业。但歇业也不是上策，因为一旦上了轨道，管理费、人员工资、场地费都不能少，不营业而单纯付出，更令酒楼承受不了。春节后，香港合作公司又提出亏本全面退出、不收一切投资费用的计划，将酒楼移交金鹏公司，房租及管理费还是落在利焕南头上。

停不了，还得干。1986年3月8日，酒楼又重新开始营业。这天是三八妇女节，酒楼挂着"向战斗在各条战线上的女同胞致敬"的大红标语，还请来号称"香港歌星"的歌手在酒楼演出。这天生意火爆，过后又沉寂下来了。

经过慎重考虑，利焕南于1986年4月16日再度决定将酒楼歇业。

商业经营就像是在赛车，一旦上了赛车道，你想停下来，代价太大，你想急刹，会造成翻车，所以谁都不能踩刹车，但要选择好赛道。究竟哪条赛道才是正确的呢？

两次歇业，令金鹏酒楼元气大伤。利焕南心事重重。他想起灰色的童年。此刻，他已过而立之年，而生活中还有如此多的磨难。

求生存不易，求发展，难上加难。

利焕南烦是烦，却没有气馁。他想着酒店还有几十名"社员"要工作、要生活，还在充满希望地等待着他的命令，他不但不气馁，还处处鼓励员工，路是人走的，只要多想办法，就能走出低谷，走出困境。

利焕南天天待在酒楼，对周边进行实地考察。最终他下了结论："高档消费不行，就搞低档的吧！"利焕南说："布吉的消费水平还不足以与香港看齐，如金鹏的早茶，一小份蒸牛肉丸就三块钱，而在路旁小摊上吃一顿早餐才一块多钱。菜式上也与本地习俗不相符合，如酒楼主打的菜系，当地人根本不喜欢吃。我们要根据当地人的口味，将菜系换成客家菜。要懂人情，接地气。"

1986年10月8日，酒楼重开锣鼓。利焕南还根据布吉当时状况，安排服务员中午用小车把盒饭推出去卖给个体户。他还特地定制了饭盒，每个饭盒上都标明：金鹏酒楼特制。这是最原始、最直接的广告。

利焕南带领金鹏酒楼，还开创了深圳送外卖的先例。

盒饭很便宜，每盒一元，有饭有菜。菜有时是早餐时做好没有售完的排骨、牛肉丸、猪大肠等茶点，都对人讲明，同时送到门口。

外卖吃过以后，服务员还会回收饭盒，清洗消毒后反复利用。

两个月以后，金鹏的名声终于在布吉传开："金鹏酒楼的盒饭，料足，又香口。"

"金鹏的菜，味道好极了。"

谈起酒楼经营，利焕南在谈笑中提起几件趣事。

酒楼开业时，由于江肖新迁居香港较早，江志雄是开过境车的，因而两人的香港朋友多，开业时从香港送来了很多酒水。这些酒水五花八门，种类繁多。开业过后，酒水就放在酒楼的橱柜里销售。

　　酒楼的工作人员不懂英文，更不认识名酒。大家只能靠猜测起名，酒瓶上印个拿破仑头像的就叫"拿破仑"，印有人头马图案的就叫"人头马"，画个手持斧头图案的就叫"斧头牌"。他们不知道酒名，价格更是随意乱写。

　　有一次，一位香港客人点名要买一瓶轩尼诗酒，营业员查看过酒柜后就说没有。顾客生气地指着酒柜说："那酒柜第×排第×瓶就是轩尼诗，你还说没有？"

　　营业员去酒柜看了以后回来解释："这是斧头牌酒，不是轩尼诗。"

　　顾客哭笑不得地问，是谁起的名字。营业员还自信地回答说，我们老板起的名呀！

　　这款"斧头牌"洋酒，每瓶才标价60元，殊不知当时就是在免税店购买也要100多元。

　　生产队队长进城，哪里识得那么多花样？

　　酒店里的菜谱也印刷得非常漂亮，但有些菜还是找不到对应的图片。

　　利焕南说："许多菜谱菜色，也是见所未见，闻所未闻，更谈不上品尝过。当时要在自己的酒楼里做出这些菜色来，谈何容易！因此，不时闹出笑话来。"酒楼开业不久的一天，利焕南从工地回到金鹏酒楼。他拿着自己酒楼的精美菜谱，努力寻找熟悉便宜的菜名，要了一个汤，一个蒸排骨，还有一个"黑椒牛柳"。他对这个菜名很好奇，想看一看是什么菜。

　　菜上来了，"黑椒牛柳"竟然是青椒炒牛肉！

　　利焕南问用高价从广州请来的曾万华师傅。曾师傅解释说："黑椒牛柳就是青椒炒牛肉，只是普通菜换了个好听一点的名字罢了。"利焕南信以为真。

直到1987年7月，他与妻子利秀兰首次到香港旅游，在香港的餐厅也要了一盘"黑椒牛柳"，才发现原来这道菜是黑胡椒焗牛柳。此时他才恍然大悟。金鹏酒店的师傅是江肖新从广州请回来的东亚酒店的糕点师傅，这"黑椒牛柳"蒙了他近两年。真有"周瑜的父亲叫周既，诸葛亮的父亲叫诸葛何"的味道啊！

接盘金鹏

进军布吉的征途中，一步一个脚印，战绩一个接一个，但存在的困难也一个接一个。

摆在眼前的金鹏酒楼的经营状况不佳，屡遭挫折，建材综合商店的盈利也不尽如人意，股东看不清发展前途，人心开始浮动。

利焕南并不以一己得失来考虑整个公司的发展，他忧虑的是这个"生产队队长"怎样做才能使企业焕发生机。他看在眼里，急在心里。

如果说，当年在乡下当生产队队长时，他是初生牛犊不怕虎，敢作敢为，夺得好收成，是第一次显露领导才华；那么卖楼而奔走深圳，开始第二次创业，则是他第二次显示其惊人的变革能力。此刻，困难重重，军心大动，需要他作进一步的思考。

利焕南有一句座右铭：胜不能骄，败不能馁。

1987年1月6日，金鹏公司在布吉金鹏酒楼召开股东会议。

开创初期，员工增加，困难增多，效益还没显现，金鹏正处在疑惑和痛苦之中。临江信用社借上头查金融界开办企业为由"退"出了金鹏，由利焕南签字承认了"股份"的责任。人们的眼前又蒙上了一层雾，不知前程如何。

本次参加会议的股东有赖汉廉、邱光明、江论芳、利炳东、利焕南、利凤怀、利伟平、江肖新、邓汉平、利添华等10人。由邱光明主持会议。利焕南作了1986年经营工作汇报。汇报完了以后，与会者也不作讨论，不研究以后有何决策，人们便各自离去。

1987年7月19日，还是上次会议的出席者，金鹏公司又在临江镇政府召开1987年第二次股东会议。

担子到底应该由谁来挑？责任谁敢承担？处于低潮的金鹏公司，这时被一层淡淡的愁雾笼罩着。

有部分股东泄气了："金鹏这种发展状况，羽翼未丰，还没起飞就被束手束脚，能腾飞起来吗？"

谁也不是圣贤，前程委实难卜。

利焕南不能泄气。他吃过的苦太多，他经历的挫折太多，眼下虽然前途迷茫，但他认为正处在黎明前的黑暗，他对自己的判断有信心。

他渴望开这次会，他有许多话要对股东们说，他希望能在会议中听到许多理智的见解和新的策略。因为走出低谷，还得靠众人志同道合。

力量是大家的，智慧也是大家的。

但现场的氛围却十分沉闷。与会者围着大圆桌吞云吐雾，缄口不语，像有沉重的铅块压着每个人的心。

利焕南打破沉寂，说："当前有困难，我们要有信心，我认为公司有发展前途，发展不是一朝一夕的事，需要奋斗个三五年。我个人是有信心的。"

利焕南是金鹏公司的"主心骨"，他打破了沉默。在弥漫的烟雾里，众人抬起头来，他们很想听利焕南是如何分析金鹏的前途的。他们知道，金鹏公司现在虽然属于深圳布吉与紫金临江的内联企业，但深圳的路是利焕南第一个走出来的，几多沟沟坎坎，几多荆棘丛林呀！金鹏是利焕南亲自养育的，是寒是暖是饱是饿，只有利焕南最清楚；从福田到布吉也是利焕南牵的头，是福是祸是吉是凶，利焕南心中有数。大家想让利焕南多说说！

烟雾里，众人的心在跳动。利焕南感觉得到，他很了解股东们的心思。他们都是贫困地区的觉醒者，他们也是想干一番事业的人，他们的困惑是完全可以理解的。

利焕南苦口婆心，还是说服不了所有人，不能奢望每个人都有长远的商业眼光。有股东确实想打退堂鼓，想散伙，想另谋出路。一样米养百样人，这也是可以理解的。

怎么办？利焕南给出两点意见：

一、如果大家都没有信心继续搞下去，就将财产拍卖，至少可以卖45万元以上，加上现金，足以还清债务，不至于让各股东负债。

二、股东也可以转让股份，每股净值作价5000元。

"我的建议，可由股东讨论，看是否可行。"利焕南说。

临江镇委书记赖汉廉说："利焕南的意见，大家可以讨论。"

董事长邱光明说："股份合作生意难做，不能发挥个人积极性，束缚多，国营企业都兴起了租赁承包，这是中小企业发展的方向。我个人看法，临江镇政府退出金鹏的股份，由较有经验的人来经营。这样，个人积极性可以得到发挥，经营也可以搞活。"

利炳东说："政府派不出人来参与管理，退出也好。如果政府退出股份，我就不退。"

利焕南说："如果镇政府退出，我认购两股。"

他鼓励利凤怀等人去承担股份，并说有风险是他利焕南的。

利焕南的支持者、几位参与经营的股东对利焕南和金鹏充满信心，立即承担了临江镇政府退出的股份。

利凤怀说："我认购一股。"

邓建中说："我也认购一股。"

会议气氛渐渐活跃起来。最后，临江镇政府退出四股（占总股的40%），由利焕南、利凤怀、邓建中分别承担认购。

利焕南将所有的担子都担了起来，他下定决心要将这个"生产队"干好，他不想见到这个新生命夭折，他希望金鹏能在浴火中成长。

最后的情况是：

区公所40%的股权出让退股，实得红利2万元；

信用社20%的股权出让退股，实得红利1万元；

3万元红利均由利焕南支付。

信用社10万元贷款转为金鹏公司贷款，自负盈亏，利焕南的房屋继续抵押。

会议决定新股东会议另行安排，讨论发展规划。

会议全过程，各人都表露了自己的心迹。

作为重要股东的临江镇政府，对金鹏的经营情况及发展前景，没能用长远的发展眼光看待，他们被一时的困难所阻碍，又无法派出得力的人来配合金鹏的发展，金鹏公司短时间很难实现腾飞，所以他们的退出是真心实意的。

政府的退出，对于金鹏来说，可以减少经济活动中的行政干预。股东们可以发挥自己的智慧才能，与金鹏共荣辱、共生死。

很快，股本结构发生了巨大变化：

利焕南占60％，前进乡占20％，利凤怀占10％，邓建中占10％。

利焕南成为控股者，成了名副其实的"生产队队长"，重担自然落在他的肩上。

利焕南并不感到突然。担子有轻有重，他的肩上从未卸过担子。以前挑担子的岁月，道路坎坷，沟坎很多，脚步歪歪扭扭，但总能一步步向前。如今担子实在，重了点不怕，只要胆子大，步子正，前进还是有把握的。

强烈的使命感和责任感驱使他挑起这副沉重的担子。

在中国经济体制新旧变更的时候，公司也要经历低谷的痛苦。

就在这痛苦、艰难的时候，利焕南没有回避，而是迎难而上，这才是企业家之所以成功的关键。

经济不景气，对于一个脚踏实地、认真经营事业的人，并没有什么可怕的；相反，在这百业萧条之际，倒有发挥自己才能的机会。

这就是中国传统文化的智慧：危中见机。这也是老子的智慧：祸兮，福之所倚；福兮，祸之所伏。

利焕南接下重担之后，这样总结和激励自己："一生漫步荆棘丛中，我愿以脚血淋淋地走过，也不愿走别人铺好的路！"

这就是他的个性。

他还说："可悲的是自己看不起自己。"

这些饱含哲思和信念的语言，无疑是利焕南自信、自强、自尊、自立的表现。

他知道万里长征还只是第一步，事业才刚刚在艰难中开始，以后的路或许真的堆满荆棘。但利焕南不怕，他时刻准备以脚血淋淋地走过。

从成立到更改股份比例以后，金鹏公司才得以有权有责、有主有次地理顺了内部关系，为公司发展注入了强劲的动力。它在1987年中国经济建设的低潮中顽强生存，渡过第一个难关。

第十一章

转战
上雪

第一幢工业厂房

利焕南喜欢看书。以史为鉴，历史上多少英雄豪杰在逆境中重生，在艰难困苦中取得成就。他以此勉励自己，相比于前人的苦难，他肩上的担子也不过是"五岭逶迤腾细浪，乌蒙磅礴走泥丸"，他有战胜困难的决心，他敬佩毛主席的"而今迈步从头越"的豪迈，坚信不管什么困难，越过了，就不是困难。

利焕南很快就制定了行动方向：不被动接受，要主动出击。

金鹏不能坐守旧寨，必须开辟新路。

兴建第一幢房子临江照相馆时，利焕南就算过经济账，当初在临江建照相馆总共花费了4000多元，同时免费使用自己一家人的劳动力，出售时却卖得了2万多元；后来在草埔与人合作建房，再到将户口调到深圳以后，以宅基地建成小产权房经营运作，他已经尝到了房地产的甜头，他判断房地产将成为未来的主流。

兴建照相馆的高回报，深圳5栋私宅的建设经验，使利焕南开创性地探索出从产权转移转向房地产开发，他将目光投向了房地产。

在建设金鹏大厦的同时，他以公司名义征用沙西村老糖寮筹建沙湾建材经销部，并在同年4月16日，五层小楼也已经落成，被命名为"深圳市金鹏商业服务公司沙湾分公司"。

从1987年开始，深圳的经济迅速发展。1987年外商到深圳投资的企业增加到322家，比上年增长80%，各省市瞄准海外市场，依托深圳的地域优势，纷纷来到深圳投资办厂。从媒体公布的种种数据和迹象表明：深圳的经济已经结束了它的短期衰退，进入新的高涨时期。

利焕南敏锐地感觉到了更大的发展浪潮就要扑面而来。他预料，此后的几年，特区将成为一个崭新的天地。

利焕南兴奋得夜不能寐。

1987年7月19日的股东大会决议，确定了利焕南在金鹏公司的绝对领导地位。往日"你管我管都不管"的局面将结束，他可以大胆地实施自己的战略决策了。

1987年9月的一天，布吉镇副镇长曾新稳问利焕南："我老家村里有地给你开发，敢不敢要？"

利焕南一听就说："走，先看看地方再说！"

曾新稳又说："那个地方是深圳的革命老区，东江纵队曾在那里驻扎过，非常落后，至今还没有人肯投资，希望你能带个头。"

提起东江纵队，利焕南有炙热的情感，他想起了东江纵队的曾生司令员，想起了参加上山下乡运动而来到乡下的曾生司令员的幼子幼女，想起了与他们一起劳动的岁月。他还在1985年专程去北京拜访了曾生将军父子，出于种种情感，他决定前去考察一番。

利焕南被上雪村的村长曾新来带到村头，曾村长指着一大片山头、沟壑说："你看看吧，要哪块就割哪块。"

利焕南做过挖井工，还被称为"利大师"，他举目四望，这片被荒草树木掩盖的荒山，多么贫瘠啊！

上雪村原来居住着300多口人。到1987年，有条件的人纷纷向外移居。有的到深圳关内，有的涉河过香港，有的在外地做生意。有些参加过革命的老干部及其子女安居城里，村子里只剩百余人靠种水稻、蔬菜生活。20世纪40年代，贫穷的上雪村是东江纵队的根据地，是名副其实的革命老区。

站在革命老区的土地上，利焕南忽然感到有一块石头压在心头。中国的革命老区大都很穷，贫瘠的土地依然沉睡着。老百姓依然"锄禾日当午，汗滴禾下土"，一代又一代地延续下去，怎么改变困苦的命运？

"你能来投资，建的房子按墙根量地都可以，每月1元钱一平方米。"曾新来的话，把利焕南的思绪拉了回来。

利焕南心中分析着：上雪村是目前距深圳关内较近的地方，交通还算便利，会有别的投资者想来吗？一定有，但为什么来一个走一个，雁过也不留声呢？这个因素不能不考虑，能不能打这个赌呢？

满山沟壑，荆棘丛生，还有山猪等野兽出没。村里叫仙人坑的地方还保持着它的原始地貌，人进得去出不来，投资在这儿，能取得效益吗？

当前阶段深圳经济发展确有回暖现象，但谁能保证长期向好呢？这里到底会成为被遗忘的角落还是投资的宝地呢？每一步都关乎利害，利焕南不能不重视。

他本想带领队伍闯出一片天地，但这好容易筹得的一部分资金，如果投在这上雪村，能不能把它变成聚宝盆？他肩上的担子重，对决策分外谨慎，如果一不留神，决策错误，还有何面目见江东父老？

这短短一瞬间，一个一个的问题，在他脑海里飞速地运转，他习惯置之死地而后生，先把不利的因素都找到，想好对策，未雨绸缪。

利焕南向远处望去，郁郁葱葱，古木苍藤，那深山巨石下深不可测，里面隐藏着多少沟沟壑壑，隐藏着多少老树顽石、沼泽险境……

村里给了很多优惠的条件，虽然是险棋，但也是机遇。

利焕南做事不贪功冒进，他要稳中求进，先要投石问路。他先在上雪村路边要了500平方米的土地，地租为每平方米每月1元，租期为30年，起楼层数由利焕南自己决定。

利焕南后来回忆说，在上雪村路边建厂的投资，是金鹏公司能否腾飞的关键一环，甚至是一种冒险。冒这个险的结果只有两种：一是旗开得胜，顺利地开辟真正的"农村根据地"；二是把钱投到水里，波澜不起，宣告自己转移到农村的战略失败。是得是失，是福是祸？要干了才知道。

促使利焕南下定决心的是，他以超前的眼光和对改革开放的信心作为判断的依据，他相信国家和政府对深圳的政策定力，再加上1987年的经济攀升，这些都促使他下了这个决心。

当时前来深圳投资的外商也在摸着石头过河，宁愿高价去租厂房，也不愿意冒险自己建厂房。当时建一平方米厂房，连水电安装，价格在160~170元，而租厂房却在每月每平方米8~12元之间，短则1年、长则2年就可收回投资，是稳赚不赔的买卖。

利焕南敏锐而果敢，当断则断，他相信自己的预判。

他不想让自己错失这次机遇，机遇都隐藏在危机之中。

利焕南抽着烟，经过几个不眠之夜后，果断决定：投资上雪村。

1987年9月，他把全部身家20余万元资金都拿到上雪村来，他成了上雪村第一个投资者。

虽然资金不多，但对利焕南来讲，这已经是他所有的积蓄了。关键的技术人员呢？只有两人，那就是广州的梁文立和自己出钱送去广州培训的侄儿利华兴。就凭三人微不足道的力量，能开发起来吗？

利焕南的探索欲望十分强烈。他说："条件不成熟是普遍存在的问题，必须边干边创造，改革开放不就是摸着石头过河吗？"

学问和学识是两个概念，真正的企业家未必有很多商业经营的理论知识，但能实战，能抓住机会打胜仗。

利焕南每做一件事，都会倾情付出。为了建这幢厂房，他把所有的精力都投了进去。他和妻子利秀兰泡在工地，与梁文立一起在现场指挥施工，力求保证质量和进度。

梁文立是广州的知识青年，与曾生将军的儿子曾凯平、女儿曾克南一同下乡到紫金临江，与利焕南成了好友。

他写得一手好字，很有文化修养。因为他父亲在香港出生，中华人民共和国成立前是国民党政府少有的文人型官员，他的母亲与蔡廷锴夫人是同学，也写得一手好字。梁文立从小就受到良好的家庭氛围和文化知识的熏陶。

他被利焕南的真诚和热情所感染，下乡时与利焕南一见如故，俩人结下了深厚的友谊。

后来利焕南在临江建两层照相馆时，用的是当地人的土法子，以石灰浆砌石块，凝固不充分，很难承重，特别是在建筑楼房时，这样砌的地基非常危险。梁文立就在现场教利焕南和建筑师傅，先挖出规划好的地沟，然后将石块填进去，再用水灌注河沙，用这种方式建筑的地基就能很好地承受三四层楼的压力。在临江镇建房时，梁文立一直指导他建筑需要的水泥、沙、石的比例，钢筋怎样架设，等等。

1984年冬，利焕南建筑金鹏大厦时，就请梁文立任临江建筑公司的经理。利焕南一生都是这个秉性，他重感情，信朋友。

梁文立也不负众望，在金鹏工业村的建设中，倾注了自己的智慧和心血。

人们常常会羡慕成功者在成功时的鲜花与掌声，而多不会想到他创业时在荆棘丛中的跋涉。许多意想不到的困难——出现在利焕南、梁文立的跟前。

没有水，怎能土建？利焕南立即指挥打井抽水；没有电，哪有动力，哪能照明？利焕南租来发电机。

寂静的荒野上有了震撼大地的鸣响，这是新生命的序曲，施工队在日夜奋战。

利焕南一旦下了作战命令，就不再顾虑，而是大展拳脚。他有农民朴素的观念，反正湿了脚就要过河，不管水多深，浪多急。

20多万元资金投进去，还没起一个水花呢，各方面都要用钱，他还得四处筹集资金。金鹏大厦建成已费了他九牛二虎之力，收益却并不大，现在又多了一项工程，费时费钱费气力，利焕南受得了吗？

利焕南受得了，他愈压愈强。也许童年的苦难生活，青年的四处奔波，使他在无形之中已经练成了铜拳铁臂。

他甚至做了最坏的打算，就算判断失误，无非还是像自己初来深圳一样，一穷二白，从头再来。

利焕南埋头苦干着。

当1200平方米的三层厂房还未完工的时候，就有人前来洽谈厂房的租用和合作的事宜，这使利焕南十分惊喜。

苦心人，天不负，冒险之后是惊喜。利焕南欣喜地发现，他的决策对了。

有人来未落成的厂房谈租用和合作，说明上雪村这个地方并不是被遗忘的角落，也透出深圳改革开放之春风已开始刮到布吉的乡村，此地变闹市并不是幻想了。"上雪"这个雅致的名字，不再是"待在深闺无人识"了，而是伴随着改革开放的春风"一朝成名天下知"了。

利焕南在这里踏出了迈向房地产业的第一个脚步。

"如果投资办厂，到布吉上雪去。那里有新起的工业楼房，价廉厂美，有发展前途。"利焕南又用起了他擅长的广告攻势。

至1987年12月，仅用3个月的时间，厂房全部完工。

从此，在上雪的荒山野岭中，耸立起一幢三层楼房。它宣告这里的荒芜已成为历史，这里的孤寂即将被喧闹所代替。这里即将机声隆隆，人流如织。

利焕南仰望着这幢楼，这是他的作品，也是他胆略、智慧、远见和判断的成果。

利焕南加紧与港商洽谈。他以每平方米8元的价格把厂房全租了出去，每年有十几万元的纯收入。他心中有数：这三层楼共投资了24万元，以这种价格出租，不到两年时间就可以拿回所有的成本，还白白地赚了这幢楼。

上雪村的村民见到工业厂房不但建了起来，竟然还能租出去，他们心动了。生活太穷，见有利可图，他们就强烈要求利焕南将刚建好的楼房转让给村里。在利焕南不知情的情况下，他们以低于利焕南出租的价格将楼房租了出去，换取外商另外增加投资。

利焕南得知后再一次忍了。他非常想让上雪村这个革命老区焕发生机，让老区的人民过上幸福富裕的生活，他没有讲任何条件，就将1200平方米的工业厂房忍痛转让给了上雪村。村民们欢呼起来，他们尝到了改革开放的甜头。上雪村有厂房，也从信用社贷款抵扣了建筑成本。

上雪村忘不了利焕南。荒山多的是，他们随便指了仙人坑一块更荒凉的山地补偿给了利焕南，他们希望利焕南能再次将青山变成财富，帮助村民实现更大的利益。就这样，利焕南盖的楼房换取了上雪村仙人坑17000平方米的土地开发权。曾新稳也承诺，开发仙人坑时，将向布吉信用社申请一些资金支持。

塞翁失马，焉知非福。虽然有损失，但第一幢工业厂房总算建了起来。世事峰回路转，利焕南打赢了在上雪的第一仗。

开拓金鹏工业村

时间到了1988年1月，金鹏公司在金鹏酒楼召开了一次具有转折意义的集体会议，这是金鹏转型后的第一次股东会议。它带来了新的改革和新的调整。

这次的会议之前，利焕南和两位股东利凤怀、邓建中进行了协商。公司迎来了开门红，现在经营得非常稳定。上雪工业厂房这一仗打胜了，胜了以后怎么办？利焕南提出这个问题：是浅尝辄止，见好就收，从此依靠收租过日子，还是继续拓展，把金鹏事业做大，让金鹏成为品牌？

在这件事上，两位股东也表达了自己的看法，也透露了见好就收、小富即安的心态。利焕南呢？他将作何打算？

如果想让金鹏继续乘胜追击，就不得不再度调整金鹏公司的体制，从源头上解决统一问题。

在这次会上，最终做出了调整决定：

为照顾各方面的利益，取消金鹏公司的股份制形式，以每股5000元红利退款给临江前进大队、利凤怀、邓建中。企业的一切权力归实际出资人利焕南。除去各自的股本净值，由利焕南承接债权和资产合计58.4万元，债务计59万元，下属门市部实行新承包制度。

这样的调整将企业权责和发展的重任都交到利焕南手里，股东安享红利，企业还要前进。

利焕南凭着敏锐的感觉断定，房地产业即将兴起。上雪村建厂房，旗开得胜，就是先兆。他随后确定了进一步开拓上雪村的新策略。

外商还是以租厂为主，工业厂房投资可以说是一个转瞬即逝的时机。

此外，他认为联营和承包势在必行。

如果航海，就需要"风帆"，利焕南还得为自己的大船装上风帆，寻找大企业联营、采取强强合作的模式，对此他早就驾轻就熟。

　　1988年3月27日，他主持了金鹏公司同尝到与利焕南合作甜头的中建设备配件公司深圳分公司合作成立"中环建材综合贸易公司"的仪式，并在金鹏酒楼召开了第一届一次董事会议，金鹏与会代表有利焕南、利添华、李坤明；中建方代表有李长万、许志颖、兰营开。

　　会议选举产生了董事长李长万，董事、总经理利焕南，董事利凤怀，董事副总经理兰营开。确定了经营方针以承包为主，经营业务以钢材、水泥为主，从小到大，薄利多销，节约开支，降低成本，实行总经理目标责任制。确定了高层人员的月工资，固定待遇基数为总经理235元，副总经理215元，业务负责人、会计200元，一般员工175元，奖金同效益挂钩。

　　4月2日，贸易公司正式开业，合作经营开始正常发展。这个公司的产生是基于福田建材综合商店与中建互相信任合作多年，同时也是作为金鹏进军上雪村、稳定建筑材料价格的一枚棋子。

　　进军上雪村这个更大的商业计划已经在利焕南的脑海里形成，天时、地利、人和都已经具备，他一直在做前期的筹备工作，他要乘胜追击，再战上雪。

　　他脑海里浮现更加雄伟的开发计划：开拓金鹏工业村，计划总建筑面积5万平方米。

　　这一次，他更注重策略，更注重方法。

　　打仗英勇固然值得赞许，但运筹帷幄才是上乘的兵法。一切都在利焕南的规划下有条不紊地进行。

　　利焕南把目标定在了仙人坑，他要把它开发成金鹏工业村。仙人坑处在荒山野岭之中，恶劣的地理环境使许多投资者望而却步，无人问津。但利焕南打定了主意，他要让这革命老区的游击根据地旧貌换新颜，他要在这恶劣环境中大展拳脚，带动老区的经济发展。

　　1988年5月，利焕南再与上雪村签订协议，使用27亩山地，第一期开发工业村9600平方米厂房、4900平方米宿舍和1500平方米其他综合性大楼。

"仙人坑"这个名字非常优美，起源于何年代，已无法考证。它是上雪村最荒凉的山岭。但是从这个名字中我们也可以推测出她是多么危险，因为人迹罕至，所以才会有神仙聚集，也只有会飞的神仙才能在这里相聚。

山与山之间，是深深的沟壑；山坑深处是泉水流溢的沼泽地。沼泽地淤泥与烂草连成一片，人与牲畜不敢踏进一步。

长着茂密森林的仙人坑，山顶和山沟底的标差为80多米。远远望去，幽深苍茫，神秘莫测。

这样的地方，开发难度太大了。

唯有利焕南敢于叩响荒山的大门。

1988年7月1日，两个施工队同时开进仙人坑，开始挖井、搭工棚、发电。

寂静了千百年的荒山，响起了机器隆隆的声音。

仙人坑的隆隆声响，来之不易，像婴儿的第一声啼哭。

金鹏的房地产业是从这第一声啼哭开始的。这啼哭是痛苦也是新生，带着新生的欢悦。

利焕南把握住了时代的脉搏，他的决策来自对深圳所处的地理环境，和香港、澳门以及其他地区投资者的投资动向的分析。

深圳改革开放如火如荼，许多商家喜欢在与深圳毗邻的地方办工厂。这些地方，土地和劳动力廉价，工业成本低，如果有现成的工业厂房，便可以迅速办厂。

筑巢引凤，是利焕南最初的策略。虽然机器声已经响起，但还有人信心不足。利焕南说：我看准了的，就要干到底，谁也动摇不了。

金鹏工业村第一期四幢厂房和两幢宿舍共约1.4万平方米的工程，正在马不停蹄地建设中。在当时，这个建设规模也可与国营大企业一比高低。

建设这么大一个工业村岂能一帆风顺？千头万绪，仍然有许多困难在等待着他解决。

利焕南首先遇到的问题，就是资金缺乏。

当时公司的总资产只有50多万元，且以相近的数额负债，公司的账面上几乎没有现金。而开发工业村，起码要300多万元，钱从何而来？

利焕南把布吉草埔村的两幢私人住宅和沙湾分公司的办公大楼卖掉，共筹得资金58万元，决定背水一战。

资金还有缺口，他经过思考，又开创性地提出新举措，他要求施工单位带30%的资金进场。这也许是深圳开发早期要求施工单位带资进场的肇始。有了施工单位的带资进场，可以将厂房建到一层；公司再拨30%资金，即可建到第二层；建到第二层后即用半成品工业楼做抵押，向布吉信用社申请了第一笔贷款100万元。

信用社也有要求，他们的100万元贷款也要根据工业村的实际修建进程分期拨款。

在实战中，利焕南探索形成了大规模土地开发的资金运营模式，这为他往后规模化房地产开发积累了宝贵的经验。

资金到位了，工业村的建设热火朝天，但沉重的债务压力也让部分公司成员心事重重。有人心中没有底，说这笔款用不好会鸡飞蛋打。

大家的脸上笼上了愁云。100万元债务，并不是小数啊！必须十分慎重地用好这笔钱。

将军之所以能带领百万雄兵，是因为他们能预见战争的走势，从而打赢战争；生产队队长之所以能成为生产队的带领者，是因为他们能预测到庄稼的长势和收成，所以心里有底气；带头人必须要看得高，看得远。利焕南一生以"生产队队长"的身份自居，他总在关键的时候为他的"社员"打气。他说："我以破釜沉舟之志来搞工业村，不是胡乱有了想法就乱来的。有了这笔钱，釜不必破，舟亦不必沉，我们必定可以乘风破浪，飞越大海洋。"

形势正如利焕南判断的一样，1989年2月，当厂房建设到封顶时，利焕南以转让使用权结合法院债权调解的方式解决了产权的预售。

利焕南知道宣传的力量，这与他的经历有关．他参加过县里的文艺宣传培训班，有很强的宣传意识和宣传策略。

不久，《深圳特区报》刊登了仙人坑金鹏二业村厂房转让的广告。

利凤怀负责具体的销售工作，经济形势转好，打电话询问的接踵而来，喜讯不断。

这天，利凤怀接到了一个询问工业厂房出租出售的电话，对方问："你们有工业厂房可以出租出售吗？"

利凤怀因为每天都能接到同样的电话，就不假思索地说："有。"

对方想问得更详细一点："出售也可以吗？"

利凤怀说："可以，可以。"

对方追问："现在可以买卖厂房了吗？你们能通过政府批准办理买卖手续吗？"

利凤怀说："我们可以通过村里去办，或者通过法院宣判，只要成交了，我们老板都能办房产证。"

对方忽然转变了语气，说："你们老板这么神通广大！让他来我办公室好好讲讲，他到底是怎样违规违法办理房产证的。"

利凤怀听到这里，心想：坏了，碰到领导了。

对方继续说："我是宝安县计划局副局长张桂强，明天一早就让你们老板来我办公室好好介绍一下。"

对方撂下电话后，利凤怀惊得一头冷汗。

改革开放初期，很多用地手续都不规范，都是在"摸着石头过河"，很多土法子都是时代与历史的产物。

利焕南遇到的难题不断，但他不能退却，不能退缩，他总是迎难而上。

第二天，利焕南前往张桂强副局长的办公室。张桂强一见面就不冷不热地说："你就是神通广大的利老板啊！你真是胆大，你违规建了厂房也就算了，竟然还敢在《深圳特区报》上登广告。你这是要砸我们计划局全体人员的饭碗啊！"

利焕南虚心接受批评，说："我们也是为了发展村里经济与村里联营，有不合规的地方我们诚心改正，虚心接受。"

改革开放初期，粗放型的发展是历史的产物，但为了发展经济，管理部门也无规可依，有时是睁只眼闭只眼，但像利焕南这样明目张胆地"砸牌子"，在报纸上做宣传的，还真是少之又少。张桂强见利焕南态度诚恳，又虚心接受，就缓了缓语气说："你不砸我们的牌子，我们就指导你们发展，我们的职能就是帮助你们发展，要合法合规，做事也不要太离谱，我们要对上面的县委、县政府、市委、市政府负责。"

通过这件事情，利焕南还"因祸得福"，得到了县计划局在工业厂房建设上的合规指导。

虽然受到训诫，但这一波广告操作也收到理想的效果：有一半的厂房转让出去了。

在上雪的仙人坑，利焕南看见了房地产业的一线曙光。

第十二章
情倾
上雪

天下利氏一家亲

利焕南对爸爸利添有着深沉的爱。爸爸去世后，他的脑海里时常想起爸爸在世时的情景，那些情景虽然一闪而逝，但却让他怀念不已。

他想起了爸爸传奇的一生，想起了爸爸为人和善、旷达、仗义、坚忍的特点。他想起爸爸身边的那些朋友，他似乎有某种"谋略"和魅力，能使人团结在他周围，并最终成为挚友。

利焕南常常听爸爸讲述各地利姓宗亲的故事，现在爸爸去世了，为了缅怀爸爸，利焕南心中逐渐有了寻根问祖的想法。

利焕南说："以前常常听爸爸讲述利氏的姓氏来源和利氏能人事迹，使我有了寻访利氏宗亲、联谊利氏宗亲的想法。"

利焕南说干就干。

自1986年至1988年，他委托堂叔利国宜、堂兄利学廉走遍广东、广西、湖南、江西、福建，寻访利氏宗亲。

当时交通和通信条件不便利，更无网络查询，利国宜与利学廉靠着双腿寻访了多个省市。

利焕南时刻关心他们，叮嘱他们注意安全，身上所带现金，每次不超过100元，寻访到某一处，要随时打电话或发电报，通报安全。如果费用不够，利焕南就通过邮电局将款电汇到他们所住的旅店，随时支持他们。

在利国宜和利学廉的努力下，他们竟然走访了全国90%的利氏宗亲所在地，并且基本确定了他们的历史分布过程和位置。在利焕南的支持下筹备"中华利氏宗亲联谊会"，同时筹备编辑《利氏宗谱》。

中国的文化源远流长，中国人注重家族文化的传承，小家是大国的基础。

利焕南成为国内较早推动成立宗亲会的人，他因热情付出，一举成为利氏宗亲中的标志性人物，受到不少利氏宗亲的赞许。

1988年10月2日，利焕南出钱报销路费，免费提供食宿，在布吉金鹏酒楼召开了第一次全国利氏宗亲联谊会。

利氏宗亲联谊会成立以后历经三十余年，从原本参加的数十人，到最后的数百人，联谊会成为联系利氏宗亲的重要桥梁和纽带。

利焕南无偿为利氏宗亲付出，迅速在国内外利氏宗亲中产生影响，也因而得到了宗叔利晚成、利树源、利智民的青睐。香港的利树源在国内也积极地为利氏宗亲服务，他与香港恒生银行的董事局主席利国伟交情深厚。

利国伟是香港著名财政金融家、社会活动家、教育家，世界经济著名人士，"何梁何利基金"的创始人之一，曾任恒生银行董事长，在香港政经界地位很高。

他在听到利焕南的传闻后，通过利树源见到了利焕南。他对这位宗侄十分关怀，并问利焕南是怎么发展起来的。

利焕南说："我最早来深圳是住在铁皮房里，我亲自跑业务，推销建筑材料，我们企业发展挣的每一分钱，都是干干净净的。"

利国伟非常赞赏利焕南，并给予他非常多的支持和关心。利焕南的成长，让他感受到了利氏宗亲后辈发展的希望。利焕南通过宗亲活动不但促进了利氏的团结和交流，还在后来逐渐将宗亲联谊会从早期的亲情寄托、文化传承转变为关心利氏晚辈教育、奖励助学的重要平台，利氏联谊会后来的工作中最重要的一项就是资助贫困学生就读。在以后的数十年间，捐资助学，成为利焕南的重要工作之一。

低谷中先行一步

时代的发展造就了深圳，深圳的改革开放像是行驶在时代大潮中的一艘巨轮，也会受到时代大潮的影响。

1989年4月，金鹏工业村第一期四幢厂房和两幢住宅楼基本完工，为上雪村一带的工业生产创造了条件。

"梦达""万象"等首批工业企业迁来了。制衣厂、来料加工厂等在工业村开始兴起了。

正在工业村发展到关键的时候，传来了一个令人迷惑的消息。1989年3月30日，《深圳特区报》上刊登了金鹏公司发布的决定："因利焕南身体一直欠佳和响应改革开放年轻化的号召，同意利焕南辞去总经理职务，并由较年轻的原副总经理利凤怀担任总经理和法定代表人。"利焕南忽然将企业交给他信赖的副手利凤怀，自己决定赴港定居。

这个决定使许多人不解。

利焕南刚刚有起色的事业，他就这么放下了……

跟随利焕南从家乡出来闯世界的还有那么多村民，他们刚刚看到一点曙光，利焕南就这么抛下他们，一个人远走高飞了。一时间谣言满天飞……

"屋漏偏逢连夜雨"。在这年的春夏之交，北京出现政治风波。投资者持观望态度，不敢轻易投资。受此影响，刚刚热络起来的商业氛围迅速冷却，工业区剩余的场地再廉价也难以销售出去了。

外商纷纷撤走，想来投资的企业也缩了回去，一时经济陷入低潮。

流言四起，谣言越来越多，有人谣传利焕南骗了国家巨额贷款逃跑了，让本来就灰暗的仙人坑金鹏工业村变得更加沉闷。

利焕南到底想干什么？是面对困难退缩了，还是另有隐情？

一直到多年以后，他才说出秘密。有人问他："你为什么在工业村最不稳定的时候选择定居香港，你一定有周密的计划或深远的考虑吧？"

利焕南笑着说："想想当年红军爬雪山过草地，有没有经过周密的考虑和计划？时势使然，历史总是在事件过后才找到合适的定位，而当事人在当时的情况下并没有过多去考虑，大多是顺势而为。"

他接着说："我一介农民，说得再好听点就是一个带领大伙奔向好日子的生产队队长。在企业发展过程中，我看到了当时的潮流，那时如果以港商身份来投资的话，可以享受一定的优惠政策。况且当时工业村租售不出去，我也想去香港寻求解决方法，看能否打开新局面。所以我就开始策划定居香港。在我们老家，之前因地域优势，本就有生活在内地、工作在香港的先例，所以我去香港定居，是顺应潮流，只不过恰巧赶在那个敏感的时期而已。"

确实，在深圳改革开放初期，有相当一部分深圳的企业家通过港商的身份转变，享受到改革开放政策上的优惠。

利焕南把这件事做得相当缜密，也没有跟亲友、兄弟商量。

他认为公司搞集体与集体内联，没有什么优惠政策，私营企业当时亦受压制，享受不了政策红利，只有先去香港，再以港商名义回来投资才有优惠政策。

初步批准他到香港定居是1989年5月18日，但很快因那场风波，证件停发了。

这段时间，人们议论纷纷。

有人问："焕南你走了，公司还行不行？"

有人散布谣言，说利焕南骗走了国家几百万元，包飞机走了。

利焕南只是不作声，唱着一首《沉默是金》的歌：

是非有公理

慎言莫冒犯别人

遇上冷风雨休太认真

自信满心里

休理会讽刺与质问

笑骂由人

洒脱地做人……

风波乍起，彷徨的人们目睹着一幕幕令人心寒的景象：银行欠款无力偿还、债主天天逼债、工程因欠款而无法施工、老板出境……

材料因缺资金而不能进货，国家清理楼堂馆所建设的风也刮到上雪，麻烦事一天天接踵而来。

流动资金全压在卖不出去的房产物业上。金鹏面临的困难越来越大了，公司上下笼罩着焦虑的阴影。

到了6月份，金鹏最早的创始人之一邓建中，因妻子在北京生活，为照顾家庭，他辞职回京。邓建中临走留下一句话："我爱人是现役军人，不愿我再这样漂泊，我在北京已联系好一个单位，任职会计，算了，就给我一个稳定的工作和和睦的家庭吧！"利焕南默然无语。

利焕南舍不得一起奋斗的战友，他也不想队伍中有一人掉队，可是人生总免不了要面临分别。利焕南重情义，他隐藏了心中的千头万绪，让公司发了这样的文件：鉴于邓建中同志是最长久的创业人之一，又是副总经理，故董事会决定给予较优厚的待遇，使其安心走向新的岗位。由公司一次性补助公益金1.65万元。

今日的分别，是为了来日的重逢。

利焕南从来都是这样，在最困难的时候，他一个人扛下了所有重担。

他的脑子时刻都在运转，如何破局，如何走出眼下的困境？

他时刻关注着时局动向，从中寻找变化的端倪。就像1976年10月，他正驾驶着手扶拖拉机行走在绿野茫茫的乡间小道，从公路旁电线杆上的广播中听到了《洪湖水浪打浪》的歌曲时就感到时代开始变了；听到党和人民粉碎了"四人帮"这个消息的那一刻，他重重地吐出了一口气，他的眼睛湿润了，他流下了欣喜的泪水。他凭直觉判断，最艰苦的岁月过去了，人民的生活会越来越好，所以他才敢办照相馆、开综合商店。

在深圳经济发展最低谷的时候，在所有人都不敢再投资、持观望态度的时候，利焕南于1989年6月底，迅速与上雪村签订兴建小农贸市场及三栋统建楼的合同。

消息传出来，许多人想不通，曾新稳镇长也劝利焕南："现在这个时候，行不行？可否放慢脚步？"

村领导也不太想配合他，新任的上雪村村长曾天生怕他越陷越深，劝道："现在搞统建楼，谁来集资？这里人都不多，搞农贸市场，怎么搞呀？"

利焕南说："路是人走出来的。我们可以筑巢引凤，我当先锋先走一步，就有人跟着来。再说来这里投资设厂的老板和工人家属总不能到布吉、观澜、龙华去买青菜呀；来这里投资的老板，总不能住在远离厂房的酒店，也不能长期住在厂里，过着没家一样的生活。统建楼按成本加点毛利，老板看到有现成房，就会集资的。我决定，搞！"

于是，双方于6月28日签订了兴建统建楼和农贸市场的合作合同。于困难中预见机遇，这是金鹏又一次的励志前行。

8月12日，利焕南正式被批准出港。

到了香港安顿下来之后，利焕南就迅速在香港注册成立了勤鹏公司。

利焕南如愿定居香港了，国内经济形势低迷，他还会回来吗？

金鹏对上雪村的全部投入，渐渐地冻结在冰窟之中。何时解冻？谁也无法预料。

种种风波像隆冬的寒风一样吹进了员工的心房，经济的重压又像铅般压着人们的躯体。

金鹏人也都是普通人，他们在各方重压之下，陷入惊悸和恐慌之中。

9月份，正在金鹏最无助、最低谷的时候，人们忽然又见到了利焕南的身影。他从香港回来，照样出任金鹏董事长。除在内地有公司外，他在香港也有公司和物业，他的回归，令人看到了希望。

利焕南在风云变幻之时离开深圳到香港，又在浓雾依然笼罩天空之际回到深圳。

利焕南望着这些和自己一起披荆斩棘的队友，油然而生一种敬意、一种责任感。

他面临的考验更严峻了。

他带着几名最得力的助手，奔走各方筹措资金。他极力维持着上马的项目，他没有熄灭燃向上雪村仙人坑的熊熊烈火。

他在队友面前陈述着他的观点："中国的改革开放不会倒退，国家的经济发展一定会再一次起飞。国家的经济起飞了，金鹏必定能获得商机。"

利焕南对国家改革开放的政策坚信不疑，他的信念和激情也影响着金鹏人。

金鹏人正在迷惘的时候，见"生产队队长"意志坚定，便又鼓起了干劲。

利焕南没日没夜地扑在工作上。他每天每时都在想着金鹏应当如何走出低谷、走出困境。

他一个星期回不了一次家，有时一个月也不见儿子和女儿一面。节假日在家吃一次饭，难得与家人相聚一次，但是电话一来，有事找他，他也是撂下饭碗就走。

妻子利秀兰这样描述利焕南："公司有困难，他最操心。一天到晚到处跑，一个月从月头安排到月尾。跑香港、跑深圳、跑广州，跑资金、跑工地。他最辛苦！孩子一个月见不到爸爸一次，爸爸一个月同儿子说不了一句话……他这个人就这样没日没夜，干起来不要命……"

利焕南也感到和孩子们见面越来越少，一年到头都说不上几句话，想来真有点难过。

可是，有什么办法呢？

金鹏要生存、发展，上百个员工等着吃饭啊！物业等着找出路，资金在哪？客户在哪？一切都等着他去处理。

他唯有豁出去，在企业有难时，把生命都豁出去。

利焕南的香港之行，建立了金鹏与香港的联系纽带，得到了香港企业界的认同。香港恒生银行董事长利国伟非常看好他，支持他，还特地为他题写了"金鹏工业村"的牌匾。以利国伟在香港的知名度和影响力，深圳的金鹏工业村也迅速得到了港资来深开办工厂的企业主的认可。

他不断地和客户签订新的合作协议。在物业销售上，他采取多种独特的方式进行，如采用三来一补、与人合作、降价优惠、分期付款等新方法，租赁时间从1年至50年不等的方式，经过一番努力，使竣工的厂房得以完全租售出去。

利焕南一刻也不停歇，极力推动落实他的商业计划。10月份，他又注册成立了香港勤鹏发展有限公司。

那场风波之后不到三个月，与上雪村签订协议的3栋共6000平方米的统建楼又开始动工了。

在时局茫茫看不清前路的时候，利焕南为什么敢这么大胆，依旧在不断地"攻城略地"？用利焕南对自己的评价来回答，就是："我胆子大，敢去闯，也敢承担责任。更重要的是，我对国家制定的改革开放政策抱有坚定的信心。"

他在金鹏转折时期走向上雪，在深圳艰难时期坚持留在上雪。

上雪村，成为利焕南房地产事业的早期摇篮和试验场。尽管利焕南在上雪村搞房地产是一种没有把握的尝试，使他尝遍了酸甜苦辣，但也大大丰富了他的实践经验。

他常说，他愿意两脚带血地从荆棘丛中走过。

他也是一个自信的人，他相信自己的判断，他预见到房地产业将在某一个时期令人惊喜。

同时，他也做过许多调查，他有自己的理论根据。

有些书籍这样记录他论述房地产业的：

第一，房地产在经济发展中具有先导性，尤其在开发型城市，这一行业有着十分明显的优势性，市场占有率大，需求旺盛。

第二，我国人口多，在人均住房面积少的情况下，居者有其屋的时代一定会到来；这是由中国的国情和中国的经济发展趋势所决定的。

第三，深圳特区有着强大的诱惑力。这里是连接海外的枢纽，许多商家、业主想在这里置业办公司、搞贸易，租赁和购买楼宇是必不可少的。厂房、写字楼、商业用房需求量在增加。

第四，地产业具有相当长的成长和发展期。香港的房地产举世闻名，许多财界巨头都是由房地产业发家的，房地产在中国才起步，潜力巨大，发展的周期长久。

第五，中国经济水位点低，发展迅猛，经济指数连年以两位数剧升。房地产保值、升值最可靠。

第六，以房地产业为龙头，可以带动其他产业的发展，有了楼房，工业、商业、旅游、金融业就有了基础条件。

第七，物业，对于一个真正的企业家来说是必不可少的。如果没有自己的物业，只有随身的珠光宝气、名贵房车，就得不到社会和银行的信任。没有别人的信任，就不能发展，终被时代所抛弃。

基于以上认识，利焕南确信房地产业在中国具有较强的生命力。它会随着中国改革开放的深入而发展，随着中国经济的不断壮大而壮大。

在布吉，在上雪村，利焕南全力一搏房地产业的尝试，吃尽了苦头，也品尝到了喜悦。这是经历千辛万苦后成功的喜悦；这是向新领域、新局面跨步的喜悦；这是得到社会更广泛的信任、支持的喜悦。

利焕南对房地产的认识和理解被时间证明是有预见性的，是正确的。

时光飞逝，解密当时情景，利焕南当初真的就那么自信，那么果敢，那么坚强吗？

利焕南永远以笑谈的方式回答以前，他说："去香港并没有什么规划，就是见当时港商回来办企业有政策优惠，所以就随大流去了香港定居。回来之后继续兴建统建楼是因为工业厂房不好出租出售，所以要转换方向，先求生存。在队友和外人看来，我永远是那么坚强和自信，我坚信国家的改革开放政策一百年不动摇，这些确实给了我信心。但是很多人不知道，在多少个晚上，我一个人在上雪村幽暗的山间唱过多少歌，来给自己壮胆。"

在黑夜里，在仙人坑幽暗的山间，响起利焕南嘹亮的歌声：

我们走在大路上

意气风发斗志昂扬

共产党领导革命队伍

披荆斩棘奔向前方

向前进　　向前进

革命气势不可阻挡

向前进　　向前进

朝着胜利的方向

革命红旗迎风飘扬

中华儿女奋发图强

勤恳建设锦绣河山

誓把祖国变成天堂

向前进　　向前进

革命气势不可阻挡

向前进　　向前进

朝着胜利的方向

……

利焕南也是个普通人，有时也会心虚，也不知道自己的预判是否正确。在歌声里，利焕南寻找信心，增加心中的底气；在歌声里，他增强气势，坚定自己的判断；在歌声里，他激发自己一往无前的决心，向前进，向前进。

红色文化与东纵情怀

经历过严冬的人最知太阳的温暖，从贫穷中走出来的人最珍惜富裕生活的甜蜜。

利焕南生在新中国，长在红旗下，他对党和国家有真挚的情感。他常说，没有共产党就没有新中国，没有共产党改革开放的好政策，就没有今天老百姓美好的生活，就没有企业的发展和繁荣。

在繁忙的工作之余，读书是利焕南最大的兴趣和爱好。他偏爱毛主席等革命伟人的著作，他最大的兴趣就是学习研究毛泽东的军事思想。他对解放军各个时期组织的重大战役和历史事件，了如指掌；对其中的指挥艺术，如数家珍；对德高望重的革命前辈，尊崇有加。

红色文化与家国情怀像是熊熊的烈火燃烧着他。他后来与曾生司令的儿子曾凯平、女儿曾克南结成挚友，更加增进了他对红色文化的感情。

1989年底，利焕南邀请交通部原部长曾生同志及其女婿宋惠林至布吉金鹏。曾生同志是深圳坪山（原深圳龙岗坪山镇）的客家人，他领导东江人民抗击日本侵略者，建立东江抗日游击根据地，是著名的广东人民抗日游击队东江纵队司令员。

利焕南与曾生同志的亲密接触和会谈，还促成了多年后他的博士论文选题——对东江纵队的历史研究。

曾生同志对利焕南非常关心，多次出席金鹏集团的奠基仪式和活动，并亲自为金鹏公司题写了"金鹏集团"四个大字。

通过与曾生同志的接触，听曾生同志讲述早期革命的故事，了解到东江纵队各个时期的革命历史，以及解放战争时各大战役中的热血故事，激发了利焕南艰苦创业、报效国家的家国情怀。

1995年11月20日，曾生同志逝世。利焕南在悲痛中参与曾生的治丧工作。在悼念会期间，他在治丧办忙里忙外，忙得7天都没换衣服。

于深圳烈士陵园修建曾生纪念碑的相关事宜也由利焕南接洽，利焕南还参与纪念碑的理念设计：纪念碑高60厘米，代表曾生同志的60年党龄；长1910厘米，代表曾生同志的出生年月；宽1120厘米，代表曾生同志的逝世日期。从此曾生同志长眠在他战斗过的地方，深情地注视着这片充满希望的热土。

第十三章
移师
龙华

情满荔枝节

利焕南的"深圳战略"关键的几步都走对了，金鹏迎来了黄金上升期。

跨进20世纪90年代的门槛，形势转好，他回顾说："判断是以天时、地利和人和作为依据的。比如上雪工业村的开拓，我知道天时虽然还未很成熟，处于房地产业的前夜，但抓早些，胜利是可预见的。地利呢，不好。那个地方太荒凉，崎岖不平，有山，有谷，有沼泽，对开发的确不利。但是也有好的一面，即条件优惠，价格低廉，不惹人注意。至于人和，我是有利的。我和上雪村的干部们很熟，事事多为村里着想，在村里搞投资开发便大得人心，得道者多助嘛。有了人民的支持和帮助，便能创造出更有利的条件。"

经过80年代栉风沐雨的洗礼、千回百转的考验，金鹏终于迎来了春天。

金鹏工业村很快兴旺起来，厂区内有几百名工人，工业村内设有小卖部、小旅店，还有工人自娱自乐的舞厅，一切都欣欣向荣，朝着好的方向发展。

那一年天公作美，风调雨顺，工业村里的几株古荔枝硕果累累，获得了大丰收。利焕南兴之所至，准备在金鹏工业村召开金鹏集团荔枝节联谊会。

利焕南重乡情、顾乡人，他盛情邀请了二十几位在深圳工作的紫金籍领导干部参加联谊会，共品荔枝，共叙乡情。

当浩浩荡荡的队伍进入工业村时，利焕南热情地带领领导干部们参观了工业村。此时的工业村，兴建的工业厂房、宿舍、配套物业有20余栋，其经济实力、管理水平、技术力量等综合开发力量已经初具规模。紫金籍的同乡们对利焕南取得的成绩感到兴奋，对工业村的规模感到震惊。

各级领导在工业村里参观，禁不住啧啧称赞。他们知道，这里原是荒山野岭，多少年来沉睡不醒，即使深圳改革开放的劲风吹向布吉，也很难让这里早早醒来。利焕南来了后，才把隆隆的机器声带到这里，沉睡的山谷和荒岭才得以醒来，才有工业村3万多平方米的群楼林立，才创造出一派欣欣向荣的景象。

布吉镇委书记介绍说："布吉紧随改革开放的节奏，大力发展经济，随着改革开放的一声炮响，布吉已经有了1000多家企业，这些企业成为布吉经济发展的火车头。为了这个工业村，利焕南向我们申请贷款，我们镇协调相关银行给予帮助，我们也想不到他搞出了这么大的声响，也想不到金鹏发展得这么快。"这位在布吉立下汗马功劳的书记，参与了布吉无数重大的建设，今天，他以惊喜的目光看着金鹏的一切，心里十分激动。他的赞叹是由衷的。他的赞叹，无疑给予金鹏巨大的鼓舞。

联谊会期间，有领导向大家介绍了深圳近年来的发展趋势。他向大家介绍了市政府已经出台的规划，说："深圳市东西狭长，中间向北有发展空间，但隔了梅林关和银湖山，下一阶段，市里已经出台了北进策略，将修建梅龙高速公路，将深圳关内和龙华老区进行连接，向北扩容，期待你们能继续发挥创业干劲，为深圳经济建设助力。"

利焕南是农村放牛娃出身，对高速公路没有概念。他开发的仙人坑当年是禽鸟乐园，里面的山野布满了羊肠小道，一到阴雨天，泥泞难行，他在脑海中还形成不了高速公路的概念。但他仍然高兴地说："高速公路好，往后去龙华老区就能骑摩托车和自行车了，方便多了。"

"高速公路只给汽车跑，两旁有护栏，不让骑摩托车、自行车。"领导的解释引得大家一阵欢笑。

桌上摆放的是刚刚从树上摘下来的新鲜荔枝，荔枝就像明天的生活一样香甜。在改革的春风里，在荔枝树宽大浓密的树荫下，大家畅叙乡情，畅谈着深圳突飞猛进的发展，其乐融融，欢声笑语，亲情乡情陶醉了客家儿女。

龙华的召唤

机遇总是留给有准备的人。

利焕南的商誉很快就在宝安县传开。龙华镇委书记登门拜访，他开门见山地对利焕南说："你呀，现在生意做大了，大家都知道你利老板，但我看你却是个大傻瓜。你在上雪村这个荒山野岭费了九牛二虎之力做开发，做着填坑移山的大工程，一切要重新开始，填进去多少人力物力。你怎么不到我龙华来搞建设？我龙华的规划都做好了，土地都平整好了，比你上雪村的土地成本低70%，就是缺资金。你来投资开发，我们给你更多的优惠条件。"

为官一任，造福一方。龙华白石龙是实施过文化名人大营救的东江纵队的根据地，镇委书记也想把龙华这个革命老区发展起来。他知道在开发商当中，利焕南是有这个能力和实力的，他尽力地游说利焕南，并把龙华镇的优惠政策详细介绍了一遍。

利焕南微笑着倾听，暗地里做了权衡和思考。

第二天，利焕南在镇委书记的陪同下，来到龙华镇的开发规划区里走了一圈。他们走到只修建了一条主干道的人民路，这里光秃秃的还未完善其他设施，按照镇里的规划，这将是龙华镇的黄金地段。

利焕南站在高处，向四下张望，这真是"黄金地段"，四面除了荒山就是黄土，视力所及，连人影都看不到一个。这个地段，要想成为黄金地段，不知道还要发展多少年。

每一次的进取，都是艰难的选择。

每一次的选择，都需要勇气与胆略。

利焕南善于看到表象下的本质，这也许就是打井工"利大师"与众不同的地方。他透过荒凉的外表看到了龙华镇的规划，听相关领导介绍了市委、市政府的北进战略，他热血沸腾，当即拍板：买一块地，建一栋金鹏商业标志大楼。

于是两人当即定下一块不足4000平方米的地，现场交易，半年内付清，打了个七折，出让价共120余万元。

利焕南立即偷偷给管财务的三弟打电话："我们现在账面上能拿出多少钱？"

三弟回答道："公司现在分布在各个账户上的能调动的有40多万元。"

利焕南斩钉截铁道："3天内，将各个账户上的钱都集中到一个账户里，凑够50万元，我要开发龙华镇房地产项目。"

剩余的70余万元，利焕南与龙华镇政府约定，15天之内交齐。

3天后，即1990年10月16日，利焕南和龙华镇签订了土地使用合同。

合同约定：金鹏公司决定在龙华投资1500万元至1800万元，建筑高12层、面积达1.8万平方米的金鹏商业广场。

消息一经传开，公司内外受到了巨大的震动。

公司内部有些人心情久久难以平静。

"这怎么行，投资这么多钱，在尚未开发的地方搞房地产，这不是把钱投到水里？"有人说。

"金鹏奋斗了近10年，好不容易才在布吉扎下根，现在还没喘过气，又进军龙华，还有好日子过吗？"有人叹气了。

"人生求什么，弄到一套房子，有几个钱花，也就够了，还那么辛苦干什么？"有人害怕没完没了的奋斗。

一时众说纷纭。有些人不但不支持，还变相消极怠工，变成了公司发展的阻力。有些人顾虑重重，悲观失望。

也有真心为公司发展，为利焕南设身处地着想的朋友。当时，在深圳土生土长的经济学者、宝安县信用社原总经济师、被聘为金鹏公司财务顾问的叶萃华，抱来一大堆数据和分析资料，论证说："你最好放弃这一计划，原因很简单：龙华这个革命老区，依然是深圳的西伯利亚，投资2000万元，万一不行，风险实在太大。"

反对的声浪令利焕南一时心烦意乱。他想：众人的意见虽然形成了阻力，但龙华的前景和目前所给的条件，不是每个人都能看清楚的；科学的论证是应当相信的，但是忽视人为的重要因素，论证也许会变成偏见；旁观者清，但是当事者更能权衡彼与此的力量。利焕南是个尊重知识并容得下别人提不同意见的人，但他还是相信自己的判断，并敢于坚持自己的判断。

他试图说服公司内部持不同意见的人。"我以为在龙华投资这块地，是公司的重大转折点，也是站在高处的起点。"他说，"龙华的整体规划，我相信它可以实现。梅龙高速公路不久可以开通，路通财通，我非常看好。再说特区内的土地比龙华的土地贵6倍。革命老区要建设，要起步，它会有许多优惠政策。我们这时不上，会错失良机。"

利焕南善于做群众工作，他说着这些话的时候，充满了激情。他怎么也舍不得放弃龙华，他把龙华看作金鹏起飞的第二个台阶。

有人暗地里说：莫非众人皆醉他独醒？他对于进军龙华，独具慧眼？

利焕南也曾私下里邀请相识好友到还处在荒山野岭的龙华人民

路拟建项目看过几回，道路遥远，车辆难行。

黄昏的时候，四面十分空旷、寂静。同行的朋友都摇头说："这块地不行，周围一栋楼也没有，只有一条水泥路，搞房地产恐怕不合算。"

利焕南坚定地说："我看好这个项目，龙华镇政府领导这么热心，这么看得起我，我有责任把这里的经济搞上去。再者，这里是东江纵队当年的抗日根据地，文化名人大营救就发生在这里的白石龙，我更有情怀和责任将这里建设起来。"

对于投资开发龙华镇金鹏商业广场，许多朋友都觉得前途堪忧。

龙华金鹏商业广场

利焕南虽然主意已定，但公司内部尚有众多异议。他心里时有愁云掠过，他在想，就像一支部队去打仗，大部队都已经出发了，还没达成共识，这是个很危险的情况，如果不能同心同德，很有可能会打败仗。随着企业的发展，他开始系统地思考企业如何统一思想、如何打造团队精神、如何将人心聚拢在一起，公司是时候进行整顿了。

集团内部有人依然持这样的观点：布吉之战，历尽千辛万苦，元气似未恢复，今又转战龙华，恐怕难以支撑更大的局面。

夜深人静，利焕南怎么也睡不着。"布吉之战"刚刚取得小胜，"坐未安席"，即又投巨资转战龙华，商场如战场，如何能求"安席"呢？如果都求"安席"，坐吃山空，不继续苦战，又怎能拓展金鹏的事业？岂不空负改革开放的良机？

利焕南想着，决定及早出征。签约20多天后，即11月9日，龙华金鹏商业广场举行隆重的奠基典礼。甚至连应邀前来参加典礼的部分贵宾，也对利焕南搞商业广场的举措很不理解，抱怀疑态度。利焕南力排众议，坚定自己的决心。

典礼如期举行，场面壮观。

隆重的典礼仪式，震动了龙华，也震撼着金鹏员工的心。

曾生同志为金鹏公司题写的"金鹏集团"四个大字，沉稳而厚重，散发出蓬勃的光芒。这是对金鹏的鼓励，也是对金鹏的鞭策，更是对金鹏乘改革开放东风飞跃发展的祝愿。

金鹏集团从此宣告扎根在了新开辟的龙华战场上。

"金鹏集团"四个大字越来越闪亮，喜讯频传：金鹏集团香港勤鹏发展有限公司与江苏射阳县政府合作成立中外合资企业金鹏丝绸时装有限公司，由金鹏公司提供营业执照、厂房，江苏射阳县政府出具技术人员和机械，厂址设在布吉镇上雪村金鹏工业村内，注册资金300万元，拥有1000平方米的厂房、900平方米宿舍及全套机械设备，经营生产丝绸服装系列。

整个金鹏工业村蓬勃发展。工业村内百业兴旺，人潮熙攘。工业村的员工，包括从江苏射阳县来的亭亭玉立的姑娘们，她们青春活泼，每到下班休息时间，就到工业村的门口坐下喝汽水，或到山顶别墅盘山专用道上散步。她们活泼开朗、热情大方，有时候遇到奔波途中的利焕南，还热情地邀请他下车与她们一起爬山、喝汽水。利焕南太忙了，但他看到金鹏的事业欣欣向荣，他内心是欣喜而充实的。

事实再一次证明，利焕南又踩对了时代的节拍，做出了正确的选择。

从90年代开始，金鹏蓄势待发，箭在弦上，势不可当，却还有不少人持怀疑态度，有诸多顾虑，甚至消极怠工，成为金鹏前进的阻力。

利焕南觉察到这种安于现状的保守思想，如不给予纠正，势必造成人心涣散，成为祸害。

1990年12月24日至25日，利焕南主持了所有高层人员参加的年终工作会议。

利焕南尽量使气氛热烈一些，他请大家畅所欲言。1990年，到底干了些什么？干了这些，事实证明是错呢，抑或是对呢？还有什么经验教训可以吸收？

金鹏的高层人员都很直爽地谈到1990年金鹏的一系列重大举措。显然，还有人对投巨资在龙华搞开发存在很大的顾虑，认为一时头脑发热，去干前途难卜的事情，是相当危险的。

项目已经上马，正是同心同德推动的关键时期，一些高层人员如此目光短浅，还有这种离心离德的想法，让利焕南感到难以理解甚至气愤。

认识一时跟不上，情有可原。公司已拼尽全力投入，开发业已开始，还有人不支持、不合作、消极怠工，这就是态度问题了。

利焕南在会上十分严肃地说："事实上，我们的金鹏公司发展的阻力还是很大的。小农经济思想、农民意识总是在关键时候抬头。这种思想和意识的表现是：目光短浅，安于现状，前怕狼后怕虎。金鹏起步了，我也想过，金鹏总部人不多，只有十几人，已有2000多万元资产，一个月可收入几十万元，可以过'乐也悠悠'的生活了。但从香港回来后，我的想法不同了。我看到现在是深圳经济发展的最好机遇，我们不能做懒人，白白放弃乘风破浪的机会。不图发展，只图安逸，到头来势必要失败的。

"大家不是不懂历史。农民造反有几回得以彻底胜利的？太平天国洪秀全最终还不是失败了？这就是农民的局限性。我们要十二分清醒。我们都是农民出身，包括我在内，一脚牛屎一脚泥，弃农就商，弃农搞企业了，农民意识总是不断地抬头，我们要做新时代的农民。我也曾想过，当初搞照相馆，买卖水泥，外出打井、打铁，当生产队队长，也只是日求三餐、夜求一宿！好端端一个照相馆，为什么卖了？为什么把二层楼卖了到深圳来？为什么？利焕南为的是争口气，做一个像样的人。人家能做的，我为什么不能做？好了，在福田我小有积蓄了，为什么还到布吉？为什么还把钱投资建金鹏大厦，投资上雪的荒山野岭？我不是很傻吗？有时，我也想，我有饭吃了，有房子住了，该弃权不干了。这就是小农意识在抬头，我意识到这太危险了。

"事实上，大形势推着我们走，顺势而为才能带领大家朝前走。布吉镇政府信任我，我来了。我来了，上雪金鹏工业村盖起来了。我们没有辜负布吉镇政府的期望。如今龙华镇政府信任我，给了许多优惠，我们又有能力进军龙华，为什么要退缩，甘于死守小摊摊，犹豫不决呢？做人做事都要果断，决策定下来了，答应人家的事，就是去跳楼也要果断地跳下去！

"作为高层领导，我们如果还死守农民意识不放，还同一般人一样目光短浅，就太不应该了。这不是金鹏的带头人。利焕南已经豁出命来了，无论多艰苦也得把金鹏的事业发展下去，有人不愿意同艰共苦，请另谋高就。如果和金鹏荣辱与共的，就振作起来，脱胎换骨地干到底。"

利焕南一口气说下来，他很激动。

他环视四周，发现大家都沉默不语。沉默表露出内心的躁动不安，说明他们的心底有波涛在涌起。

无疑，利焕南这一席肺腑之言，打动了每个人的心。是呀，农民意识、小农经济意识的确会导致人们目光短浅、满足于现状。都是从紫金的穷乡僻壤走来，利焕南为什么能看得这么清楚，他的勇气和魄力从何而来？

利焕南的思考与剖析，使与会者眼前一亮，一种内疚与悔恨涌上心头。如果再如此消极怠工，便真正成为金鹏发展的阻力，还配做金鹏人吗？

几位主要领导人，如利伟明、利凤怀都发了言。

他们认为，投资龙华是大势所趋和公司发展的需要。既然已投入巨资，就同心协力去干，决不能三心二意，更不能变成公司发展的阻力。

这次会议遏制了公司早期出现的不思进取的风潮，更像是一次金鹏思想统一的整风会。大家谈了想法，做了自我批评，统一了思想，坚定了向前发展的信念。

去掉悲观，去掉消极，去掉一切私心杂念，利焕南引导大家努力做到这三点，他的剖析让大家信服。

会议最后达成一致：利焕南任金鹏公司董事长兼总经理，利伟明、利凤怀任副总经理。

公司确定1991年金鹏集团依然以房地产发展为主的大方向。

90年代的第一年，金鹏就显示了这样的实力：公司资产近两千万元。这种实力，在1990年的深圳，使金鹏已跻身中型企业之列。

第十四章

中原汉子
客家郎

铁汉柔情

利焕南身上有北方汉子的仗义和豪情，在他的潜意识里，他认同自己中原后裔的身份，他身上依旧流淌着中原汉子的血液。

伴随着改革的春风，他走出山村，来到深圳，赶上了时代的潮流，创造了金鹏光辉的历史。从来到深圳的那一刻起，他就置身于改革开放的大潮之中，从未停歇下来。

但铁打的身躯也会累啊！他不是铁打的，尽管他有钢铁般的意志。

一路欢歌一路泪。自踏上深圳的土地，他就像一枚陀螺，开始了无休止地旋转。为生活，为发展，他奔波劳顿、没日没夜；为家庭，为亲友，为集体，为社会，他慷慨地付出自己的青春；为公司一个个战役的部署，战术的布局，战略的转移，他呕心沥血、深思熟虑。

人情、友情、亲情，温情绵绵，他感恩着，他付出着。

他豁达，与朋友交言而有信；他宽厚，无私助人不计得失；他率真，用火焰般的热情燃烧自己。

他有着朴素的传统价值观念，受人滴水之恩，常思涌泉相报。他常常自责，自己欠的人情太多了，欠长辈的、欠首长的、欠领导的、欠兄弟姐妹的、欠亲朋好友的、欠社会的，他总觉得偿还得不够，这种思想也曾让他损失了很多资产，但让他收获了更多的友情与亲情。

他是血肉之躯，是烟火中人。

他有爱，有恨。他心中有火，眼中有泪。

他是一位农民，他是生产队队长、代课教师、打铁工、拖拉机手，他具有开拓精神，他敢想敢闯，也曾彷徨无助过。

利焕南，到底是一个怎样的人？

他是个真性情的中原汉子，有时候他清澈得像是一泓可以看到底的清泉，有时候又像是汹涌的海水；他的心是火热的，他对人是真诚的，他对事业的追求是坚韧的。

他可以在高层会议上侃侃而谈，引经据典，从容不迫。他也会在私下里约上最普通的朋友，甚至是街头卖唱的艺人，他乐于和他们一边对酌一边谈论人生。

他经常去小理发店理发，剪一次头发才十块八块钱，他与理发师成了好朋友。理发师从来也没想过，这位随和普通的客人是深圳知名的企业家。

他乘坐出租车，司机在听收音机里播放的深圳利焕南的传奇故事，司机说得头头是道、如数家珍，他询问司机："你看我像不像那个利焕南？"

司机漫不经心地说："你可没这么好命，人家大老板能打出租车？一定是坐高档车。"

利焕南争辩说："他坐高档车？他什么高档车都没坐过呢，坐坐桑塔纳就不错了。"

"你这是吃不到葡萄说葡萄酸。"司机对他的话嗤之以鼻。

利焕南只得拿出身份证来证明自己的身份："你看我是不是真的利焕南？"司机愕然。

利焕南在他的家乡紫金、河源成为传奇人物。有一次，他与朋友回河源探亲，晚上两人坐在一家河边的大排档吃小吃，无意中听到了小店老板在讲述利焕南的传奇故事。

传奇故事多出于乡间杜撰，利焕南恰巧车上带了洋酒，就请老板过来一起喝酒，问他："你讲的利焕南的故事都是真的吗？"

那位小店老板说："当然是真的，我们都是乡里乡亲的。"

临走时，利焕南对他说："你下次再讲故事的时候就可以讲，利焕南请你喝过酒啦！"

利焕南还有一位挚友，有一次他多喝了两杯，说："我要邀请我最好的朋友来喝一杯。"陪同的人以为一定是一位成功人士，谁知利焕南打通了朋友的电话，朋友拒绝了，还理直气壮地说："你别给我添乱，我正在街头拉二胡讨生活呢！"

利焕南向大家介绍说："你们一定好奇他的身份，他是一个街头艺人，拉二胡讨生活，我与他是难得的好朋友。"

利焕南是一个真性情、为朋友掏心掏肺的人。

对帮助过他的人，他感恩一生；对他没法帮上忙的人，他自责惭愧，恨自己没有能力。

多年的付出，艰辛而光辉的创业岁月，不是每个人都能理解他。有时他喝醉了酒，讲到伤心处，酒入愁肠，也会失声痛哭。

生活中总有很多遗憾，是痛苦的、无奈的。

利焕南性格直爽，爱憎分明，心底无私，铁汉柔情。他对社会和朋友，都十分慷慨。

在工作上，他骂人毫不留情，骂得好朋友都哭鼻子，过后他又会主动热心关怀。他对事不对人，讲完、骂完又不放在心上。

他对市场经济理解得很透彻，又能在众人不明前途的时候敢于坚持自己的想法，他手里只有几十万元就敢搞出几千万元的金鹏工业村。

他白手起家，他的压力是难以想象的。

他是很多人的偶像，但他拒绝有人神化他，他有时候也会萌生退意。有段时间他胃病犯了，状态不好，他对朋友说："我戒酒了。我这段时间不舒服，压力太大，应当休息一下了。"

"我想休息了，把事留给弟弟妹妹们搞。"但他只能是说说而已，因为他的座右铭是：生命不息，战斗不止。他喝酒也正像他的性格，一饮而尽。他的心也和酒一样，清澈透明，热烈似火。

他的真诚和热情让人很容易和他成为好友，他有这种独特的亲和力，他身上散发出独特的人格魅力。

特别是在龙华战役开始的前夕，利焕南的压力最大。不少人处于悲观状态，不但不能同心协力，还成为前进的阻力。连身边的好友都对他转战龙华持有异议，可见当时不甚了解利焕南的人会对他有多少看法甚至不满。利焕南这才感到办一件事有多难。他夜以继日地调查、论证，说服金鹏中层以上的干部，他要他们看清楚90年代初的形势和机遇。

利焕南就是这样无怨无悔地付出。

他身上也有缺点，但他勇于改正，能听取不同意见。

难能可贵的是他性格中的坚韧、自信、开放，最后用事实证明，他能于迷雾中坚持正确的道路，并引领众人到达胜利的彼岸。

战友伴侣

利焕南在感情上是幸运的，他遇到了利秀兰这样贤淑、包容，能携手一生的太太。

利焕南的成功也有她的一半功劳。

利秀兰是他的战友、贤内助，金鹏的发展也有她默默的付出。

她与利焕南同甘共苦，相濡以沫。

利秀兰娴静、贤惠、能干。她话语不多，多年来对金鹏和利焕南无私付出，许多事情她都看得清楚透彻。

她无限深情地关注着利焕南的事业和健康。

她不喜欢风风火火，夸夸其谈，她的品性是坚强而富有耐力。

早在金鹏创业初期，她开着车帮利焕南运货、联系业务，风里来雨里去，尝尽了人间的苦楚。

她分担着利焕南的工作，也承受着操持家庭、养育子女的重担，还要排解利焕南的忧虑和苦闷甚至烦躁。

她默默地伴随利焕南闯深圳、上广州、赴北京、跑上海，最后远渡重洋，遍走他国。

她细心地照顾利焕南的饮食起居。

这个贤惠的女性是那样的文静、淡泊、从容、善良、纯朴。

她也有很多心里话要倾诉。

她说，我这个人不想荣华富贵……

"我30岁学开车，在培训中心学，学了2个月就学会了，为的是方便和阿南做点事；如果生意失败，找份工作较容易一点，可以养家糊口。

"我本无所求，只求身体好，无病无痛，做事顺顺利利。

"我最关心利焕南，这还用说吗？自己的人肯定要关心，没有他，金鹏怎能发展呀？

"想不到发展那么快。现在收不了手。洗湿了头，就要剃了，顶硬上了。

"时代潮流、经济形势推着我们走，逼着我们向前进。

"因此，许多事情使他觉得烦。

"他一烦就饮酒，劝也劝不住。他是有原因的烦，我是'盲烦'。他一烦，我的心情也不好。

"有时，他一时火暴，电闪雷鸣，但过后又风平浪静，没事了；他最凶时都没事的，过了就好了。

"有时不听劝，闹又闹不过他，讲又讲不赢他，哭又嘈他的耳，只得一咽，就吞下去了。我又

利焕南与妻子去香港旅游

不会反驳，不明他的意图，只能不作声，吞下去算了。

"他比大学生还强。他最喜欢读书、学习，睡不着就看书，看到三更半夜。他喜欢读古今中外大人物的传记；还有民国历史、抗日战争史、解放战争史。从年少到现在一直喜欢《三国演义》这本书。他说，以前时势不同，没有钱和机会买书，现在有钱买书了，却忙得不可开交，没有时间去读。只能在夜里读。他过去就是夜猫子，干活干到凌晨四点。

"他当这个带头人很辛苦，凭良心说，他不安乐，我也不安乐。我们都是有血有肉的人，牵肠挂肚，也是常事。

"以前，在乡下那段日子，他受够了苦。搞点小生意，被认为是投机倒把。为生存，他东奔西跑，风餐露宿，车票都有几公斤重。

"如今，也是没时间。月头到月尾早就排得满满的。月头外国人来，月中去两次香港，下旬又去北京、上海。一个月能在家住两晚就不错了。

"我们的儿子利祺锐，女儿利祺珍、利祺玲、利祺琼，都在香港读书。每次搭车要一个多小时，放学回来，才买菜、补课，七点才能煮饭吃。

"做父亲的，一个月见不到儿女一次面。我在香港又有事做，家里无法照顾。唉，一来二去也就习惯了。儿子都20岁了，当父亲的只跟儿子谈过一次心。有时儿子睡了，他才回来，也不好叫醒儿子。这样，一家人越来越没话讲了，越来越生疏了。

"我也想，清茶淡饭，一家人安安乐乐在一起就好了。

"如今，一开口就是投资上亿元，担子不知有多重。我又帮不了忙，他急我也急。

"嫁了这个人，道道跟着走，事事得操心。你不干，谁给你饭吃？

"好在利焕南交的朋友都很实在，都希望他好。能帮的都帮，谈谈心，出出点子，心也宽一些。

"利焕南这个人有一条好，就是硬汉子，坚韧不拔。过去，他总认为自己的能量未发挥，现在是发挥能量的时候了，他能不拼命干吗？"

利秀兰娓娓道来，语气波澜不惊，话语里流露出无限的爱和深情。她的深情表现在结婚以后的每一个时刻。如今，这对从穷乡僻壤历尽艰辛闯进深圳创业的夫妇，依然深爱如初，时时互相关心着。

利焕南保留着一封利秀兰写给他的信。他读了好多遍，甚至可以背出来。

他的心里对妻子充满感激之情，他为有这样好的妻子而自豪。妻子的每一句话都值千金，爱、忧、期望交织其中，令人感慨，催人泪下。

焕南：

我有要紧的事先回香港，就是取几张前几天奠基的照片带去香港给文汇报馆，所以上午要走。

焕南，我有一事要求你，我希望你从今开始，再也不要用酒来折磨自己。也不要晚上喝多了酒，太晚自己开车回来（包括烦事、高兴事）。这是我唯一的要求，希望你接受。因为你的健康，对我、对家人、对任何人，都重要。其他我没什么要求，就这点。

另：上河源的衣服及其他，我已放在床上，你自己拿吧，有什么事再打电话来吧！

致礼

兰

上午10时

1994.3.30

利焕南珍藏着妻子的信，作为自己的精神动力。在工作繁忙、极其劳累的时候，他想起阿兰的关心和爱护，心情就轻松了许多；有闹心的事想借酒浇愁的时候，他想到阿兰的再三叮咛"不要多喝酒"，便有所节制。

利秀兰把爱深深地藏在心底。

在金鹏的发展中，她默默地付出，保持着淡泊的心境。她的工作量也大，香港方面的工作要她打理，布吉的物业，还有家庭子女要她照料。她常年奔波劳累，但她不急不躁，依然笃定文静，无怨无悔地为金鹏、为家人倾力操持着、付出着。

她有着客家女子的纯正、温和、善良。利焕南要做什么，她都不反对，总是默默地支持他。

利焕南要去深圳，要把屋卖了。对于她来说，这是一个大变化，有孩子的女人没有屋住，有多难呀！但她没有说过半句不赞同的话，也不在焕南的面前流露出半点痛苦，只在姐妹面前哭过，她要跟着利焕南到陌生的深圳另谋生活了，前途难卜，命运难料……

那时，她的大儿子还放在老家的学校读一年级。一次，她回去看望儿子，有朋友问她："阿兰，深圳的生活怎样？"

她说："很艰苦，住油毡棚。"

或许，换一个女人，把房卖了，去住油毡棚，是不会答应的。利秀兰有宽广的胸怀，她毫无埋怨情绪。

利秀兰对任何议论都听得进，装得下。

她就是这种人。她对利焕南的事业和人生无私地支持，她有着传统的相夫教子的观念。

"十年修得同船渡，百年修得共枕眠。"利焕南是幸运的，他幸运地娶到了利秀兰这样诚挚、温柔和善良的人。他们的感情有爱情，有亲情，还有战友情。他们相互扶持，相互关心，相濡以沫，走过了一段段洒满温馨记忆的流金岁月。

第十五章
百团战
龙华

金鹏商业广场与金侨花园

利焕南向龙华的建设吹起了冲锋号。

由布吉逐渐向龙华转移，是利焕南又一个重大决策。

这次转战与当年从福田转移到布吉的不同之处在于，当时转战布吉，他是得到了所有人的赞同；这次转战龙华，却遇到了不少的阻力。但利焕南坚信自己的判断，一是他对深圳经济特区的发展信心从未有过怀疑，深圳一定会发展，紧靠特区的龙华老区一定能跟上，其交通等基础设施必定要完善，龙华的远景规划终究要实现。二是龙华镇政府提供的地价之低是深圳市区无法比拟的，造价成本低实实在在摆在眼前。三是龙华镇政府有发展龙华、引进外资的坚定决心。四是土地费用半年付完，算是一次性付清，没有后顾之忧。基于以上种种原因，利焕南坚定信心，鼓舞士气，一定要干。

生产队队长总要比队员看得长远一些，如果没有这个远见，就不是一名合格的生产队队长。

龙华开发搭箭上弦，以龙华为主战场，兼顾布吉工业村。这段时期后来被利焕南戏称为金鹏建设的"百团大战"时期。

为了稳定军心，增加气场，这次对龙华商业广场的开发，利焕南决定要做足场面。

1990年11月9日，龙华镇金鹏商业广场隆

金鹏商业广场大楼

重奠基，标志着金鹏对龙华镇的开发正式启动。前来奠基的领导嘉宾众多、盛况空前，一时传为龙华的美谈。

曾生同志对龙华镇的干部说："龙华镇是革命老区，当年同志们在这里开展斗争，很多原居民都移民出去了。要好好地发展龙华经济，响应深圳改革开放的号召，将来发展好了，那些搬迁出去的老居民、老同志还要邀请他们回家来住。"

曾生同志的话，得到了在场领导的响应，他们当场表态："我们一定好好发展龙华经济，让那些搬出去的居民早日搬回来。"

龙华镇金鹏商业广场的奠基，揭开了龙华开发的序幕。

龙华开发项目责任重大，关系公司的前途命运．这么重要的岗位，派谁去负责督战？

利焕南考虑了一个人，就是利玉民。

1990年8月，经过慎重考虑，在深圳市外贸集团荔园商场任业务主办的利玉民加入金鹏。

利玉民生于1955年6月，18岁就走向社会，生活阅历很丰富。他当过煤矿工人，搞过业务，调到深圳后凭借着工作卖力出色，被提拔为深圳荔园商场业务主办。他诚实、稳重、有实干精神，他的加盟使金鹏新增一员干将。

利玉民加盟金鹏是因为利焕南说的"农村根据地"已经迅速扩大，公司已经有了布吉金鹏大厦、上雪统建楼、金鹏工业村、金鹏酒楼等。这是金鹏最初的创立者利焕南用智慧和心血换来的实业，金鹏需要能挑重担的管理者。

利焕南培养利玉民勇挑重担，并给他锻炼实践的机会。

1990年，代表着布吉镇饮食行业最高水平的金鹏酒楼重新装修，准备营业。利玉民知道，这是一块难啃的骨头。他悄悄地去做调查，掌握了它的情况，心中有底了。他向董事会提出，由他来承包。

有人觉得很难实现既定目标，对他说："到年底要兑现现金的，你别开玩笑了。"

"我保证完成目标。"利玉民斩钉截铁地说。

他一到任，就组织人员分析问题的症结。酒楼的最大问题是管理混乱。别的酒楼都以高水平服务为准则，而金鹏酒楼的工作人员水平不一。他立即制定《员工守则》，对表现好的员工实行奖励，重新制定管理制度。

整整8个月，他在酒楼办公室打地铺，每天凌晨两三点钟送走最后一个客人后才睡觉。天热，有中央空调又舍不得开，夜不能寐，只好打开窗户，可蚊子又涌进来围攻他，浑身被叮满了包。

几多努力，几多收获。几个月的拼命，没有白费。趁深圳又掀起一股投资热潮，酒楼营业额在原来的基础上猛增了3倍多，金鹏酒楼又成了布吉最兴隆的酒楼。一些布吉酒楼的老板开玩笑地说："利玉民，我们如果关门了，要请你来帮忙，你太拼了，要钱不要命地干。"

利玉民自告奋勇挑重担、最终扭转局面的做法，就是利焕南所倡导的金鹏人的精神：荣辱与共，拼命工作。

利玉民吃苦耐劳的精神和巧干实干的工作能力赢得了利焕南的认可，利焕南对他刮目相看。

利焕南权衡再三，任命利玉民担任龙华开发项目的工程部经理。利焕南对利玉民要求很严格，对他说："你虽然很少接触工程方面的工作，但是勤能补拙，你可以向工程师和工人学习。"

利玉民点头说："我一定能做到，你放心吧！"

为了尽快熟悉业务，利玉民拜手下那些工程师为师，不懂就问，还向技术员、工人学习。他穿着与工人一样的工作服，整天泡在工地上。每一道工程，甚至每一个小工序，他都不放过。他对工程师、技术员和工人同样严格要求，以力保高质量。

"这不仅是对金鹏公司的信誉负责，还要对未来安居的人负责。"

利玉民有疑问就请示利焕南。

利焕南也作为普通一员泡在龙华工地。他所站的位置更有利于俯视龙华的全局，把更美妙的蓝图描绘在心上。

自龙华开战以来，利焕南很少能安稳地睡一觉。

投资后的阻力虽然减少，但是在许多人的眼里，公司前景仍扑朔迷离，需要利焕南去引导、去鼓劲。在龙华工地，利焕南的目光总是投向员工，投向日夜奋战的建筑大军。

他的心里最明白：决战龙华决定着金鹏的命运。

利玉民知道利焕南的心思和忧虑，更深知其肩上的压力有多重。他总是想方设法把工程做得好一些，以减轻压在利焕南肩上的重担。

矗立在龙华镇中心的金鹏商业广场建成后将是龙华最具规模的大型商业广场。在软硬件方面，它全部按三星级酒店建造，并设有游泳池和总统套房，它将填补龙华无星级酒店的空白，并成为龙华区最具档次的商业服务中心。

它是金鹏建设者在这不毛之地浸洒血汗的见证，也是金鹏集团绽放在深圳的一朵光彩照人的奇葩。尤其令人赞叹的是于1993年6月16日开工、建筑面积达5400平方米的辅楼，金鹏建设者以7天一层的建设速度在龙华建筑史上创造着绝无仅有的"金鹏速度"。

金鹏商业广场的建设展现了利焕南多年来积累的建筑和资本运作经验，他胸有成竹，一步步稳扎稳打，从容不迫。

利焕南在资本运作方面已经有了丰富的经验。他将项目抵押给了经过慎重挑选、有政府背景的吉林国际信托公司，抵押融资1000

万元。签订合同后，每建一层，信托公司就拨付100万元，按进度拨付，封顶后的一年内偿还所有贷款，否则大楼由贷款方处置。这是在建设仙人坑工业村时摸索出来的运作模式。外墙完工后，就尽快领取房产证，再用产权证去银行抵押贷款，然后将贷到的1000万元还给吉林国际信托公司。就这样圆满完成金鹏商业大厦的全部建设，同时也为以后的项目投资留下了足额的银行授信额度。

利焕南重友情，尊重集体智慧。在他的倡议下，金鹏公司邀请一些关心金鹏发展的老领导、乡贤、专业人士组织成一支顾问团队。利焕南以心换心，真心对待朋友，也得到了朋友的真心回报。比如在投资龙华开发建设之初，有一些朋友和专家对利焕南投资龙华的决定有异议，就算已经奠基开工，他们还是坚持不同意见。利焕南理解他们，他们出自真心，只不过双方看待问题的角度不同。如宝安县信用社原总会计师叶萃华，他是真正替利焕南着想，忧心如焚，他坚持保留自己的反对意见。利焕南躲着不见他，他拿着计算机算给公司其他领导如利凤怀、利伟民、利玉民看，并说："利焕南是头脑发热了，他这种投资，永远都赚不回本钱。这荒山野岭，人都不见一个，没有形成人流，没有形成商业氛围，你建什么大酒店，建什么商业广场！"

确实，当时的龙华镇规划的街道，只有一条人民路，人烟稀少，四面光秃秃的。

金鹏商业广场建好以后，孤零零地矗立在人烟稀少的人民路旁。要培育商业环境，增加人流，确实需要时间。

这也确实是利焕南思考的问题。

1991年的龙华只有1.4万余人，而只有人口聚集的地方，才能产生财富。利焕南推断如果只做商业广场，附近人流不够，留不住人，酒店和商业广场就没人光顾，没人流就没有盈利。如何增加人流，繁荣商业？不如开发住宅区，再造一座城，留住人流。想到就干，利焕南宣布，金鹏决定建住宅小区。

利焕南打出的"组合拳"，快得令人眼花缭乱。

金鹏商业广场还没建好，商业氛围远未形成，前途未卜，利焕南又要上马更大规模的住宅小区建设。仅在龙华就有两个大项目同时上马，是并驾齐驱还是生死难料？很多人都替他捏了一把冷汗。

利焕南决定了的事就一定要做，他知道困难一定会有，但可以在实践的过程中一一解决。

有人说他胆子大，也有人说他有魄力，功过要事后才能评判。

1991年8月，金鹏与宝安县龙华经济发展总公司（镇属企业，现称深圳市龙华经济发展有限公司）签订协议。金鹏公司通过收购股权的形式承包经营其下属的宝安县龙华镇经济发展总公司龙华物业发展公司（现称深圳市鹏宝东物业发展有限公司）以及镇政府规划房地产建设用地约18万平方米，其中首期5万平方米开发兴建龙华镇金侨花园项目，建筑面积12万平方米，是当时宝安区最大规模的住宅区。

"金侨花园"项目在开发建设中，因龙华总公司与金鹏集团均不具备房产销售资格，在当时宝安县政府的支持下，由龙华总公司与宝安县国有企业深圳宝安地产开发公司（现称深圳市宝东地产开发有限公司）签订协议，与另外4个房地产项目挂靠在国营房地产公司销售，由深圳宝安地产开发公司与小业主统一

金侨花园

签订销售合同、统一开具发票、统一账户收款。

那个时代有一首家喻户晓的流行歌曲，就是台湾歌手潘美辰的《我想有个家》，这首歌曲启发了利焕南。在产品设计上，利焕南根据市场需求，使老百姓先有所居，然后才能安居乐业，再求其大，所以金侨花园的设计特点是：套房单位面积小，价格低，实用性强，小巧玲珑，高薪层和小工商者都有能力购买，其中40～50平方米的住宅占套房总量的50%，50～60平方米的住宅占套房总量的30%，60～75平方米的住宅占套房总量的20%。

"看准了就要坚定地走下去。"这正是利焕南的一贯秉性。

开工前的各项准备工作困难重重，千头万绪，一时都不知从何入手。那时金侨花园项目所在地是一片种植的山林，树木都有碗口粗，郁郁葱葱的。

根据建筑需要，工程部广招能工巧匠，由最初的两三名技术人员，增加到40多个工程技术和管理人员，优化了技术结构，设立了高效能的行政机构，设置了经理室、经济室、质检组、质监组、水电班。

最难忘的是金侨花园的建设。当时以年轻人为主的工程部带领8支建筑施工队浩浩荡荡地进驻了金侨花园建筑工地。没有路，自己开，开了两条300多米长的临时公路；没有水，自己打深井供水；电力严重不足，自己现场发电解决。

3号楼、5号楼、8号楼开工了，随之而来的7号楼、9号楼等桩基工程开始了"大会战"，16台打桩机一齐开动，震天撼地。在不到两个月的时间，完成了约6万米、1480个深井灌注桩工程，其质量受到了省建筑科研所有关专家的称赞。

桩基工程完成后，随即主体结构全面开工，16栋楼安排了8支施工队，施工高峰时期员工多达3000人，完全是战天斗地的场面。

这个工地的气势，让每个目睹者热血沸腾。

每两栋楼配一支施工队，相当于有8支劲旅在同时攻克各自的目标，谁也不肯停止前进。

一时间，尘烟四起，机声不绝，大地颤动。

利焕南反复强调，为了保证金侨花园的工程质量，所有金鹏人在工地上一要尽心尽力，还要清廉自爱。不论分内分外，都密切配合，力求做好，不讲价钱，不计较报酬。施工队不准请客吃饭，送两包烟给金鹏员工就算是行贿。员工也人人自律，克己奉公。

在金侨花园工程项目中，展现了利焕南的果断和自信。

金侨花园16栋楼房像雨后春笋般在龙华拔地而起，成为龙华万众瞩目的焦点。

龙华人见到楼宇在一天天"长高"，心里十分惊喜，他们充满了期盼，这里寄托着他们安居乐业的梦想……

"按揭购房"先行先试

金鹏真正腾飞起来了，正趁势而起，激荡在云层之上。

1991年冬，金鹏跨进了以龙华为主战场、兼顾布吉工业村的大开发局面。在龙华，金鹏商业广场、金侨花园共14.4万平方米的两个项目正在同时建设，在布吉工业村新开发的厂房、宿舍、山顶别墅等近5万平方米的建筑也接近完工阶段。

金鹏真有"百团大战"的气势。

金鹏建筑的"王牌军"也在迅速成长。金鹏不断向社会招兵买马，1991年夏就拥有工程技术骨干40多人，其中有5名高级工程师。

"战役"正酣时，利焕南并没有忘记公司的同仁，没有忘记战斗在工地上的施工队伍。1991年9月27日，金鹏公司给高层核心人员和工龄较长的员工颁发了用18K足金制造、象征金鹏荣誉的纪念金章，获此殊荣的有利凤怀、利伟明、陆焕祥、甘伟良、利伟平、陈瑞平、陈瑞枢、利月平、李坤明、利添华、郑兆平等人。

在大战之际，利焕南思考问题不能不比别人早几步。对于还在建设当中的金鹏商业广场和金侨花园，他已经在思考掀起销售热潮的计划了。

决策来源于对实际情况的掌控和判断。龙华的常住人口少，当时，深圳的房地产业还没有大规模兴起，龙华更是地理位置偏远、知名度不高的地方。要掀起购房热，谈何容易。而金侨花园16栋楼是中等水平的楼宇，价格不高，适合打工者及小生意人家购买，价格最低的一套才5.3万元，这些人家如急需，是买得起的。再说，还可以给购房者适当优惠，销路也是有的。但是，销售楼房是一个系统性工程，要在这里面出奇制胜。

第一步，利焕南请香港的宗叔利国伟题写了"金侨花园"四个字。利国伟在香港和国内的影响力非常之大，他的题名可以取得一些在深圳投资的港商的信任。

第二步，他开始策划在深圳推行"按揭购房"的试点。

老百姓谁都想"有所居"，但当时深圳的条件不允许，有工作单位的公务员和国企员工，还在实行统建房和单位分房，打工者和创业者又没有足够的资金买房。

利焕南因移居香港，有在香港按揭购房的经历。他找到了深圳建行田贝支行的梁磷行长协商，看能不能在深圳进行按揭购房的试点。

利焕南问梁磷行长："我们就不能在深圳先行先试按揭购房吗？"

梁行长一头雾水，反过来请教利焕南："什么是按揭购房？"

利焕南说："在香港购房，房产未完工领证就在政府部门登记抵押给银行，银行根据抵押合同，贷款给房主，首期付款有的是房价的10%，有的是房价的20%。然后根据个人的偿还能力，分成若干年若干期还贷款。"

梁行长很感兴趣，问："按揭两个字怎么写？"

利焕南将这两个字写给梁行长看，梁行长说："有没有按揭购房相关资料？你回香港能否给我带回来一套？"

利焕南带着任务回到香港，来到香港沙田李嘉诚的一家售楼部，一本正经地与业务员交涉："我家太太在加拿大，给我准备一套按揭手续，我要传真给我太太看，你们写清楚点，怎么按揭，怎么办手续，按揭合同怎么签，买房合同怎么签，还有价格怎么计算，全部给我。我老婆很忙，我要向她报告清楚。"就这样，他将香港的一整套按揭合同带回深圳交给了梁行长。

梁行长请法务部的专家人员仔细研究了几天，结论是可行。梁行长高兴地给利焕南打电话："商品房有房产证，有政府备案，如果还不上贷款，房子由银行拍卖，法理上是说得通的。"

利焕南乘胜追击，建议就将金鹏公司在龙华开发的房地产作为先行试点。

梁行长说："这是开创性的业务，支行要让法务部先打报告给分行，再报总行批准了才能实行。"

利焕南又立在了时代的潮头，他参与推动了深圳房屋按揭的进程。

不久，建设银行总行就批了3000万元的资金，以金侨花园作为试点。

按揭贷款极大地增加了购房者的积极性，成就了普通百姓的购房梦。

银行按揭贷款为金鹏的房地产业插上了一只翅膀。利焕南没有停下探索的脚步，他还在继续推动着房地产业的发展。

购房者的资金得到了解决，还有一项重要的肯标没有解决，那就是很多人梦寐以求的深圳户籍。

利焕南有着周详的考虑，他想到了曾生同志讲过的话，龙华是革命老区，有很多人都被迁了出去，等经济建设发展了，还要请他们回来。龙华镇要照顾老区人民，居住人口要赶上去，在宝安县西乡还有过购房落户的先例，他的两个弟弟就是1985年在宝安西乡通过购房入户的，这个想法是符合人民需求的，是站得住脚的。利焕南找到了龙华镇的相关领导，提出了为扩容龙华镇常住人口，在金侨花园购房落户的构想。

利焕南的这个构想契合了龙华镇的发展计划，得到了镇领导的支持与响应。由龙华镇写报告给宝安县政府，由县政府正式批复，以金侨花园为试点，照顾老区居民，扩充常住人口，允许购房入户。购房入户的政策为金侨花园插上了另一只翅膀，金侨花园终于在龙华翱翔了。

利焕南善于因时而动，善想，善做，善思，善行。他乘着改革开放的春风，踏在了改革大潮的潮头，先行先试，推动深圳按揭购房、购房落户等举措，为民办实事、办好事。这正是深圳改革开放精神的体现，他是参与者，更是推动者。

"轰炸宣传"的经典案例

当利焕南跟龙华镇签订开发合同时，龙华镇一位姓邱的经理对利焕南说："利老板，我听说你没多少本钱的啊，投资这么多钱，搞那么大的花园，能玩得起吗？"

利焕南说："我没有那么多钱，但有许多钱由我指挥，不就有钱了吗？孔明是不会造箭的，但他不是可以借10万支箭吗？"对方无话可说。

解决了金侨花园的一个个问题，开发权、售房资格、按揭购房、购房落户等一一到位，最关键的一着，利焕南要掀起销售的热潮。

如何掀起？他要在宣传上大做文章。

1991年12月4日，利焕南先声夺人，以巨大的魄力计划一个月内投入150多万元巨资，在省内市级报纸、《厦门日报》、《福州日报》、省内市级电视台及香港《文汇报》上大张旗鼓地推出金侨花园的广告。

要达到什么效果？利焕南语出惊人："一句话，连垃圾桶都要塞满我们的广告。"他成为全国楼盘疯狂打广告的第一人。

广告来势很猛，是许多人意料不到的。

报纸上，有半版的，也有整版的，连续在显著位置推出，让人知道金侨花园。电台、电视台的音像攻势也没停止过。

销售楼花（即预售房屋）的广告做得如此惊天动地，确实产生了不小的影响力。

在珠江三角洲一带，金侨花园声名鹊起，令人神往。

人们因此知道了龙华即将成为改革开放的前沿，它与深圳一样是特区的重要地域。金侨花园不但不会孤寂，而且会成为闹市中的高楼。

人们纷纷来购买楼花，奔走相告，争先恐后。

当由40多名骨干、5名高级工程师组成的"王牌军"向金侨花园共12.4万平方米进军的时候，楼花就轰轰烈烈地开始销出。

任何一场"战役"都不平凡，都跌宕起伏。1991年12月4日，公司把第一期楼花定价为每平方米1180元。尽管价格低，但销售情况不尽如人意，只销售了20%。

利焕南最佩服的是毛主席，毛主席的宣传语是那么震撼人心，他和销售人员开始构思如何打赢"广告战"。

他们在报纸上登了一则这样的广告："金侨花园第一期全部

售完。"

销售第二期楼花时，价格比第一期提高了5%；三天内只销售了25%，但是利焕南又推出一则"金侨花园第二期楼花已售完"的广告。

这中间还有一段插曲，成为楼盘销售经典。这天，利焕南在售楼部的电梯里听到一对母女在争执，女儿抱怨说："让你早做决定，你就是迟疑不决，这下好了，前一期的都卖光了，这一期的又涨了价。"她的母亲无言以对，只得讪笑。利焕南会心一笑，他心中想起了一句广告词。

第二天，所有的报纸广告中出现了醒目的金侨花园广告词："今天的迟疑是明天的后悔！"

这句富有煽动性的话，激起人们的兴趣，击中了人们的内心。

利焕南沉住气，充满自信地推出第三期楼花，价格又上调5%左右。

金侨花园的价格比较低，均价才每平方米1380元，首期销售价基本上是成本价。

这样一来，第三期楼花很快就被一扫而空。紧接着公司又推出第四、第五期楼花，却还供不应求。

喜事是接踵而至的。

当金侨花园销售过半时，1992年春，邓小平到南方来视察深圳。这一信息很快传遍大江南北、长城内外。

作为改革开放前沿的深圳，这无疑是一次巨大的震撼；对整个中国而言，这次视察的影响是深远的。

人们看到，随之而来的是经济发展的热潮铺天盖地。房地产发展的巨大浪潮也快速来到。

港台工商界以及全国各地的企业界和商家都踊跃向深圳投资。再一次，深圳这块骚动的土地，外来人口骤增，许多公司在此时成立，企业实业一个又一个如雨后春笋般成立。

龙华镇的人气越来越旺了。

步子快一点，胆子大一点，改革开放、发展经济的热度随着邓小平的南方视察而升高。

利焕南这才舒了一口气。他日夜注视着楼花的销售情况。

销售员以最大的热情投入到这空前的销售浪潮中。最高峰时，销售部每天要售出50多套楼花。

盛况空前时，3名保安站在电梯内维持秩序，购房者拥在一起。后来规定：5人一次进入展览室预交定金。当时首期购房款只收10%，每套房最低仅收几千元，最贵的也只需13000元。因此，买楼的人络绎不绝。

销售部是众多购房者的目标，门槛被来者踏得震天响。财务人员记账点钞，忙得不可开交。

邓小平同志南方视察后，金侨花园的楼花销售已过半。公司却不敢贸然将剩下的商品楼大幅提价。利焕南的想法是：让百姓享受更多的实惠。最后，金侨花园所有楼盘一销而空。最先入市的客户却暗地里炒卖起了楼花，因炒楼花而成百万元户的不乏其人。

轰炸式的广告效应，使金鹏的企业形象产生了巨变。

1991年12月至1992年4月间，公司在4个月内卖出1500多套楼花，实现税前利润高达5000万元。

在金侨花园项目的开发建设中，因龙华总公司与金鹏集团均不具备房产销售资格，由当时宝安县的深圳宝安地产开发公司（现深圳市鹏宝东物业发展有限公司）与业主统一签订销售合同、统一开具发票、统一账户收款；再由深圳宝安地产开发公司按县政府规定扣除挂靠费及按县政府文件代收取专项利润、市政建设费等共1800多万元，扣完应收款（后来改称"地价"）后，才将剩余售楼款经金鹏集团用于支付金侨花园工程款以及向龙华总公司上缴利润1370

余万元。

曾经耳闻目睹了整个过程的深圳人至今仍对此事津津乐道，叹为观止。

以至于后来有香港、台湾的友人来深圳，他们只知道有龙华，而不知道有宝安县（区），他们以为过了罗湖桥就是龙华，不知道宝安是县，龙华是镇，这就是金鹏广告宣传留下来的影响力。

在龙华镇打的这场"战役"中，利焕南与时俱进，因时而进，取得了胜利，他的"善出奇兵"的商业运作方法，也令人耳目一新。

那些曾经反对利焕南在龙华投资的人开始拍案称奇："利焕南太有谋略和眼光啦！"

奉献的喜悦

金侨花园一幢幢崭新、漂亮的楼宇，金鹏商业广场辅楼以7天一层楼的速度创造的"龙华速度"，谱写了一曲金鹏赞歌。

70多个热火朝天的日子里，也锤炼出了金鹏的精神。

龙华鏖战，将金鹏锻炼成了一支能征善战的劲旅。

利焕南珍重与他一同奋斗的同志们，"他们是金鹏每幢大厦的梁柱，他们是真正的英雄"。

1992年是金鹏房地产实际投资规模较大的一年，也是建筑业"百团大战"的延续。这一年，主持深圳机场建设的指挥者、高级工程师胡文胜加盟了金鹏，成为总工程师。不久金鹏又高薪聘请了数名高级工程师，金鹏房地产的专业水平大大提高，作战能力大大提升。

利焕南不会停下脚步，善战者都会踏着节奏乘胜追击。

除金侨花园16栋住宅楼之外，金鹏工业村也有4栋厂房在建设之中。

1992年1月6日，金鹏公司投巨资收购了位于龙华的6栋"华富楼"和3栋"景华楼"，总建筑面积2万平方米，使之成为金鹏龙华房地产业的旗下项目。该项目被收购后，龙华在1992年再也没有其他现成的商品房了，这批房于当年6—8月在香港出售，赚了4000多万港元。

1992年冬，应东纵老干部的要求，听取上雪村老领导和镇领导曾新稳的意见，利焕南被感情和责任"迫逼"回上雪村，接手该村被潮汕商人开发的烂尾工程。该开发商为追求短期利益，推平山坡的土地后就以卖地为主。土地平整过程中为了减少投资，没有采取山坡护坡的加固措施，到1992年夏季暴雨来袭，洪水引发泥石流，危及村民的生命安全。村民苦不堪言，在东纵老干部曾鸿文的儿子曾光、曾强，镇领导曾新稳和上雪村老领导的要求下，利焕南重新回来接手烂尾工程，他们相信只有利焕南才有这个能力将这些项目做好。1993年春，利焕南一次性预付上雪村千万元，接手开发土地项目，后来演变成"金鹏学校"，演变成金鹏投资最大、效益最低、历时最长的"不成功"案例。

5月，金鹏集团与广东省河源市中旅社、广东省新丰江林管局合资，共同开发广东省河源市新丰江千岛山庄旅游开发区。这是金鹏的十年远景规划。金鹏集团以资金投入控股72.75%，开发区总面积4平方公里，区内的观音山、高龙半岛是重点建设区。开办项目包括饮食、娱乐、民俗文化村、健身、狩猎、陈列馆、商场、会议室等设施。

1992年8月18日，金鹏集团与广深铁路总公司签订兴建"金鹏中心"合约，金鹏投资额约1.5亿元。

1992年11月9日，经过3个月的"三通一平"，布吉镇金利广场基地如期顺利奠基，投资总额1.5亿元。

布吉镇金利广场的奠基仪式规格非常高，相关各级领导出席了奠基仪式。

胜利的果实铺天盖地地到来，但成功背后也有失败，利焕南是清醒的，他给自己的功过评定是功占70%、过占30%，他禁止别人神化他、吹捧他。

他一直以农民出身来告诫自己，要求自己做到"胜不骄，败不馁"。他一直以一个生产队队长的身份来要求自己，他响应国家号召，带领大伙在改革开放的潮头艰苦创业，然后回报社会。

一路经行，他有奉献的喜悦，也有失败的忧伤。

利焕南暗暗记取了失败的教训，在未来的日子里，尽可能减少和避免失误。

屈指一算，才3年的时间，他便在地产行业创造了这么多业绩，实在是改革中的奇迹。

上雪村的村民不会忘记这位开创者，他的到来使上雪村充满了活力，工业区的开发激活了村里的经济发展动力。

龙华人民不会忘记这位创业者，他的金侨花园，基本上是微利销售，而他最欣慰的是，使普通百姓"居者有其屋"。

第十六章

踏实做人，
回报社会

谨记农民的本分

1991年底，利焕南与广州军区管理局副局长甘玉球相会于北京，同时会见的还有时任总参谋长迟浩田的女儿迟星红和她的一位战友。利焕南向朋友们介绍金鹏公司在改革开放中取得的成绩，还深情回顾了与东纵司令曾生的儿子曾凯平、女儿曾克南作为知识青年上山下乡时在紫金临江老家共同劳动的生活趣事，利焕南风趣生动的讲述吸引了大家的注意力。

利焕南对迟浩田的大名早就钦慕已久、崇拜有加，他向迟星红发出邀请，在方便的时候请迟总长吃个"粤系饭"。

迟星红把利焕南企业宣传的照片和资料拿回给迟浩田看，迟浩田得知利焕南与曾生部长的关系，又是农民出身，创业不忘乡亲父老，致富不忘回馈社会，便欣然同意接见利焕南。

第一次见到迟浩田时，利焕南心潮澎湃、热血沸腾、心情紧张。他回忆起1970年冬报名参军，体检过关了，却因为外婆家的社会关系问题而不能实现参军的愿望，成为他终身的遗憾。堂哥利观桂1968年入伍，后来当上了班长，利焕南引以为荣。而今，一位共和国上将、总参谋长面对自己，如此平易近人、和蔼可亲地闲聊家常，问经历，问企业情况，问当地子弟兵情况，利焕南心里热乎乎的。从这以后，利焕南每年都会去探望他一两次，迟浩田也会在百忙之中接见他。

迟浩田得知利焕南与曾生将军及其家属的渊源后，对利焕南说："曾老将军是开国将军、老首长。"

听迟浩田讲述当年东江纵队的往事，如历历在目。迟浩田讲述的故事，曾生、曾鸿文等东江纵队老同志的亲口讲述，这些都深深地影响了利焕南，也促使他20多年后有了研究东江纵队历史的想法。

迟浩田与利焕南非常投缘，他非常喜欢接地气、不忘农民本分的利焕南，他语重心长地对利焕南说："咱们是土生土长的农民，要踏踏实实做人，为国家为社会多做贡献。"第一次见面，他与利焕南约法三章："第一，不要借我的名义在外边做招牌；第二，不能干预部队内部的事情；第三，你要用你的能力合法经营，多多回报社会，这样我们永远是朋友。"这三句话也成了利焕南行事的准则和30余年的座右铭。至今，30多年过去了，利焕南将"小爱"转变成"大爱"，将对人民子弟兵的感情转换到拥军优抚的实际性工作上，回报社会，心系国防30余年，保持生产队队长的本色直至退休。

在对待金钱与原则的问题上，利焕南坚守道德底线。1992年底，利焕南宁愿无抵押借款2000万元给某地方领导指定的某公司，也不愿听他指示送100万元给他指定的个人。借出去的这2000万元三年后只收回了价值不足400万元的滞销房产，公司虽然因此亏损，但这属于公司间的经济问题，而如送钱给个人则是行贿问题。利焕南守住了良知与道德的底线，也在危急关头选择了正确的方向。

1992年春，利焕南接到好友吴亚明的邀请，请他前往广州军区深圳接待处荔园宾馆。这里是一处掩映在一片荔枝林内的幽静庭院，中间矗立着一栋老式的水泥小楼房，四周荔枝古树郁郁葱葱，鸟声婉转。

这里是广州军区接待军区领导和北京首长的地方。南方临海，空气潮湿，加之建筑修建已久，虽然打扫干净，却仍显得很朴素，甚至有些寒酸。

在吴亚明的带领下，利焕南参观了接待处。利焕南多年来从事建筑开发，本身具有"职业病"。他边走边看，对吴亚明说："你们这里的建筑太破旧了，都已经是几十年前的建筑了，不但不美观，还有安全隐患。"

南方的发展如此迅速，而招待所代表着南粤的形象，不应该用这么简朴的房子招待北京的首长呀！

利焕南对部队有感情，他说，我们这一代人是改革开放的受益者，我们理所当然地要为我们的国家做出贡献。他当即对吴亚明表态：我捐120万元，装修招待处三层小楼。

吴亚明喜出望外，他赞赏地说："你做这么大一件好事，要把你金鹏的名字刻在建筑上永远保留，以表感谢。"

没过多久，楼房就装修好了，三层小楼焕然一新。

新楼启用仪式邀请了利焕南及他的兄弟们作为特邀嘉宾参加，招待处对金鹏的捐助表示感谢。

利焕南说，我从小就对部队有很深的感情，只有在国防力量强大的前提下，人民才能够安居乐业，企业才能发展壮大。

利焕南在这里收获了友谊，结识了不少部队里的朋友。

利焕南不忘农民本色，保持着生产队队长的作风，他的质朴、热情、真诚的品格得到了领导的肯定。

1992年4月，国务院副总理、港澳办公室主任姬鹏飞接见了利焕南夫妇。

姬鹏飞担任过国务院港澳事务办公室主任，利国伟是香港政经界颇具影响力的爱国人士，同时是国务院港事顾问，对香港回归祖国及贯彻落实"一国两制"贡献良多。颐鹏飞对利国伟的宗侄相当重视，不但安排在人民大会堂广东厅接见，还安排了媒体进行采访。第二天，香港《文汇报》《大公报》报道了"利焕南访京，姬鹏飞接见"的新闻。

在姬鹏飞接见利焕南时还发生了两个插曲。姬鹏飞接见利焕南非常正式，并且做东宴请了利焕南夫妇。宴会结束后，利焕南想等姬鹏飞退场后再离开，秘书悄悄拉过利焕南说："利总，该退席了。您是客人，您不先走，我们不能走啊！"利焕南恍然大悟，连忙告辞。

还有一次，利焕南宴请北京老领导，就请老领导坐主位，工作人员提醒："是您请客，应该您坐主位。"利焕南自嘲说："我是刚刚洗脚上岸的老农民，不懂得那么多高规格的礼仪，闹了不少笑话！"

11月，金鹏公司的大型物业金利商业广场在布吉镇奠基时，有老领导前来祝贺。

老领导听到了关于龙华老区——这一闻名世界的港九大营救发生地近年来在改革大潮的推动下蓬勃发展的状况，高兴极了。

是的，当初龙华的一些地方还是一片寂静荒凉的景象。利焕南成了龙华经济开发的先锋队，仅仅两年，这里就变了，处处涂满了"金鹏"的色彩。

在阳光下，金侨花园是那么明亮、雅致、整齐。5万平方米的土地上耸立着16栋7层高的商住楼，气势非凡。总建筑面积达10多万平方米，拥有1600多个住宅单位和商铺。而且，楼宇造型大方，类别多样，凡是住进去的人家都赞不绝口。这个要投资1.5亿元的大项目，而利焕南在1991年的启动资金仅仅200万元。

利焕南在苦水里泡大，在坎坷的路上得到磨砺，所以造就了他钢铁般的意志；他贫苦农民的出身，也孕育了他的善良、豁达、大度和爱心；也因童年备受没有书读的痛苦，使他对失学儿童以及童年、少年受苦者寄予深深的同情。

利焕南在一次捐资助学仪式上说过这样的话："提高全民族的科学文化水平，搞好社会治安综合治理，是振国兴邦、造福后代的大事、好事，我炎黄子孙人人有责，在这方面尽我绵薄之力是我的本分。"

1983年，利焕南从卖屋到深圳创业时就开始每年都捐款；他有了一些收入，便记住自己的"本分"，不间断地为我国的教育、儿童少年福利和其他公益事业慷慨解囊，捐赠给有关教育单位、儿童少年基金会、疾病防治、社会福利基金会等机构。

从资料上来看，利焕南捐赠的单位有：中国性病艾滋病预防基金会、中国儿童少年基金会、中国女子大学、中国国际战略研究基金会、布吉镇职业中专金鹏教学科技楼、河源市义合中学、河源市宣传基金会、河源市公安局治安基金会、古竹大桥、深圳市治安基金会、利民国际奖学金基金会、布吉教育基金会、龙华教育基金会、龙华和布吉驻地部队等。至1992年底，捐款已超过2000多万元，当年要卖掉金侨花园16000平方米的商品房才能得到这些捐款。

奉献爱心，回馈社会

1992年4月5日，利焕南清明节回乡扫墓，恰逢家乡阴雨连绵，道路泥泞，加之乡道在进行拓宽维护，利焕南的小车被困在半路。望着东江河两岸依旧荒凉落后的渡口，利焕南陷入了沉思。

利焕南决定捐款用于家乡的建设。

1993年5月11日，在河源东江宾馆，河源市人民政府为利焕南补办的捐赠仪式正在隆重举行。

利焕南是这方水土养育的。这里的山水曾留下过他蹒跚的足迹和童年破碎的梦。流散的鸟儿不忘森林，利焕南远走他乡很久了，然而，他没有忘记自己的根。当他有了能力的时候，他首先想到自己的故乡——他回来了，像儿子回到母亲的身旁。

"我无时无刻不怀念河源的父老乡亲，我珍爱家乡的一山一水一草一木，希望家乡能早日建成富强、文明的乐土。"利焕南在人们期望的目光下讲了这番话。

父老乡亲望着这位赤子，听着他的肺腑之言，深深地感动了。屈指一算，30多年过去了。30多年前，一个贫穷的小孩在山里山外徘徊。生活的重担压着他，他一次次失学，一次次到异地谋生。那时，焦灼的阳光烤红了他的脸。没有尽头的山路在延伸着。他在山路上走，小小的身影没有引起谁的注意。他是那么普通、那么平凡，是乡野里最普通平凡的小孩。

因为修建新丰江水库，大水浸泡了他的家园，也浸泡了他童年的梦境，他离开了曾在那里发出第一声啼哭的家。

他随父母乡亲离开了，走到义合，走到博罗，走到紫金——依然是穷乡僻壤，依然是为三餐奔波，依然是为读书而焦虑。

然而，他没有忘记故乡，没有忘记自己的根。

今天，一位游子回来了。他是带着一颗赤诚之心回来的。他惦记着这里的山山水水，惦记着犹如自己童年时模样的孩子们，还有久经风霜煎熬的老一辈乡亲。

他决定为家乡捐献200万元。

他说："这是我的小小心意，请父老乡亲笑纳。"他把钱分开捐赠：社会治安综合治理基金50万元；市公安局公安装备基金50万元；市郊区义合中学（利焕南的母校）建教学楼50万元；《河源报》筹备金30万元；古竹东江大桥20万元。

当时的市委书记代表河源乡亲接下了这份厚礼，他很激动。他对乡亲说："利先生是香港勤鹏发展有限公司董事长，是深圳金鹏公司董事长，他不但慷慨解囊，热心支持家乡建设，而且给我们带来了金鹏人'忘我廉洁，荣辱与共，团结同心，开拓向前'的创业精神，这对我们也是很大的启发和帮助。"

利焕南的奉献之心不止于家乡，他的爱心播洒在祖国各地。

1993年3月22日，香港《文汇报》报道，中国少年基金会3月21日举行理事会，一致推选时任全国人大常委会副委员长陈慕华为新一届理事长。陈慕华表示，愿和全体理事共同努力，办好基金会。利焕南被委任理事一职。

1993年5月20日，《深圳商报》在第一版刊登了利焕南在深圳捐款的消息。

这次，他将个人名下的30万股金鹏自然人股票捐给了中国儿童少年基金会。

记者特别写道：河源籍的利焕南告诉记者，他小时候只读了8年书，转了7所学校，曾两度失学，所以他特别同情因贫困而失学的儿童。

金鹏实业股份有限公司总经济师王祖启说，利焕南董事长的各项捐款，均系他个人财产，与金鹏实业股份有限公司的财务无关。

1994年4月26日，中国儿童少年基金会理事利焕南向金鹏员工发出倡议：为了让我国所有失学女童重返校园，动员大家参加"亿万爱心献春蕾"活动。

女童教育一直是全球发展中国家普及初等教育的主要困难。1990年3月在泰国曼谷召开的世界全民教育大会提出：到2000年在全球范围内普及初等教育，首要任务就是要保证女童和妇女入学机会。中国当年1.8亿文盲中，女童占70%以上。

利焕南为此奔走呼吁。他说："国家振兴，教育为本，少年儿童的素质决定着中华民族的前途与未来，只要少吃几顿佳肴，少穿几件名牌，就能支持一个或几个失学女童，人人献出一份爱心，'积跬步而至千里，积小流而成江海'，就能让千千万万的失学儿童重返校园。"

金鹏集团员工积极响应利焕南的倡议，纷纷捐献，只几天就捐赠了2万多元。

利焕南把金鹏员工当作自己的家人和伙伴，给予他们无微不至的关心和爱护。

在利焕南的眼里，来自五湖四海的员工都是兄弟姐妹，都应得到温暖，享受到幸福的生活。

1992年，金侨花园正销得火热，几期推出的楼房供不应求。

利焕南想到了员工还有后顾之忧，就是住房问题，住房是他们梦寐以求的深圳梦。

他毅然做出决定：金侨花园以销售价的30%～60%作价，再以预交一半房款，其余分5年60期在工资中扣除的付款方式，作为福利房卖给公司员工，并借5000～10000元迁户款给员工办理迁户。

这一决定，像一场春雨降落在金鹏人的心田。在深圳，居者有其屋，是多少远离家乡的建设者的追求呀！有些人追求10多年，甚至一辈子也没有，然而金鹏人得到了。利焕南为此也改变了数以百计村民们的命运，使他们终于走出山村，融入城市。

金鹏集团的一名员工在她的记录本中写着："想起离开家乡时母亲说过的'你在家20多年从没出过远门，也没单独住过一间房'，我就暗下决心，一定要拥有自己的'一间房'。在众多同事和朋友的热情帮助下，我终于凑齐了22000元房款，买了一套78平方米的三房两厅居室，并将户口迁入了龙华镇，同我一样在1991年前被聘入公司的员工都有了一套宽敞的住房，轻而易举地圆了深圳千千万万打工者奋斗多年仍是一片空白的住房梦、户口梦。"这段感人肺腑的话，洋溢着员工对金鹏、对利焕南的感谢之情。

情深义重

1992年，利焕南在香港尖沙咀购买了一层办公物业，成立了香港勤鹏公司，香港恒生银行董事长利国伟先生亲自到场祝贺。

送别利国伟时，利焕南见司机开了一辆自己没见过的汽车。

利焕南到香港不久，又不认识各类车的品牌，他也不追求豪车，就感慨道："利国伟先生真是艰苦朴素，这么大一位企业家，用的轿车也很普通，连个奔驰都坐不起。"

在利焕南印象中，国内最高档的轿车就属奔驰了。

聘请的香港经理悄悄在他耳边解释："奔驰车没有利国伟先生的这辆车贵，奔驰车一二百万元，而利国伟先生的这辆车是宾利，能买三五部奔驰车。"利焕南说这件事曾被传为笑谈。

利国伟先生非常爱护同宗的利焕南，他通过各种渠道听到利焕南在经济方面取得的成就、在公益慈善方面做出的贡献，由衷地感到欣慰。

利焕南建设金鹏工业村和金侨花园时，他还专门托利智民为利焕南送来了亲笔题写的名字。

他对利焕南提携有加，欣喜在后辈当中能出现这么有魄力的企业家。

2013年8月，利国伟先生在香港逝世，享年95岁，香港各大媒体头版头条刊发了这位政经界元老辞世的消息。

利国伟先生逝世时，利焕南正在四川开

与利国伟先生合影

会，听闻噩耗，他以中华利氏联谊会创会会长身份，嘱托现任会长利耀宜前往吊唁。

在利国伟先生的追悼会上，追随了利国伟近40年的秘书还在四处寻找利焕南，他问时任会长利耀宜："焕南先生怎么没有来啊？"

利耀宜解释说："利焕南董事长远在四川参会，走不开，让我代表他致哀。"

利焕南重情重义，他有恩必报，有口皆碑。当年帮助过他升入中学的小学校长、帮助过他的父老乡亲，甚至当年他贩运水泥时分管列车的工作人员，但凡有过一面之缘而关照过他的人，他都竭尽全力地给予回报。他的这种感恩之心，实属罕见。多年来，他始终如一，甚至在自己艰难的时候，借钱也要回报他的朋友们。

他不满20岁娶的前妻，因为性格原因，两人只生活了短暂几个月就宣布离婚，但他前岳父母一家，一直都是由他关照生活、悉心照料。甚至他前岳母在临终去世之前，也一直在等待着他，想见他最后一面。

利焕南这个人有个性，他重情义，既疾恶如仇也情深义重。

与革命老区的不解之缘

1987年9月，利焕南筹集了10多万元资金，成为上雪村的第一个投资者。

当时的上雪村投资条件极其恶劣，沟壑林立、沼泽遍布。这里曾经是革命老区、东江纵队的根据地；这里是曾生同志生活和战斗过的地方。这里原来居住着300多口人，到1987年，有条件、有经济能力的人都纷纷移居深圳、香港。1987年，这里还很贫穷，贫瘠的土地昏昏地沉睡着，利焕南感觉到像是一块石头压在他的心头一样。

他对这里有莫名的亲切感，因为他对革命老区有感情，他对传奇人物心怀敬仰。利焕南愿意在这里投资，用自己的力量改变这里，使老区能乘改革的东风，旧貌换新颜。

将自己经营数年的所有积蓄投资上雪村，面对一片条件恶劣的原始地块，或许是一种冒险，利焕南也是摸着石头过河，他一点把握都没有，他的投资决定也是经历过几个不眠之夜才做出的。

金鹏工业村建好后，上雪村终于不再是一块处女地了，终于迎来了改革的曙光。

投资上雪村之前的1983年冬，利焕南先结识了东江纵队的老革命、上雪村人曾鸿文。

利焕南从曾鸿文那里了解了更多的东江纵队的事迹，愈发对东江纵队的历史文化产生了兴趣。

要在这样一个革命根据地搞经济建设，愿望是好的，但也困难重重。利焕南十几岁就在前进移民新村做生产队队长，与社员打交道，他知道老百姓的需求，想实心为百姓办事。但是，在老区搞开发建设也是举步维艰。

利焕南曾向老村长曾新来询问过当年上雪村一年的经济收入，得到的回答是，上雪村一年的总收入是18000元左右，全村150多口人靠这点收入分红，极其微薄。

利焕南在仙人坑将金鹏工业村建成后，借改革开放的东风，将工业村发展得风生水起，带动了上雪村这个原始小村向工业小村的转变。

利焕南不改生产队队长的本色，事事为上雪村操心。他看到上雪村逐渐有了起色，工业区带动了相关工业厂房的建设，村里也陆续建起了不少工业厂房。他找到当时的村长曾天生，向他建议："村里的房子虽然建起来了，但不能这样随意，首要的是先去办理相关房产手续。"

曾天生村长听后说："地是我们村里的地，山是我们村里的山，房是我们村里人自己建的房，要办什么手续，花那个冤枉钱？"

利焕南据理力争，说："你这话不通，中国960万平方公里的土地是中国共产党领导中国人民努力抗战，以数以千万计先烈的流血牺牲换来的，山是国家的山，地是国家的地，房子也是建在国家的地上的，都要服从国家的土地政策，什么是你村里的？你不办理合法手续，稀里糊涂地建房就是属于违建，违建总会有被拆除的那一天。"

在利焕南的说服下，曾天生村长这才意识到事情的重要性，当时花了三四万块钱的"巨款"，为村里办理了近5万多平方米的房产确权，为上雪村的集体资产加强了保障。

上雪村有了这一批房产证后，在1993年组建金鹏股份公司时，占股份公司6.9%的股权，曾天生村长也成为股份公司的董事，如果股份公司上市成功则市盈率最少涨10倍，该村资产增至上亿元，彻底改变革命根据地的旧貌。

利焕南还不遗余力地向外推荐上雪村，为上雪村招商引资。他做过基层工作，眼光独到，做事有理有据。

中国房地产公司广州公司的总经理周建新问利焕南："你在上雪村的投资收益如何？"

利焕南以事实说话，实言相告："在上雪村的投资年回报率超过20%。"他极力促成了周建新在上雪村的投资。中房是央企，实力雄厚，一下就投资建成了5万平方米的工业厂房，年利润在500万元以上。中房与村里签订的租地期为25年，25年过后，逐渐将工业区移交给村里，2015年前全部交回上雪村。该地块目前正在实施旧改，预计旧改赔偿为8万元每平方米左右，单此项，即为村里增加了数十亿元的资产。近几年，上雪村是龙岗区村民分红、物业出租受益最高的村，比被誉为"深圳第一村"的南岭村还高。

除此之外，利焕南还利用一切可以利用的机会，带领上雪村的相关人员出席商务活动，增长他们的见识，拓宽他们的眼界。

利焕南就是这样，他没架子，平易近人，处处为集体、为他人着想。

利焕南在金鹏工业村建设成功以后，商业版图迅速扩大，转而进行龙华金鹏商业广场、金侨花园、布吉金利商业广场等房地产建设，发展势头迅猛，事业蒸蒸日上。他原本有更好的项目可以开发，但上雪村1992年夏天发生泥石流，他只好无奈地回来处理这"烂摊子"。他知道这是出力不讨好的事，要处理多少棘手的问题啊，他想起了曾生将军的深情嘱托，想起了东纵先辈们的无私付出，他有责任感和情怀，思虑再三，还是义无反顾地回到了上雪村。

随着利焕南商业版图的扩张，投资重心逐渐向龙华、上海倾斜。上雪村也借鉴利焕南的开发模式，由村委招商引资，自主开发工业园区，并与潮汕商人签订了开发合约。对于村里的继续开发，利焕南持支持态度。村里开发用的一些施工设备等都放置在利焕南的工业区内，他从心里期盼着上雪村的村民能过上好日子。

但受人力、资金等条件限制，村里找的合作方开发起来并不顺利，合作方急功近利，四处平整土地，推山移土，山坡又没有砌挡土墙，夏季时一场暴雨下来，暴雨冲刷着泥土，泥水混合着山石直接倒灌进了村里，村里所有的路都被黄泥水淹没了，甚至地势低矮的房间里都进了黄泥水，村子里一片狼藉。村民们怨声载道，提出了反对意见，对村里的做法不支持，并反映到了布吉镇政府。

镇政府和村委开会商讨过后，一致认为：只有请利焕南出山接手，才能收拾这个烂摊子，除了请利焕南出马，目前实在找不到解决问题的人。

利焕南是豪爽的，是热情的，也是充满责任感的。对他而言，上雪村的项目困难重重，没有必要去接手。但他心中守着一份责任和义务，他以高出市场价的价格，一次性支付上雪村千余万元，接手了上雪村的烂尾工程，接手了另一块待开发土地。

上雪村开发项目终于又步入正轨，村民的心里也有底了，他们相信利焕南有这个能力让这些沟沟壑壑的山地成为聚宝盆。

后来证明，利焕南花千万元现金接手这个烂尾工程是个错误的决策，但他的感情战胜了理智，为革命老区付出，他无怨无悔。

当时利焕南已开发完金侨花园，上海杨浦金鹏花园数亿元的项目又要上马。

利焕南接手的上雪村那块土地工程难度相当大，要推平的山头高出水平线39米，需要填平的沟壑有30多米深，20多万平方米的基地没有平地，全是丛林沟壑。平整过后约有20万平方米。受环境限制，该地块只能发展物业，很快就竖立起巨大的广告牌"金鹏物业城"。物业城的计划失败后，那块地直到1998年政府要收回去，才匆忙启动，又投资一亿多元建了不合时宜的"金鹏学校"，最后彻底失败了。后来，为了支持上雪村的经济发展，利焕南又退回上雪村开发用地近4万平方米。

利焕南与上雪村结下了不解之缘，为上雪村的经济发展注入了强劲的动力，是上雪村经济发展的重要驱动。

上雪村从20世纪80年代中期年收入18000元，到现在的固定资产数十亿元，旧改项目得到10万平方米，资产增值了数万倍，利焕南看在眼里，喜在心里。如今的上雪村村民早就过上了富裕的生活，每家每户都有自己的超高楼房，用当地人的话说，90%都用来出租，年入百万元的四口之家都算是"贫困户"了。

第十七章
金鹏改制
理想

构思股份制

邓小平的南方视察为深圳送来了春风，没有改革开放的大时代，就没有深圳的快速发展，更没有金鹏乘风而起的发展。

利焕南庆幸赶上了好时代。

步子快一点，胆子大一点，正像是对利焕南这样的企业家的督促。改革开放，发展经济的温度持续上升。站在改革发展前沿的利焕南也感受到了股票、高科技等时代新兴事物的冲击，但他想得更多的是金鹏的家底、历史背景和综合力量。他心里也在掂量着金鹏能不能顺应时代发展潮流，朝集团化发展，走股份制的道路。

金鹏自1979年底成立广东省紫金县临江综合商店，有了第一个单位后，到1983年承包经营福田建材综合商店，再到成立金鹏公司，在创业中经过几个跳跃阶段，迅速发展壮大。

居安思危，利焕南发现，金鹏所处的集体与私营的不利位置和自身的局限性，将成为金鹏继续腾飞的阻碍。

一些困惑，常常缠绕在他的心头。

一是房地产的投资和收入占95%以上，其他行业拓展不快，生存能力较差。万一大气候有变，无疑会受困于一地。还有，公司以房地产业为主，开发面积达20多万平方米，上缴税利5000多万元，政府却从来没有给过开发权，只能挂靠国营企业，上缴利润。

二是企业发展需要杰出人才，人才缺乏，适应现代企业发展的开拓性、专业型人才更缺，加上私营企业"家族兵团"的味道浓厚，难以发挥人才的作用和留住人才。

三是没有形成科学的管理机制，缺乏系统先进的管理手段。工作过多地依赖于一时的热情或凭感情做事，公司运作不规范，容易造成失误。

四是公司给外部以私人、家庭企业的形象，常被政府部门排斥、归于"个体户"的行列，享受不到合理的利益和政策优惠，调干、调工指标无法申请，使公司人员流动大。银行界对这种企业防患意识强，你有再多的资产抵押，每次也只能给予100万元至500万元的贷款。

改革开放给了金鹏很多机会，但现实又赐予它一道道桎梏。

利焕南为了企业能发展、腾飞，苦苦思索了好几年。他想：不冲破这些束缚，企业就只能跳独脚舞，就无法去争取更广阔的生存空间，发展便会成为空话。

正在这时，机遇来了。

邓小平的南方视察讲话，使中国的股份制试点跃入一个新阶段。

利焕南十分注重学习研究时政，他惊喜地看见股份制已经等来了时机，金鹏应该抓住机会。

"机遇加胆识"，是世界经济名人成功的奥秘。

利焕南不失时机地派员去学习，联系有关单位，拜访权威人士，虚心向内行人请教，还到政府机关请示，求得他们的支持和帮助。

有些领导不理解，说："利焕南搞的是私营企业，搞什么股份制？"

利焕南也觉得困难重重。朋友理解并鼓励他尝试，金鹏员工奔走相告："董事长有眼光，要搞股份制了，金鹏是大家的了。"

股票如果上市，员工欢呼雀跃；一元变多元，如魔术般奇异；股民热爱金鹏，金鹏为世人所瞩目……

许多想象，许多浪漫色彩，许多说不尽的喜悦。

很多人都说："利焕南的钱够多了，他还折腾股份制寻求上市干什么？"只有理解他的人才知道他心底的想法，他是真心实意地想让这只从乡下飞出来的金鹏能长久地发展下去，能打造出金鹏的金字招牌。

立身之道，在于相时而动；而成功的桂冠，也总是戴在善于审时度势的人头上。

利焕南几次赴京，请教股份制行家。他构思以龙华物业发展公司（属镇政府企业）为发起单位，金鹏参股，是行得通的。

他在北京打长途电话给利伟明："不管怎样，你死都要让上头批下来。"金鹏是"集体与集体内联"企业，人家看不起。经过利伟明、利玉民全面出击，做大量工作，终于在1992年12月26日宝安县临近撤县改区时，搭上最后一班车，由宝安县政府批准成立金鹏股份公司。

1992年正是股份制企业相继兴起的年头。

企业以这种方式集聚大量的社会闲散资金，迅速壮大自己的力量，创造更好的效益。而社会上大量的闲散资金也得以聚集，谋求更高的回报。

股份制具有巨大的魅力，资金的需求和供给在最佳的点上结合。怎样吸引投资，如何给投资者以高的回报，成为各企业思考的问题。

按照国家股份制改造的规定，根据金鹏的实际情况，参照其他内部股份公司的方式，金鹏实业股份有限公司由宝安县龙华镇经济发展总公司物业发展公司（镇政府企业金鹏承包单位）为主要发起人，向深圳宝安金鹏商业服务公司、金利嘉厨具（深圳）有限公司、深圳金鹏丝绸时装有限公司布吉镇上雪村定向发行股份，以上单位职工及其亲友内部集资为辅，构成股份公司的股本结构。

经宝安县政府各级有关部门批准成立，注册资金1.2亿元人民币，其中公司占股79.6%，员工和社会自然人占股20.4%。

利焕南在吸引投资入股的策略方面出了高招。他根据金鹏的经营预测和经济实力，摸清了投资者的心态，提出"让投资者高回报，低风险或无风险"。

金鹏实业股份有限公司章程的第三章第十三条规定如下：

公司股票在认购后，自然人股东在两年内之股息、红利由发起单位及法人股东承包，两年内自然人股东不承担公司经营风险。年息和红利享受21.6%，并对股票的转让、赠与、继承、抵押作了宽松的规定。两年半不能上市，股民可向发起人原价转让。

股票的本质就是风险共担，利益共享。金鹏股份发起人让投资者的风险等于零，这是有别于其他公司的策略，是由金鹏本身的经济实力和金鹏领导利焕南为股东带来利益的决心所决定的。

1992年，深圳股票投资热度不断提高，为全国所瞩目。

具有魅力的金鹏股票，吸引着更多的投资者。利焕南很高兴。他让金鹏在股份制的道路上迈出了成功的一步，摆脱了"私营""个体"的困境。

高薪养勤和高薪养廉

1992年，金鹏处于发展的核裂变期。

利焕南百事缠身，但他头脑异常清醒。

大浪淘沙，有真金，也有泥沙。房地产业旗开得胜，形势越来越好了。他意识到，越是在庆祝胜利的时候，也是最容易出问题的时候。

随着大跨步的发展，公司内部开始出现腐败者、堕落者和满足于现状者。金鹏遭遇挫折时，有人抱怀疑悲观失望情绪，曾使金鹏一时陷入迷惘。如今，金鹏有了起色，羽翼日渐丰满了，便随之而产生了腐化堕落、自满懒散现象。

由俭入奢易，由奢入俭难。利焕南警觉的时候，就发现公司已经置身于这些恶习和丑恶现象之中了。

金鹏中的这些现象令人心烦意乱。

1992年11月26日，利焕南再次召开会议，统一思想。

在布吉金鹏工业村山顶别墅里，利焕南亲自主持会议，参加人员有利玉民、利凤怀、利伟明、利伟平、利添华、胡文胜、古耀明、谢金萍、江伟华、许启单、利月平、钟浪珠、利国宜、梁流芳等20多位金鹏高层领导。

会场的气氛一开始就凝重、沉闷。与会者正襟危坐，默不作声。也许大家已闻到了火药味儿，生怕某一句不慎而惹火烧身。

利焕南的脸色庄重而严肃，他虽然暂时隐而不发，但箭都已在弦上。

利焕南切入正题，他说："今天的会不是表功，而是整顿，是批评与自我批评，是挖身上的邪根、毒根。"

这话是人们早就意料到的，他们也早意识到公司中潜藏着不时冒出来的破坏因素，必须来一场急风暴雨式的清洗了。

"是的，我们必须整顿，必须在这里把这次会议开好。这一年，我们的房地产业正遇上天时地利，旗开得胜。以房地产业为主，酒楼、时装经营为辅的金鹏，羽翼好像日渐丰满，呈现一派蒸蒸日上的发展势头。我们应当为之高兴，但是我们不能低估已严重滋长着的不利因素。这些不利因素对公司有腐蚀、破坏作用，大家已有目共睹。损公肥私、讲享受、讲安逸、懒散、不守纪律等现象相当严重。从今天开始，我们要好好整顿了，要整掉这些不良习性，要开展批评和自我批评。整顿的目的完全是为了惩前毖后，治病救人。"

他先开刀解剖自己，自我批评。

身为董事长，失误的教训是深刻的。在实施各项策略时缺乏周密的部署和督促检查，对具体战役了解得不深不细；未能及时解决各种疑难问题；有时急躁起来不够冷静，脾气不好，伤害了一些同志的自尊心；由于战线一下子拉长，兵力部署欠佳，有顾此失彼的现象，尤其是转战龙华以后，人员增加了，对日夜奋战在工地的工程师、工人关心照顾不够，还请多加理解和原谅。

他说，在"百团大战"中表现出非凡业绩和才华的人员，都值得我们学习。

他要与会者撕破脸皮对他进行批评。他保证虚心接受，引以为戒，痛改缺点和错误。

加盟不久的总工程师胡文胜说："我诚恳地希望利董事长把目光放得远一点，要深谋远虑。要下决心摒弃家族企业狭隘的管理方式，淡化家族企业色彩，实行大权独揽、小权分散的管理方式，让公司尚未脱颖而出的人才找到用武之地。"

钟浪珠也发言，他十分赞同胡文胜的透彻分析，说出管理上的失误对金鹏的危害。金鹏乘胜追击有发展的趋向，但是，如果不把新的管理方式注入各个环节，满足于一般的号召和大小事一把抓，就无法形成突击的力量。家族色彩使许多人看不到自身的利益所在。打工式的劳务关系，最大的问题是员工没有当家作主的精神。投资扩大生产无疑是必要的，也迫在眉睫，但更应注意的是招贤用贤，发挥每个员工的积极性和才华。正规化、高层次的企业，要理顺经营机制以及制订一套完善的内部管理制度。

利焕南听得入神。他觉得金鹏人的心是透明的，眼睛是明亮的。他们都是为了金鹏好。他们是一群有智慧的管理者。过去发挥他们的主观能动性不够，许多事情不敢放手，这就是管理和用人上的不足之处。

利焕南从人们的发言中，看到民主风气的重要性。"三个臭皮匠，顶个诸葛亮"，他们的批评、建议是金玉良言，应当记取，应当付诸实践。

利玉民、利凤怀、利伟明等也作了自我批评。作为金鹏的决策者之一，是主动工作还是被动工作？是全心投入还是事不关己、高高挂起？是否廉洁奉公、身先士卒？是不是密切配合、团结一致？是不是严于律己，起模范带头作用？

这些从乡土中走来的创业者，有一个从不自觉到自觉的自我解剖过程。诸如企业管理，人的积极因素，变幻莫测的商场，对政治形势和经济形势的透彻分析，雷厉风行的作风，等等，需要学的还有很多。

悔恨、惭愧、内疚，使他们看到了自身的缺陷。

许多企业销声匿迹，其原因在哪里？很大程度上是领导者的肤浅和盲目，没有带好这个头。

利焕南认真地听了大家的讲话，他说："我们要立即整改！事不宜迟，我们不能等待了。"

利焕南明确地指出金鹏近期出现的种种不良倾向，各部门的问题是什么，拖拖拉拉、自由散漫、得过且过、事不关己、高高挂起，这是各部门职员中存在的较为普遍的问题。"做多做少都是打工"，这种论调是能听到不少的。因此，公司内没有主动拼搏的良好风气。

企业还存在贪污受贿的苗头。有人因此而损害企业的利益，败坏企业的声誉，干工作讲价钱、讲条件。甚至有人打小算盘，用企业的条件经营自己的"事业"。

随着战线的延伸，战场大了，人员之间配合不紧密，相互埋怨，彼此扯皮，推卸责任。人际关系没有初期那样好了，那种融洽的气氛渐渐少了。

现象都摆出来了，高层领导到底有没有责任？要不要作自我批评、自我改正？

气氛又一度陷入沉闷。

利焕南意识到不能再掩盖矛盾了，对于这些问题，高层领导只有触及自己的思想和痛点，才能轻装上阵。

他撕开了情面，说："我们当中的一些人自以为在金鹏干的时间长了，当上了领导，有资本了，可以居功自傲、目空一切了，在其位而不谋其政。的确，创业初期，困难重重，开创金鹏，苦没少吃，累倒了又爬起来。金鹏不会忘记你的功劳。可现在，金鹏刚刚起步，还没有脱离困境，就以领导的身份居功自傲，这是金鹏所不能容忍的错误行为。"

听了这话，有的人脸上火辣辣的，有的人低着头在默然地抽烟。空气凝固了，大家都屏住了呼吸。利焕南想，自己是不是把话说重了？

利焕南还是要说，他早就想好好地列举事实，让大家猛醒。他继续说："小小金鹏，复杂着哪。一些人拉山头，搞帮派，部门与部门、员工与员工之间互相排斥，甚至拆台，谈不上什么合作。你们各部门的领导检查一下，是不是这样？这样下去，各自拉山头当绿林好汉好了，还聚在一起干什么？想不到帮派的阴魂至今还不散。你说可笑不可笑？在金鹏的羽翼下，是不允许帮派存在的。谁搞帮派，谁就滚出金鹏。时代早已不允许帮派的存在了，难道金鹏可以做你的庇护所吗？"

出语如此犀利尖刻，连利焕南本身也没有想到。然而，他亲眼看到金鹏内部这些丑恶现象，实在痛心，他下定决心要让搞派系或者有派系思想的人猛醒过来："如不醒悟，不改正，滚出去势所必然。丑话讲在前，信不信由你。"

先头沉默的人们，开始悄声议论。

利焕南是有准备而来的，他继续说："你们知道吗？警觉了吗？有贪污受贿的事出现了。损公肥私，挖公司的墙脚，中饱私囊，这样的人就在我们中间！公司在奋斗中生存下来了，它还势单力薄，竟有人举起锄头挖墙脚，你说可耻不可耻？还有，我们一些领导、一些员工，做一天和尚撞一天钟，混日子过，工作自由散漫；有些人不懂装懂，不学习，愚昧无知。"

利焕南讲出事实，当众批评。对于错误或者缺点，绝不袒护，他要把它们亮在众人的面前，要让他们出出汗，众人受得了也罢，受不了也罢，他都要摆、都要说。和戳自己的痛脚一样，他开始戳别人的痛脚、烂脚了。他一点也不隐瞒自己的观点，也不掩饰自己的情绪。

会议到了爆发阶段，有人坐不住了，会议室有点骚动。

被利焕南点了名的要讲，未点名的也要讲。自我批评的气氛一下子热烈起来。有人讲到内疚处，十分痛心，眼睛湿润了。

知错就要改正，利焕南强调，触及思想深处，更应落实在行动上——如果要做一个真正的金鹏人的话。

人们理解这位金鹏创始人的心，也知道他的脾气。他不是想整人，他憎恶那些整人的人。他是个直率赤诚的人，是个严厉而懂得宽容别人的人。他痛恨"只打雷不下雨"的人，也痛恨人前一套背后一套的人。

面对家族、亲人的不对，他更不留情面，严厉十倍。他认为处在领导岗位上的家族成员，就应当克己奉公，任何居功自傲、目空一切都是他所不能原谅的。曾有一个很亲的亲戚，已被他列为终生不可信之行列。

利焕南听到众人的自我批评，内心十分激动。他自问：我在金鹏的岁月里，有多少时间、多少次同他们交心、谈心呢？金鹏的今天，有他们流的汗水，他们也曾吃过苦头……

他相信这些伙伴的话。他相信他们会乐意改正自己的缺点、错误，轻装上阵。

在会议开得最热烈、最活跃的时候，在听取了人们的各种合理化建议之后，他说话了："大家提到的金鹏各个尖锐问题，金鹏一定要全面摒弃家族企业的色彩，广纳人才，任人唯贤；举贤不避亲，不唯亲用人。能者上，无能者下，这是我们的一条原则。"

"我今天郑重提出'荣辱与共者请进来，投机取巧者滚出去'，就用这句话作为警句，告诉金鹏所有员工，谁都要受这句话的检验。还有，金鹏管理的重要手段是'高薪养勤，高薪养廉'。勤、廉是金鹏所提倡的美德和风格，是金鹏人的重要特征。"他继续为企业文化定义。

大家那天才真正看清楚利焕南，他是那样的坚定果断，那样的令人敬畏。

利焕南深情地说："在深圳，金鹏从1983年到1992年，未到10年，便有了长足进步，不容易呀！有各位的功劳，更有金鹏所有员工的奉献。我们的员工多是从农村出来的，我们当领导的要关心体贴他们，同时也要有提高和教育他们的责任，不能一好百好，一坏就炒。我父亲说，'帮人打工九难，请人打工十难'，让大家走在一起共同奋斗不容易啊！"

该说的说了，该发火的发了，该改的也提出措施了，人们的心情一下子轻松起来。压在每个人心头的大石放下来了，涌在利焕南脸上的乌云散去了。

这次集团"整顿"会议后，金鹏的精神风貌焕然一新。在其位不谋其政的某些高层员工被重新安排了岗位。集团高层也不失时机地广泛听取员工提出的合理化建议，不仅广纳人才为公司提供新鲜血液，还引进科学的企业管理经验，并经过多方论证，设置了几个精练、务实的职能部门，使金鹏逐渐摆脱家族企业的种种束缚，焕发出无限活力，使将公司建成一个现代化集团企业的宏伟蓝图一天天明晰起来。

第十八章
金鹏集团化
发展

金鹏股份改制

金鹏股份改制，是金鹏公司的重大事件。经过公司上下齐心努力，赶在宝安县股份制要关闸的最后时期，金鹏迎来了转机。

曾任布吉镇委书记的周光明升至宝安县任主管经济的副县长。他了解利焕南，他知道利焕南是最早投资布吉镇的企业家，为布吉镇的产业发展做出了非常大的贡献。利焕南还热心公益，多次为布吉镇基础设施和教育事业慷慨捐赠，早就是闻名布吉的企业家了。他认同利焕南，赞赏利焕南勇于担当社会责任的品格，敢拼敢闯敢开拓的创新精神。他也知道利焕南创建的金鹏，蕴含了巨大的能量，如果能让金鹏乘势搭上股份制的东风，一定可以创造更大的辉煌，所以他支持金鹏改制。终于在1992年底，金鹏的改制申请获得了批准。金鹏改制后资产达到1.2亿元，这在当时的宝安县算是较大规模的改制企业。

1993年2月26日，深圳宝安金鹏实业股份有限公司首届股东代表大会在布吉镇金鹏大厦隆重举行。

这是布吉镇金鹏大厦值得铭记的一天。

大厦四周插满了彩旗，猎猎有声，鲜红的横幅、竖幅光彩夺目，大气球在空中飘浮着，营造着热烈的氛围。

人群熙攘，会场内外一派喜气洋洋。

利焕南以金鹏股份公司董事长的身份主持了这次大会。利焕南作了关于"团结一心，开拓进取，再创新业"主题的报告。

股东们从这个报告中看到了金鹏的业绩和前景，掌声响亮而持久。

会议选举产生了董事会成员：利焕南、利玉民、曾天生、利凤怀、利伟明。

股东一致推选利焕南为董事长。

会议选举了监事会成员：雷永南、范尧强、蔡汉亮。雷永南为监事长。

会议很快便通过了股份公司章程，确定了公司总股本为1.2亿元，每股票面价值1元，其中法人股9552万股、自然人股2448万股的股本结构。

与会者围绕金鹏的前景进行了热烈的讨论。

利焕南提出的发展方针，得到与会者一致赞成：股份公司以房地产为龙头，实行多元化的发展。长期和短期发展计划，也获一致通过。

利焕南像是燃烧的岩浆，他热情而急迫地将金鹏公司股份改制的消息与朋友们分享，他真诚而坦荡地向他们报告金鹏胜利的成果。

《深圳金鹏报》

深圳宝安金鹏实业股份有限公司改制成功后，如何准时将公司的发展情况向首长们、向朋友们、向关心金鹏的股东们汇报呢？

利焕南决定自己办份报纸。

1993年3月1日，金鹏推出了企业报刊《深圳金鹏报》，这份报刊的创立，在深圳企业中首屈一指。

利焕南钟情于毛主席的著作，他深知宣传的力量。还记得在改革开放以前，他居住在老家农村的土坯茅草房内，挂件衣服沾满泥灰，想找份报纸贴在墙上，钉个钉子挂件衣服都是奢望。当时一个大队几千人就一份报纸，一天一张，4个版面。

他对报纸的概念就是"上层建筑",是思想舆论的重要工具,当时能够看到的就只有《工人日报》《光明日报》和《南方日报》。

利焕南1992年在北京受到国务院副总理姬鹏飞的接见之后,就发现北京有些国有大型企业都在办内部报纸,他当时就突发奇想,金鹏是不是也可以有一份属于自己的报纸?但当时金鹏员工不多,不到500人,所以他把这个想法藏在了心里。

1992年底,金鹏股份公司成立了,金鹏迈入了发展的辉煌时期,股民增到1000多人,业务接触面广,他想办企业报纸的种子又萌芽了。利焕南觉得时机到了,很快便成立了编辑部。编辑部机构很简单,两张桌、两杆笔,每月一期,记录公司有价值的新闻,对企业内好的与不好的东西也都大胆披露。

经过深圳市、广东省新闻出版局的批准,金鹏被颁发了广东省内部出版物0168的刊号。拿到刊号后,利焕南就向姬鹏飞报告并请他题写报名。姬鹏飞欣然应允。报纸一经创立就成为金鹏企业文化的重要组成部分,更成为反映集团经营、展现金鹏风貌和对外交流的窗口。

《深圳金鹏报》作为深圳第一份民营企业报纸,起到了宣传深圳改革开放、展现金鹏发展历程的特殊作用。

在创刊号上,股东会议的盛况刊登在第一版。利焕南亲笔题写了展现金鹏人精神的16个大字:忘我廉洁,荣辱与共,团结同心,开拓向前。

《深圳金鹏报》在以后陪伴金鹏走过的近30年间,几经更名。原定每期印刷1万份;1996年金鹏足球队成立后,为了配合宣传球队的每周比赛"战况",让广大球迷朋友能够及时了解球队的消息和比赛信息,改为每周1期,每期8个版面,最高峰时每期印刷21万份,这个印数超过深圳当时某些主流报纸的印刷量,成为当时影响龙岗区、宝安区的"抢手货"。

利焕南善于运用宣传媒体的优势，他将《深圳金鹏报》看作集团重要的载体和企业文化的重要组成部分。他认为用报纸报道企业历程是进行另外一种意义上的积累，使企业在可持续的成长过程中能够清楚地留下每一个阶段的脚印。同时，企业报也具有建立企业内部批评机制，实现文化沟通，建立企业文化和企业品牌，拓展企业品牌形象的功能。

创造深圳观念

深圳改革开放的重大意义在于，不但在经济体制上有新的发展，在观念的转变上也起到了标志性的推动作用。

观念是推动生产力发展的重要力量，当深圳的"时间就是金钱，效率就是生命"的口号提出来时，震惊了国人。后来"空谈误国，实干兴邦""敢为天下先""改革创新是深圳的根、深圳的魂"等一系列深圳观念陆续提出，这些新观念的出现成为中国社会主义市场经济破壳的标志。

新思想、新观念在破壳而出的时候，总会引起激烈的争论，人们在新与旧的观念上互相激辩。

利焕南也在深圳观念上贡献了"荣辱与共者请进来，投机取巧者滚出去"的金鹏观念，引起了广泛讨论。

1993年5月4日，金鹏公司在《深圳特区报》上登了一则招聘广告，其中使用了利焕南提出的企业用人原则，即"公司一贯奉行'高薪养廉，高薪养勤'和'荣辱与共者请进来，投机取巧者滚出去'的原则"。

金鹏招聘广告中的用人原则一经提出，一石激起千层浪，引发了人们的讨论。金鹏集团用人的观念太超前了，企业用人可以高薪养廉，可以高薪养勤，当然也可以与企业荣辱与共，但对待投机取巧者要用"滚"字，这个字是否太犀利、太超前，有些不近人情？

当时深圳改革初期大名鼎鼎的竹园宾馆，就面临着同样的状况。竹园宾馆是深圳特区建立初期，深圳市委与国外合资兴建的第一家宾馆。宾馆采用国外的管理办法，制定了奖惩条例，打破了"铁饭碗"，率先实行劳动用工制度改革，结果引发了当时还没有适应制度改革的员工们的强烈反响，他们甚至上访闹事，结果宾馆刚刚开业三个月，外资就被迫撤离了。

金鹏集团又提出一个"荣辱与共者请进来，投机取巧者滚出去"的观念，新旧观念形成了对撞，"请进来"和"滚出去"二者之间的关系，成了深圳人辩论的热点。

有一位并非应聘者的特区报读者给利焕南写来了一封信，他写道："'投机取巧者滚出去'的用语不妥，用'滚'字来更换人才……会令人才心寒的。"

利焕南随后在《深圳金鹏报》上发表署名文章，详细解释了"滚"字的意义。

他先明确地指出：来信者以"投机取巧者滚出去"一语为据，引申为本公司想"用'滚'字来更换人才"，并加以指责，如果这不是有意歪曲的话，也应该说来信者思维混乱。

然后，他对这一原则做了这样的论述："我们讲'荣辱与共'，是指能把个人的光荣、耻辱、得失置于公司的整体之中，献身整体，与公司风雨同舟的思想行为；而'投机取巧'则是置整体利益于不顾，利用时机谋取个人私利的不良行为。无数事实证明，任何企业，只要它的生产开发适合市场的需要，坚持合法经营，它的员工中同企业荣辱与共者越多，投机取巧者越少，事业就越兴旺发达。相反，如果一个企业投机取巧者众，荣辱与共者寡，员工不以企业的兴衰为念，老是窥测方向，各人打各人的小算盘，名利之争不息，这样的企业势必人心涣散，矛盾重重，长此而往，企业还会有什么前途？因此，不欢迎和不断清洗那些'投机取巧'之辈，实乃企业生存和发展的客观要求，也是所有企业实际执行的一条共同原则。这不是本公司的专利产品，有的企业早就在这样做，只不过没有明说而已。现在，我们在招工广告上把它公布出来，事先给应聘者打个招呼，打点预防针，这对应聘者和招聘者双方都有好处，我看是完全应该和必要的。

　　"荣辱与共者请进来，投机取巧者滚出去，也可以说是我公司多年用人经验的一项总结。金鹏走过了10年曲折发展的路程，我们正是依靠着一批与公司同艰苦、共患难的员工骨干，团结全体同仁，才得以战胜各种艰难险阻，使公司从小到大，迅速发展壮大起来；正是及时发现和清洗了一批混进来的和新生的投机取巧分子，才保证了员工队伍的纯洁和公司的活力。从一定意义上来说，没有这一条，金鹏公司就没有今天，不坚持这一条，也就难以使金鹏的明天更美好。

　　"企业的发展需要人才，需要有相应壮大的员工队伍，这正是我们刊登招聘广告的原因所在，但是我们需要的员工，一定要能够与公司荣辱与共，而不是来投机取巧的。不然，你的学问再多，本事再大，对我们公司又有什么用处呢？相反，你只会成为败坏公司声誉、妨碍同仁团结、瓦解员工斗志的腐蚀剂，其消极作用是不可低估的。

　　"金鹏人有自己的作风精神，简而言之，那就是'忘我廉洁，荣辱与共，团结同心，开拓向前'，金鹏公司不需要'投机取巧'分子，谁如果染此恶习而又坚持不改，谁就只有'滚'出公司完事。有人认为用此'滚'字似乎不雅，但它反映了金鹏人对这种恶劣作风的义愤，表达了公司净化队伍的坚强决心以及选什么人、用什么人的毫不含糊的鲜明态度。如果来信的先生能在准确表达原意的前提下，提出一个更雅的用词来，我们愿意领教。

　　"为了防止和及时处理投机取巧者的违纪、违法事件，董事会决心吸取国内外某些单位的有效管理经验，采用设置'廉政专员'与群众监督相结合的方式，向员工中损公肥私、贪污受贿等行为开战。同时，实行'高薪养廉、高薪养勤'，以创造较好的条件，消除某些员工可能产生作弊邪念的基础，使他们懂得，廉洁奉公不仅是每个正直员工应该具有的美德，而且坚持做到这一点，在经济收入上也并不吃亏；如果投机取巧、贪污受贿，不但违纪违法、声名狼藉，在经济上也很不合算，从而使员工走光明正道，不要去打私欲膨胀的主意。

　　"我们的主张是'先礼后兵'。通俗地说，也可以叫作'把丑话讲在前头'，让应聘者有个思想准备。如果应聘者脸上并无'投机取巧'四个字，其他条件又适合本公司的招聘要求，这样的人才，我们没有理由不欢迎他来公司工作。有的人虽怀'投机取巧'之念来到公司，也需经过一段时间，比如几个月、一年或更长时间，才能让人看得清楚。即使发生了投机取巧的不幸事，我们也会先下药、施挽救，客气地说一声'请予改正吧'！如果情节严重，不听劝告，且无理取闹，或变本加厉地损害公司利益，那就逼着我们只好开一个字的处方：'滚'！"

　　利焕南的文章，立论精确，旗帜鲜明，语言含蓄幽默，读来痛快淋漓，显示了他本人的风格和魄力。或许有人认为利焕南这一个"滚"字有些过激，但正如"时间就是金钱，效率就是生命"一样，因为它的出现刺激了人们惯有的神经，所以才显示出它的社会意义。这个"滚"字，也真实体现了深圳改革发展过程中真实的深圳观念内涵。"滚"字体现了深圳的核心理念——时间效率，"滚"字也成了打破"铁饭碗"，节约时间和提高效率的法宝。不得不说，利焕南是有胆量破除旧规则的企业家。

第十九章
激情
一九九三

金鹏裂变式发展

1993年，深圳的改革开放进入快车道，深圳发展态势一日千里。

利焕南在1993年刚开始的时候就意识到，一个全面出击的时代已经到来，金鹏也要顺势而为。除了对服务业、商业、工业、运输业、旅游业、建设监理等发动全面探讨性进军外，对主要的房地产业也要稳中求进。

金鹏股份公司创立，人心所向，资金汇集，多元化策略已定，即将起航。股份公司有众多的物资，负债率在组成之时是零，有现金可调动，有物业可抵押贷款，万事俱备，东风已至！

金鹏的发展版图在1993年像是核裂变一样，迅速扩大。

3月18日上午，金鹏实业股份有限公司和田心实业股份有限公司在深圳阳光酒店隆重举行了田心金鹏大厦合作兴建签字仪式。

田心金鹏大厦自签字之日起，就加紧筹备兴建。

大厦位于深圳市宝安北路和梅园路交汇处，占地面积2100平方米，拟建20层商铺和写字楼，预计总投资3500万元。

建成之后，它将在田

金利商业广场

心一带鹤立鸡群。这个黄金地带是田心公司的产业。在同金鹏合作之前，已有不少企业前来寻求合作，都未洽谈成功。与金鹏洽谈、磋商，只10天工夫便签订协议，这是金鹏洽谈项目史上速度最快的项目之一。

4月6日，由原老金鹏公司转给金鹏股份公司的布吉镇金利商业广场全面破土动工。

利焕南在龙华首创将金侨花园小区冠以"花园"名称之后，全深圳的大小企业很大比例都参与了深圳众多的"花园"住宅建设。他预计深圳的住宅将大幅度增加，甚至供过于求，因为深圳没有户口的外地劳务工占比太大。故此，他将金利商业广场设计为一座没有住宅，也没有写字楼的纯商业大厦。根据他的预判，暂停了继续开发住宅小区的建设。

5月21日，金鹏公司与上海市杨浦区城市建设综合开发公司达成协议，合作改造开发杨浦区集福里旧城区，兴建杨浦金鹏花园。对杨浦金鹏花园的投资，利焕南的决策思路是这样的：虽然中国房地产低迷，但双方的合作条件是上海方负责拆迁，金鹏负责投资，按比例分成。金鹏单方分配面积。预算分配到的住宅每平方米不超过3000元，商铺回报利润丰厚。上海有1000多万人口，住宅缺口大，只要销售价定在18万～35万元一套，成本加10%～15%的利润，内销是完全没有问题的。而金鹏则以建筑成本价得到花园下的裙楼。故此，这次合作谈判相当快地完成了。这个项目将兴建8栋24层共14万平方米的商住楼和附属的连体楼群，金鹏投资2.5亿元。

6月，位于上雪村的土地面积20万平方米的物业城基础平整土地工作全面开始。项目定位为扩大工业基地，推山平地，引凤入巢。这个工程有相当大的难度，要推平的山头高出水平线39米，还需填平30多米深的沟壑。20万平方米的基地上没有平地，而且丛林茂密。要把这样的地方推平为物业基地，需投入巨大的人力物力！

面对这个工程，是外包给别人，还是自己组建把它拿下来？

"自己拿下来吧！我们已有实力！"利焕南和利玉民都这样说。自己组建的施工队筑堤建坝，修建了一个水库，又建起一个水塔、一个水厂，水库的水足以供应这20万平方米土地上近3000人的生活用水。

推土工程要是承包给施工队，要花费1000万元。利焕南主张自己做，连购买设备才花300万元，还赚回了机械设备。推土完工之后，金鹏拥有推土机9台、汽车4台、挖土机1部、装载机1部，可组建为一个较强的机械队。

1993年，金鹏捷报频传，激情满怀地步入了企业发展的快车道，各项目如雨后春笋，金鹏商业版图产生了核裂变一般的扩张。

"早知"之论

利焕南的传奇与神秘，就在于他往往会做出一些令人惊异的决策，而这些决策使他比别人看得远几步，从而走得远几步。

事后往往证明，他的预判是正确的。

早在1976年秋，他在开着手扶拖拉机的时候，从路边电杆上的广播喇叭中听到"洪湖水浪打浪"的歌声，他喜极而泣，泪流满面，就判断出新时代要来临了，国家一定会发展经济；在福田经营建材综合商店的时候，刚开张就被暴雨浸泡了货物，他就预判出市场可能缺少油毡纸，从而挽回了损失；当房地产低迷时，他听了邓小平南方讲话后就敢在夜里唱歌壮胆，持续投资房地产……现在龙华的房产升值了100倍，就是他1990年进军龙华的"早知"。

"早知"，是利焕南喜欢讲的两个字。

也许，这是他成功的奥秘。

他何以"早知"？

这是利焕南身上值得探讨的秘密。

所幸，利焕南是不吝啬的，他乐于将自己的思想分享。1993年9月1日，他为《深圳金鹏报》写了一篇名为《有早知，无乞衣》的文章，人们可以通过这篇文章以管窥豹，了解他的超前意识的来处与秘密。

在1992年房地产热之后，利焕南能冷静地思考着此后的形势，从而确定自己的策略和战术，为公司制订了正确的发展方向。"早知"可以减少投资的盲目性，可以以超前眼光，稳坐钓鱼船。用利焕南的话说：早知的好处是，不要见人吃红薯好味，才想到自己开个农场。

"早知"即"前瞻"

利焕南的"早知"，是他审时度势的前瞻使然。

他对1993年倾注着一种特殊的感情：既有忧虑，也无比兴奋；既冷静沉着，又激情燃烧。

1993年金鹏各项目全线推进，场面宏大，势如破竹，但利焕南并没有沉迷在胜利的喜悦中，他清醒而冷静地抛出几点"早知"论断，后来也都一一被证实。

1993年2月26日，利焕南在第一次股东大会上语出惊人："1993年房地产滑落，风云突变！要有思想准备，要准备付出最艰苦的努力。"

此时的金鹏股东正沉浸在节节胜利的喜悦当中，听到利焕南的这番"惊人之语"，都纷纷表示不理解。

果然，6月份开始，国家加大了调控经济发展的力度，紧缩房地产的信贷规模。

骤然降温，有人受不了。尤其是追逐热门、初涉地产、底子薄弱的企业，受到巨大的打击。在他们看来，这是一种难以抗拒的灾难。许多地产商在这种严峻的形势面前束手无策，被逼"跳楼"。

一时间，诸多房地产企业折戟沉沙，偃旗息鼓，叫苦连天。

金鹏正在潮头，自然也逃不过这一番风雨洗礼。

利焕南虽然有预见，但也不能不对公司做出评估和调整。

利焕南在特别股东大会上说："这次国家整顿金融秩序，公司有压力，但问题不大。公司的资金90%以上都是自有资金，加之公司的龙头项目（金鹏商业广场、金利商业广场、华侨苑）都是早已上马的建设项目。这次金融整顿，对金鹏来讲是个考验，也是个极好的发展机会。公司到1995年底，净资产从现在的1.2亿元增值到3.6亿元是不成问题的。"

尽管在1993年房地产业降温，银行信贷收紧，许多企业步履维艰，面临大浪淘沙的选择，但金鹏"任凭风浪起，稳坐钓鱼船"。

股东们对金鹏的发展还是有信心的，金鹏房地产开发已有7年历史，自有资金积累雄厚，在银行的几百万元贷款只占金鹏集团五大公司的二十分之一。信贷收紧，对集团影响不大，只需要在资金运作方面加以调控，就可以躲进"避风港"。

有些房地产开发企业面临退出竞争舞台的选择，便以"跳楼"价找金鹏合作，寻求大企业做靠山，使金鹏反而在危机中整合了一些优质资产。金鹏要发展，但更要保稳健。在危机中金鹏以至1995年底公司净资产从1.3亿元增到3.6亿元为目标，金鹏有充分的信心。

当时深圳很多小公司有已完善手续的开发项目，急于转让"跳楼货"，但金鹏缺乏足够的资金收购。如果金鹏有充足能力收购优质资源的话，恐怕会取得更大的飞跃式发展。

利焕南召集金鹏领导层，畅谈各自对1993年形势的看法，尤其是在1993年国家紧缩银根的前提下，细细地分析金鹏的实力和应该采取的行动。

利焕南所谓的"早知"即是"前瞻"，早点预料到危机，就能在危机中寻找机会。有些人面对危机时手足无措，甚或一蹶不振，有些人面对危机时却早有准备，转危为机，金鹏幸运地成了后者。

捐赠个人股票

利焕南带领金鹏乘改革开放东风腾飞，在时代潮流下创造了新局面，他庆幸遇到了千载难逢的好时代，他分外珍惜这来之不易的机遇，全身心地投入到工作中。他专程前往北京拜访相关专家，请教开放证券市场、发行股票和股票上市、股份制企业等有关问题。专家一一解答，使利焕南得到很多启发。

金鹏集团经过股份改制后，加大投资，在房地产、工业区、商业、服务业等领域共有十几个项目。

在繁忙的工作当中，利焕南并没有忘记他一直以来关注的社会公益事业，这已经成为他生活的一部分。

1993年3月，他和利秀兰、利伟明一起受到全国人大常委会副委员长、中国儿童少年基金会理事长陈慕华的亲切接见。

在拜访陈慕华副委员长时，工作人员专门安排大家观看了一部记录中国失学儿童的记录短片。这部短片属内部放映片，记录了当时中国失学儿童令人痛心的生活环境，这些画面深深刺痛了利焕南的心。在昏暗的放映室内，他忍不住湿润了眼眶，他与陪同人员交谈："这么有教育意义的片子为什么不在电视台公开放映？如果公开放映的话，一定会引起更多人的共鸣，激发大家的社会责任感，可能会收到更多的慈善捐款，这些失学女童太需要帮助了。"

陪同的工作人员向他解释说："您有所不知，这些是基金会内部的宣传片，是经济落后地区的真实写照，但真实情况还不能在央视等媒体公开宣传，只能由我们社会组织竭力改善，补足短板，借助社会力量进行积极救助。"

利焕南陷入了沉思，他个人已经捐出了无数款项，现在他实在想不出还能由哪个地方出钱，但他的内心是沉重的，他对工作人员说："我不能捐公司的钱，也不能捐我太太的钱，他们的钱我无权做主，但我可以做自己的主，将我个人名下的金鹏股票30万元捐赠给你们，希望你们能落到实处，切实地为这些失学儿童做些事情。"利焕南的话感动了在场的所有人。

5月20日的《深圳金鹏报》上刊登了这样一个报道："利焕南将30万元个人金鹏股票捐赠助学全国失学儿童，由中国儿童少年基金会统筹安排。"

很多人对利焕南的捐赠持不同意见，有的还不认同，更有甚者对利焕南的捐赠发出批评的声音。利焕南无奈地说："比我利焕南有钱的人不计其数，比我利焕南有能力的人也数不胜数，但是他们为什么不捐？他们没有这个追求，他们没有经受过困苦的生活。我是农村的孩子，我是苦水里长大的放牛娃，我对他们所经历的困难感同身受，所以我要竭尽全力地帮助他们，回报社会。"

多年来利焕南热心社会公益，他曾经算过一笔账，在1992、1993年间，他捐赠社会公益事业的款项多达2000余万元，这在当时是天文数字。

激昂"点兵"

金鹏企业上了轨道，集结号已经吹响，利焕南夜以继日。

4月20日，利焕南在河源市以政协委员身份参加政协会议，会议期间专程到公司投资的新丰江千岛山庄旅游开发区视察和了解情况，并对有关工作提出意见和指示。

5月21日，在利焕南的具体领导和督促下，公司自然人股调股工作顺利完成。自然人股从原占公司股额的20.4%上升到40%，完成了2000余万元的现金收点和记账、登记、打卡等诸多环节。

5月21日，金鹏和上海市杨浦区城市建设综合开发公司，就上海浦西集福里基地旧城区改造项目举行了合作签字仪式，利焕南一行四人，同上海方面相关人员出席了签字仪式。

促成这一重大项目的背后，有着利焕南年少时的梦想：利焕南第一次进入上海是1967年1月12日，他才15岁，他见到了当时被誉为摩天大厦的全国最高楼——上海国际饭店，24层直入云霄！24层成为他的梦想，他后来把上海建楼的高度确定为24层，上海方面的领导还询问他：为何一定只建24层的高楼，而不建28层或30层？利焕南故作神秘：我自然有我的想法，不能告诉你们，但一定是24层。这个秘密一直到10年后才解开，因为1967年春他到了上海，当时24层高的上海国际饭店在他心中造成了震撼，他要圆这个梦想。

利焕南早在他仰望上海高楼的时候就已经暗下决心，要在上海搞出点名堂。

上海是大都市，历史悠久，二十世纪二三十年代已是"东方之珠"；上海人文化素养高，有良好的城市风范；上海的房地产业有广阔的前景，特别是搞内销，有巨大的市场潜力。于是，在龙华金鹏花园进行得火热之后，1993年他决定投资上海。他认为1992年、1993年深圳的房地产公司像雨后春笋，高楼林立，楼价高起，追求洋味，脱离了只有不到百万常住人口城市的市场需求，且有户籍的常住市民中70%已有住房，供销关系已呈阶段性饱和状态，所以他将视线转移到了上海。

5月24日，中华企业股份制咨询公司总经理孙效良、副总经理刘士钢等到金鹏考察。总经理利玉民、监事长雷永闯、副总经理利伟明以及新法人股东单位中信系统深圳租赁有限公司总经理邢国仁等热情接待客人，双方就公司的发展、股份制改造、股票上市等问题进行了探讨。利焕南从北京赶回来，一下飞机就赶往君悦酒店，与客人共进晚餐，长谈之后，聘请孙效良为金鹏的顾问。

6月27日，利焕南在总结大会上激昂"点兵"：金鹏计划三年内将完成10多个大型项目和在建工程，使公司的总资产增长3倍以上；同时准备在国外开设分公司；培养和造就一批荣辱与共、高素质的金鹏人；股东收益、员工收入均将有较大改善。公司在三年内实现上述目标，需要金鹏每一位员工迎着困难上，风雨同路。

争取金鹏房地产开发权

5月31日，利焕南在访京期间，为了解决公司没有开发权而无法占据优势的窘境，向姬鹏飞作了汇报：当时的房地产开发权都在政府的手上，央企、国企一家独大，而对于崛起的民营企业则处处掣肘，民营企业即便自己有合适的开发地块，也要挂靠在有开发资质的国营企业之下。深圳作为改革的试验田，能否尝试给予民营企业开发权，此举将极大地促进民营企业的发展。在听完利焕南的汇报后，姬鹏飞认同深圳作为改革开放前沿，任何新事物都可以尝试。

利焕南回到深圳拜访了时任深圳市委书记、市长厉有为同志，厉有为同志对利焕南早有耳闻，他热情地接待了利焕南，并赞扬利焕南为繁荣深圳经济做出了贡献。

厉有为向利焕南介绍了深圳在土地使用权制度上进行的改革情况。早在1987年12月1日，深圳市人民政府就在深圳会堂举行了中国第一次土地拍卖会。作为试验田，拉开了改革开放以来中国土地使用权制度改革的大幕。深圳市罗湖区布心路翠竹新村一块面积为8588平方米、用于兴建住宅的用地成为中国土地拍卖第一槌。

在拍卖后的一年，1988年，《中华人民共和国宪法》和《中华人民共和国土地管理法》相关内容都作了修改。深圳成为中国土地使用制度的试验田。

厉有为赞赏利焕南为民营企业发展做出的探索，同时建议：如果想尽快拿到土地开发经营权，最快捷的方式就是参加深圳的土地拍卖，中标以后，即可拥有中标的土地，同时可以根据相关政策，让政府授权其成立房地产公司，拥有房地产的开发经营权。同时为了促进企业的发展，市政府还可以针对实际情况进行相应的减免扶持。

这是民企迈入正轨的良机，利焕南欣然同意，他要通过土地拍卖赢得金鹏的土地开发经营权。

1993年8月，利焕南参加深圳深南东路国宾宾馆旁一块10500平方米的土地拍卖会，土地标价1.5亿元，利焕南踌躇满志，志在必得。他精心计算过，标底1.5亿元，他的承受能力在3亿元以内，再加上相关优惠政策，他心里已经有了底价。

拍卖现场，参拍企业需缴100万元作为保证金，待中标后，全部款项需在一年内交讫。

在拍卖现场，利焕南遇见了岁宝百货的创始人杨祥波，杨祥波与利焕南是朋友，在这次拍卖会上却成为公平竞争的对手。拍卖现场有100多家企业，几百位参拍者。拍卖开始，一出价，众人立即应价，到了3亿元时才慢

土地拍卖会举牌现场

下来。

当举牌到3.8亿元的时候，利焕南犹豫了，最终，理智战胜了情感，他放弃了竞拍。反观杨祥波的操作，利焕南很是费解，他一直紧追不舍，凡有超过他竞价的，他必定反超，完全不计血本，一副誓必成功的架势。

这种反常操作让利焕南心中没有底了，他心里还有建筑成本、投资预算的负担，杨祥波的这种拍法，完全不计后果。照当前的算法，就算是拍到手里，享受到了市里相关的一切优惠政策，除去建筑成本，那几万平方米也卖不到4个亿啊！

杨祥波疯狂竞拍，一路高歌，他与一家央企竞价，最终以5.5亿元的高价将拍卖土地收入囊中。

拍卖会结束以后三个多月，一次朋友相约在餐厅碰面。杨祥波一脸笑容，故意问利焕南："你那时怎么不举牌了？"

利焕南说："举举举，这一块地，就是地下有钻石也挖不出来5.5亿元，你报这么高，你怎么想的？"

杨祥波四下看了一下，笑着向利焕南解释："利董，你只知其一，不知其二，土地我竞拍到了，我就有土地开发权了！"

根据当时相关政策，拍卖得到标地后，中标公司就需要与市国土局签订土地合约，有了土地就可以成立新的房地产公司，同时该公司就拥有了土地开发经营权和继续参与其他土地拍卖的资质。

杨祥波不无得意地说："我用有开发经营资质的公司再拍几块适宜开发的小型土地，就成了拥有正规资质的房地产开发公司。而这次拍卖所得的超高价地块，有一年的时间付款，如果在规定时间内没有履行付款义务，将没收我的押金，而押金才100万元，换言之，我拿100万元，买来了全套的房地产开发资质。"

杨祥波的这一番解读，方使得利焕南如梦初醒。

杨祥波拿到房地产开发经营权以后，手上又购买、承包了多宗地块，迅速将企业发展了起来。因为他有相关的土地开发资质，再加上土地资源，建设银行总行与他达成协议，由深圳建行铁路支行为他的企业贷款4亿元用于相关的土地开发工作，使得他的企业取得了飞跃式的发展。

深圳早期的发展，人们对于各项经济政策都在"摸着石头过河"，很多措施都是在实践中慢慢成熟、完善起来的。利焕南的这次争取土地开发权虽然以失利告终，也不是一无所获，他见识到了商战中的狡黠之处。

利焕南算是久经商场的操盘手了，他在事后总结说："人外有人，天外有天。"

第二十章
收获
一九九三

多元发展，全线出击

1993年的金鹏集团向多元化发展，形成向四方辐射的局面。

经广泛洽谈的项目有几十个，经过梳理，已落实的项目有：注册资金1.2亿港元的金鹏大酒店；注册资金6000万港元的金鹏集团（香港）有限公司；注册资金600万元的金鹏汽车运输服务公司；其中金鹏房地产咨询公司、南方证券金鹏营业部、上海金鹏公司等完成了必要的洽谈、可行性分析、立项、报批等纷繁复杂的工作。金鹏的快速发展是金鹏开发能力和良好信誉的体现。

利焕南组织专门人员对这些上马的项目进行了详细的复核，制订经营措施，并反复考证，确定它们的盈利能力。

1993年，国家银根紧缩，困死了许多实力较弱的房地产公司，可谓四野沉寂，热潮开始冷却。金鹏的房地产业虽然受大势影响也陷入了谷底，但金鹏在逆势中不但正常运转还有向上之势。

这一年房地产计划内项目有金鹏商业广场辅楼、华侨苑、金鹏物业城、河源千岛山庄、金利商业广场；新增的项目有上海杨浦金鹏花园。

这些项目上马前，利焕南就分析确定，其经济效益和社会效益都是乐观的。这些项目有的已竣工，有的开始主体建设，有的进入基础工程，有的已完成准备工作正待上马。每个阶段任务都按计划基本完成。

"人少办多事，全线出击。"利焕南这样鼓励同仁。

金鹏人的工作一环扣一环，各项工作几乎在同步进行着。

公司顺利发展，除了要让股东享受到公司发展的红利，还要让股东优先享受到公司的优质资源。为了盘活公司资产，利焕南等公司领导还启动了位于上雪村的物业城的规划，同时还让利股东、带动股东实现共同创业、共同富裕。

1993年5月26日，《深圳金鹏报》刊发了一则告示。

金鹏实业股份有限公司
告　示

经有关部门批准，公司在布吉镇上雪村的金鹏物业城工程已办妥各种手续，将于近期开始施工。该工程地处布吉镇布龙公路与布观公路交叉点，交通方便，环境优雅；公司欲将其中部分土地定向转让，为照顾我公司各位股东，特将有关事项作如下宣告：

一、购地者必须具有深圳市户口（五行政区）。

二、每位股东（或其亲友）限选购地一幅。

三、每幅地面积210平方米，实建100平方米，价格为每幅地人民币13.8万元整（含土地使用费、推土填土费、规划费、图纸设计费），我公司股东凭股份证登记享受九折优惠。

四、登记地点：深圳市水贝茂名大厦10楼。

登记日期：1993年5月3日开始。

付款方式：一次性付清。

五、此次优价转让土地共160幅，按登记顺序排列，以实际交款生效，售完为止。

六、我公司负责筹资统建住房，公司提供外观统一的施工图纸，业主可于施工前自主对住房内部进行调整。

建房费用按建筑三类企业由本公司工程部预决算室负责核算，本公司收取总造价5%的服务费。

七、本公司协助办理建房的一切手续。

八、土地使用期50年，期满后仍可继续使用，但如当时政策认为需要增补地价时，由使用者依法补足。

九、有关具体事项询问电话：5507207

联系人：罗先生　郑先生

金鹏实业股份有限公司

1993年4月26日

告示刊登出来的同时，总工程师胡文胜以及有关设计人员，已把金鹏物业规划设计图公布出去，这是由深圳市城市规划设计院设计的总平面规划图。图纸显示：金鹏物业城位于布吉镇上雪村，毗连金鹏工业村，距深圳文锦渡13公里，距布吉镇4.5公里，占地面积20万平方米，总建筑面积约34万平方米。这项建筑除有多层厂房、单身公寓、多层住宅、幼托设施、综合楼、商业设施、娱乐、服务用房外，还有别墅28幢、私人住宅234幢，全城规划配置电话1450门。

公司预计在物业城的投资总额为2.5亿元。这个计划在1994年调整时被暂压了下来。

规划中位于布吉的金利商业广场大放光彩。该广场位于布吉国都大厦北侧、东门市场东侧最繁华地段，紧邻深圳市区，面向振兴大道，总建筑面积为36100平方米，楼层总高11层，计划基本投资金额为1.5亿元（不含装修和停车场）；是当时可与深圳任何一家大型百货公司和超级市场相媲美的购物中心，也是全深圳当时最具规模的一流购物商场之一。

10月金秋，龙华的金鹏商业广场频传捷报：辅楼封顶，建筑面积6000平方米，再现七天一层楼的"金鹏速度"。

此外，在1993年底，又有三则消息让人振奋：

11月中旬，深圳金鹏大酒店获得批准注册成立。

11月底，龙华首家证券部南方证券金鹏营业部落户龙华。

深圳宝安金鹏汽车运输公司成立。

利焕南百忙之中还不忘承担社会责任。

这一年，担负着中国足球体制改革12个试点单位之一的深圳足球俱乐部正式组建。为了促进足球事业的迅速发展，11月16日，利焕南代表金鹏公司在加盟深圳足球俱乐部意向书上签字，三年内公司将出资110万元作为足球俱乐部组建和发展经费，金鹏因此成为深圳率先以最高投资投入足球俱乐部的企业，而在各界引起强烈的反响。《深圳特区报》、《深圳商报》、深圳电视台都对此作了报道。

千岛寄情，无悔付出

利焕南的金鹏腾飞起来了，无论是在深圳还是在他的故乡河源，处处都流传着他的传奇故事。

利焕南虚心地将金鹏的发展历程总结为：千载难逢的改革良机，各级领导的爱护关怀，众多朋友的鼎力相助，金鹏同仁的团结拼搏，是金鹏业有小成的根本，也是金鹏发展的根本。这段话成为他对待事业和人生的座右铭。

他对事业像是一位开疆辟土的勇士，他对故乡又像一往情深远游的赤子。

寄情千岛，缘起于1992年4月5日的清明节，他从深圳回紫金临江扫墓，由于修路，公路上坑坑洼洼的，小汽车是被乡亲抬进村里来的。车子进去了就出不来，他只能迂回过渡。

当地领导邀请利焕南去看看新丰江水库。船从大坝处出发，绕山而行，滑过平静的湖面，载着利焕南游遍了万绿湖的山山水水。

当年这里无数乡亲们献出自己的家园，远迁他乡。利焕南的家就在碧绿的水底。那里有他童年的身影和记忆。随着岁月的流逝，一切都已日渐模糊。剩下的是黛青的山、碧绿的水和灰茫茫的雾。水库中有许多美丽的传说和文物古迹。

平滑如镜的水面，镶嵌着360多个岛屿，利焕南第一个称之为"千岛"，从此"千岛"之名便流传开来。各岛屿形态各异，有不同的奇峰怪石，外观也各有特点，但是一样的青翠墨绿，一样的秀丽多姿，也一样的鸟语花香。

利焕南爱自己的故乡，更爱这天造地设的自然风景。如何利用旅游资源造福一方百姓，是促使利焕南投资新丰江千岛山庄旅游开发区的主要目的。

新丰江水库全长168公里，水域面积328平方公里，最宽处25公里，最深处161米，库区内有30多平方公里的原始森林，有数不清的珍贵植物和150多种珍稀动物。水库区内自然景点很多，有"大坝观日出""鲤鱼滩""翠松岛"等50多个特色各异的景点。

他知道，新丰江的水哺育了世世代代的客家人。水库中的大头鱼一条竟有100多斤。以打鱼为生的客家人，把深深的情倾注在水库里。自然风光和水上资源，让利焕南的心都融化在万绿湖中。

他知道靠山吃山，靠水吃水，新丰江的百姓付出的太多了，要让他们享受到改革的红利，利焕南逐渐有了打造旅游景区的设想。

利焕南本来计划在河源待一天的，却延长至一个星期。

他对河源市的领导说，他决定投资。

河源市领导请来专家作科学论证。专家说，开发旅游业不但能提升河源绿水青山的品牌形象，还能对环境起到美化和保护作用。

"喝令三山五岳开道，我来了！"利焕南登上一个山头，情不自禁地哼着民间的谚语。

他和合作者很快就选择了4平方公里土地。第一期计划投资3000

万元。整个项目要投资上亿元，才能把这个旅游区首个景点开发出来，金鹏投资控股七成以上。

1992年11月9日，利焕南邀请了一些领导参加位于深圳市布吉镇的金利商业广场奠基。11月11日，河源十大工程之一的"千岛山庄"奠基。千岛山庄的奠基仪式掀开了河源市旅游业的高潮。

1993年5月9日，河源市郊区人民政府下达了《关于国营广东省新丰江林场申请用地的批复》，利焕南调动了数十台金鹏工业村的推土机，浩浩荡荡地开赴千岛山庄，进行轰轰烈烈的前期筹备工作。

船在明镜般的水面滑行，山旋水转，云飞雾涌。1994年利焕南带一批客人游新丰江水库，他向大家介绍，如数家珍：这个水库储水量达139亿立方米。这里的水没有污染，清澈透明，水质甜美，以供应深圳、香港居民饮用而名扬四海。

香港人都知道河源，知道新丰江水库，知道"饮水思河源""投资到河源"。

利焕南既为寻源而来，也为寄情山水间而来。

利焕南动情地介绍，因为这里就是他的家乡。

自从筹建千岛山庄以来，他经常陪同各级领导和合作伙伴前来调研参观，他成了推广河源的"大使"。

绿色的岛屿散落在清澈的水面上。如果乘直升机在空中巡视，就可以看到这样的情景：无数翠绿色珠子遍布清澈的湖面，在阳光下，闪烁着一种特殊的绿光。

快到美丽的观音山的时候，利焕南看到了自己提出设计理念并亲自监管工程建造的13.88米高的观音像，他很兴奋。

他向大家介绍说，协议签订半年以后，他才知道利氏的祖坟就在这座观音山中，湖水清澈的时候还可以看到。如果水位下降十几米，祖坟就能显现出来。

这一天，他陪同夫人利秀兰和朋友来拜访观音山。

船靠近观音山了，众人上山。

踏着石级，众人慢慢地登上山顶，在山顶上，一尊观音像高高地耸立着，慈祥地凝视着蓝天白云。凉风掠过茂密的森林，摇动松树如烟的松针，然后轻轻地抚摸着观音那慈祥的脸。

人们在假日可以坐游艇前来参观观音像。观音山旁是高龙半岛。从观音山上望去，它就像是一条白龙横卧在蓝天碧水间，十分壮观。

这一带是规划中的旅游中心地带。

在金鹏的10年远景规划里，这是一颗被利焕南精心雕琢的明珠。

故乡的人民都知道利焕南有着一颗火热的心，他真挚的情感已融在山水之中。

"千岛山庄"，这优美的名字已传遍河源。共饮河源水的香港同胞和深圳人民，早就寄情万绿湖，在还未完全开发出来的时候，就已有成群结队的游客来到观音面前礼拜和祈祷。

寂寞的山水，日渐喧闹起来了；辽阔的湖面荡开了笑容；清凉的风在轻轻地唱歌、悄悄地吟诗。

利焕南每每谈到千岛山庄，总是情不自禁地诉说他对她的爱恋。他的心愿很清楚：就是把河源这块宝地建设好，让海内外同胞和父老乡亲分享山水赐予的欢乐；让故乡的山更绿，水更清，情更深；让艰苦付出的新丰江人民享受改革开放带来的幸福生活。

河源人也不会忘记：水底原有的7个公社，人口稠密，土地肥沃。为了响应国家号召，这里的10万乡亲献出了家园，远迁他乡，他们有着令人敬仰的奉献精神。

他们立下了不可磨灭的功勋。

利焕南要振兴家乡旅游产业，带动当地经济发展，让当地的老百姓享受到改革发展的红利……

不是每个美好的愿望都能够实现，后来省政府因出台了水源保护相关政策，该项目被省政府停办，此时他已为此项目损失了2000余万元。但利焕南对家乡贡献的赤子之心却是无价的，他毫无怨言。

千岛山庄被叫停了以后，河源市政府对被叫停的旅游项目进行了部分处理和补偿，利焕南没有给当地政府提任何过分要求，没添任何麻烦，也没有要政府的任何补偿。

很多同行都替利焕南感到惋惜。

利焕南的步伐太快，快得令他的伙伴眼花缭乱，快得让人跟不上，也因无人善后而损失非常多的宝贵资源，千岛山庄也因此而损失殆尽。

利焕南有这么一种胸怀，他真心地想振兴家乡经济，造福乡梓。只是有很多人都无法理解他的想法，甚至不赞同他的做法。普通的商人总是在计算付出与回报，而利焕南心中揣的却是社会、是大众、是付出、是贡献。真理需要实践验证，真心需要时间验证，多年以后再回首，人们才能理解他对故乡的一片赤子之心。

10周年庆典星光璀璨

从1983年4月12日利焕南踏上深圳这片热土开始，至1993年7月，10年创业路，弹指一挥间。

短短10年中金鹏取得的硕果数不胜数，经历的困难也不计其数。

1993年是激情燃烧的一年，也是收获成果的一年。

在利焕南的带领下，这个队伍越来越强大，已然屹立于深圳企业之林，展望前路，充满希望。

利焕南说：金鹏10年，要善于总结，在总结中汲取力量，向新征程再出发。

7月28日下午，深圳罗湖潮江春酒楼，金鹏10周年纪念酒会在这里隆重举行。

利焕南发出诚挚的邀请，四面八方的朋友满怀深情而来，为金鹏送上了祝福。朋友们为金鹏集团成立10周年写下了祝词；香港恒生银行董事长利国伟爵士，庄世平、刘皇发等海内外友好人士，中国儿童少年基金会发来贺电、贺函。有无数知名人士在注视和关怀着金鹏。

《金鹏岁月——金鹏10周年纪念册》，由迟浩田同志题名，以图片形式记录了金鹏10年来的创业辉煌路。

来自各级政府、企业及社会知名人士近400名嘉宾参与盛会。各级领导嘉宾还纷纷为金鹏10周年题词祝贺。

金鹏集团公司、深圳宝安金鹏实业股份有限公司董事长利焕南致贺词。他代表金鹏的全体员工向各位领导和嘉宾致以最热烈的欢迎和最衷心的感谢。

10年前还没有金鹏，只有一片荒地、一座竹棚；只有利焕南重重叠叠的脚印和穿行在风雨中的身影。10年后，小商店变成了集团公司，资产净增上万倍，上缴利税数千万元。这些靠的是什么？利焕南说，靠的是国家改革开放的英明政策和得天时、地利、人和之优势，也靠海内外前辈和知名人士的支持和关怀，各级领导的关心和爱护，靠金鹏人坚持合法经营、诚实守信、稳步前进的原则和"忘我廉洁、荣辱与共、团结同心、开拓向前"的精神。

这些金鹏理念，已经深入人心，利焕南用实际行动得到了人们的赞赏和认可。

时任深圳市人大常委会主任李海东说："我是从穷山区走来

的，利焕南也是从穷山区走来的，山区竟出了个金凤凰！金鹏经过10年的艰苦奋斗，结出了丰硕成果，为国家做出了贡献。金鹏人应该要有雄心壮志，走向未来，走向世界。"

一直关心着金鹏企业发展的领导们举杯祝贺金鹏的10岁生日。

公司领导人利焕南、利玉民、邢国仁、曾天生、利凤怀、利伟明也向领导举杯表示感谢。

在创业的岁月里，深圳市各级政务部门对金鹏都有过支持和帮助，他们前来出席酒会的代表也举杯祝贺金鹏10年的辉煌成就。

金鹏的10周年盛会，规格之高，体现了各级领导对金鹏的重视；嘉宾之广，体现了各届对金鹏的认可。

10周年庆典掀起了金鹏1993年的高潮。在利焕南的带领下，金鹏在发展的路上正在高歌猛进，还在不断攀升。金鹏不但迅速占领了深圳改革开放的早期市场，还得到了首长、各级领导、当地政府、商业界同仁的肯定与赞许。利焕南是个感恩的人，他说："金鹏靠的是千载难逢的改革良机，各级领导的爱护关不，众多朋友的鼎力相助，金鹏同仁的团结拼搏，是今天业有小成的根本，也是未来发展的根本。"

上海杨浦金鹏花园奠基

1993年，金鹏跨地区拓展也掀开了新篇。

10周年庆典过后的第3个月，上海杨浦金鹏花园隆重奠基。

上海杨浦金鹏花园在1993年6月正式签约，到10月28日已完成奠基和勘探工作，正在进行大规模会战。这一项目投资额巨大、规模雄伟，金鹏集团期望两年内能收到极其丰厚的回报。

利焕南将商业规划延伸到上海是冒险的奇招。众所周知，上海的固有文化中不乏排外的因素。利焕南初到上海，二海人也抱着怀疑的态度：这位年纪轻轻，只有40出头的董事长，能有多大魄力来大战上海？

利焕南知道，要想在上海立足，就要先杀一杀本地人的优越感和傲气，在一次宴会上他发起了"猛攻"，语出惊人："说到上海人排外，恐怕在座的诸位都不能算是上海人，排外的话自然也没有资格！"

上海的朋友都很诧异，等待利焕南的解释。利焕南说："上海原来也只是一片滩涂，十里洋场时的上海居民来自北京和全国十三个省份，分布面极广，但以江、浙两省最多。上海居民中，有苏南、浙北、苏北、广东和福建等地的移民，所以上海的'排外'文化根本无从谈起。因为大家都是外来人嘛，只不过有先有后罢了。"利焕南有一项特长，他的记忆力超人，多年来秉烛夜读、博览群书，以弥补自己在读书上的缺憾，他对数字和时间的记忆，几乎如同电脑，他精准的分析令在场的朋友们折服。

1993年10月28日，上海杨浦金鹏花园隆重奠基，相关领导前来参加奠基典礼。没能到场的领导则发来贺信。

当年，赤脚的少年曾在上海仰望着一栋"摩天大厦"，心里充满了憧憬，今天，这位少年已经长大成人，他重回上海，把梦想变成了现实。

齐鸣的爆竹，满天的彩球，昭示着金鹏人进军上海的胜利。

下午4时，利焕南、邢国仁、利玉民等迎接了来自中央及地区的领导人。他们在会上宣读了相关领导的贺信。

杨浦区住宅办主任主持了奠基仪式。

利焕南在大会上介绍了花园的建设规划："杨浦金鹏花园桩基工程将在1994年6月完成，1995年完成主体工程，1995年6月交付使用。"

展示在众人面前的是旧城区改造的蓝图：杨洧金鹏花园是当时上海杨浦区投资最高、规模最大的旧城改造项目，花园紧邻举世瞩目的上海杨浦大桥，拟建8幢24层的商住楼及其配套建筑，总建筑面积13.8万平方米，双方投资总额将达4亿元。

利焕南进军上海，"一石激起千层浪"。

杨浦金鹏花园这一重头戏震撼了"上海滩"。

金鹏有更大的愿望，希望能借此打开"华东大门"。上海早在二十世纪二三十年代就是国际大都市，工业、金融、商业十分发达。九十年代，上海更是飞速发展，它广阔的市场容纳着来自四面八方的强悍的竞争者，是一块待发掘的宝藏。

利焕南和相关领导挥锹铲土奠基。泥土一锹锹地落在"万年基业"的奠基石上。在上海经济建设的画卷上，金鹏人添了苍劲有力的一笔。

上海杨浦进军号角，从此吹响了。

奠基典礼一结束，上海杨浦金鹏花园的各项工作就迅速展开。12月初，金鹏公司经过议标，同浙江省综合勘察研究院签订了时限20天的野外地质勘察合同，在各方面的配合下，施工队日夜奋战，使地质勘察工作得以提前3天完成。截至12月29日，金鹏花园旧城拆迁量已完成99.8%，基础工作将在1994年元月中旬全面开展。

1993年，在经济形势不利的情况下，金鹏集团不但顺利完成了既定计划，还实现了飞跃发展。

捐建乡村水泥路

回顾利焕南事业发展和人生的各个阶段，越是在事业取得进步时，他就越发意识到，自己的能力增强了，肩上的责任也更重了，他就会想方设法地去回馈社会。

他是知名的企业家，各种形式的社会慈善他都积极参与。他不赞同形式化的慈善，他考虑的是慈善活动最终能达到的效果。如他为深圳教育基金捐款，他不是象征性地捐赠一笔款项，而是捐赠一栋2500平方米大楼的物业，实现善款的持续化价值。

如果给他定位，慈善家应该是对他最好的奖励。

利焕南曾解释过他做慈善的动力，他说，深圳或身边有很多人都更有实力、更有能力、更有魄力，但为什么他们不做慈善？可能是因为他们没有对艰苦生活的感同身受。而他从小就随着家人颠沛流离，几经迁徙，居无定所，始终是以"外乡人"的身份在生活，他对贫穷与苦难有切身之痛，所以只要有能力，他就会主动"出击"。说闲话的人很多，每次利焕南捐赠，他们都认为他背后藏有某种商业目的；公司的同事不理解他，认为他爱出风头、争强好胜；有些亲朋好友也不支持他，认为他应该把省下来的钱用来照顾家人；甚至还得罪了商业界的朋友，他们提出反对意见：你利焕南总是捐捐捐，让商业界其他朋友们情何以堪！

用事实来说话，1992年至1993年底，他的总捐款数达2000余万元，这是1993年啊，在那个年代，2000万元是笔多么庞大的财产！

他的故乡，临江镇前进村至今还在使用着他1993年捐建的一条公路。

这条长约2.5公里的水泥公路连接着从偏远的桂林、联新、前进、禾坑四个村及临江中学到临江镇的近千名师生。

这条路曾经是农村连接家庭及学校、村庄与外界的一条艰难的"烂路"。村民都记得，每到盛夏时节，暴雨过后，水流夹杂着泥浆横在羊肠小路上，每次进出，鞋上都带着厚厚的黄泥，而且那个地方的黄泥特别沾脚，一只脚可沾上十余斤黄泥不掉下来，走路分外吃力，严重影响了这一带居民的生活和生产，孩子们上学也吃尽了苦头。

没有人提议请利焕南修路，也没有人下命令让利焕南修路，他修路更没有任何经济上的回报。

甚至当利焕南要捐款70多万元，为乡亲们修建一条水泥路时，还有一些人说风凉话，说利焕南有钱了，修路是为了他自己开车方便。

利焕南埋头苦干，不听风凉话，他出钱出力，积极规划。一条水泥路，像是一条绸缎连接了小山村、学校与临江镇，连接了乡村与外界，连接了幸福与梦想，成为当时整个河源市的唯一一条乡村水泥路。

多少年以后，乡亲们意识到当年修这条路的重要性，这条路成为沿途村庄共同的记忆，造福了多少山里的居民，他们真诚地感谢利焕南的付出。

也是在晚年退休后，利焕南才深情地告白："为什么修这条路？因为我们是移民，我们为了新丰江的水库建设放弃了自己的家园，我们迁到义合，再迁到临江，我们始终以外乡人的身份生活。我们要想邻村的人把我们当自己人，当乡里乡亲，我们就要做得更好，付出更多，我们想为乡亲们做一些贡献。"

如今，这条路已使用了30余年，仍然发挥着重要作用，路边还耸立着当年乡亲们建造的石碑，铭记着他们对刘焕南献爱心的赞颂：

光荣榜

香港同胞、深圳金鹏集团董事长利焕南先生热爱家乡，慷慨捐资人民币陆拾叁万元修筑前进村至桂林水泥路，长贰千伍百米，其业绩永存，功德传四海，万古流芳。

特此立碑。

前进管理区

临江中学

一九九四年四月

1992年，家乡修建东江古竹大桥，利焕南又捐款20万元。不久，东江古竹大桥横跨东江，如一抹彩虹……

真诚的付出，历史必将铭记。